УБИЙСТВО РОДЖЕРА ЭКРОЙДА

Агата Кристи

Убийство Роджера Экройда

Агата Кристи

Перевод А.М. Кондратенко

Поначалу убийство эсквайра Роджера Экройда не казалось полиции загадочным – все указывало на виновность пасынка убитого. Но иначе считает Эркюль Пуаро, который недавно переехал в эти места, в очередной раз решив уйти на покой. Его попросила помочь племянница Экройда, которая не верит в виновность молодого человека. И Эркюль Пуаро начинает расследование, имея вокруг множество подозреваемых – родственников и знакомых эсквайра, каждый из которых был заинтересован в его смерти. Повествование ведется от имени доктора Шеппарда, последнего, кто видел Экройда живым. С помощью его записей Пуаро предстоит вычислить хитроумного преступника…

«Убиийство Роджера Экройда» (англ. The Murder of Roger Ackroyd) — детективный роман Агаты Кристи, опубликованный в 1926 году. Является шестым изданным романом писательницы и третьим, в котором фигурирует детектив Эркюль Пуаро.

ISBN: 978-1-7637956-1-7

УБИЙСТВО РОДЖЕРА ЭКРОЙДА

Глава 1. За завтраком

Миссис Феррарс умерла в ночь с 16 на 17 сентября, в четверг. За мной прислали в восемь утра, в пятницу, семнадцатого. Делать мне было уже нечего: она скончалась за несколько часов до моего прихода.

Когда я вернулся домой, был ужс десятый час. Я открыл американский замок парадного своим ключом и нарочно немного задержался в холле, вешая шляпу и легкое пальто, которое с разумной предусмотрительностью надел в это прохладное осеннее утро. Честно говоря, я был немного обескуражен и обеспокоен. Не хочу утверждать, что уже тогда предвидел события на несколько недель вперед, но интуиция подсказывала мне, что дни предстоят тревожные.

Слева, из столовой, послышался характерный стук чашек и короткое сухое покашливание моей сестры Каролины.

— Это ты, Джеймс? — спросила она. Вопрос излишний, так как кроме меня никого другого быть не могло. Признаться, я задержался в холле именно из-за сестры. Девиз семейства мангусты, как об этом поведал нам Киплинг, таков: «Пойди и узнай». Если бы Каролине потребовался герб, я без колебаний посоветовал бы изобразить на нем стоящую на задних лапах мангусту. Хотя первую часть девиза можно было бы опустить: Каролина обо всем узнает, преспокойно оставаясь дома. Непостижимо, как это ей удается но это так. Подозреваю, что ее «разведывательный корпус» состоит из служанок и торговых разносчиков. Выходит она из дома вовсе не для того, чтобы собирать информацию, а затем, чтобы распространять ее. Она искусна и по этой части.

Именно эта черта ее характера и заставила меня задержаться в холле. Что бы я ни сказал сейчас Каролине относительно кончины миссис Феррарс, это стало бы достоянием всей деревни за какие-нибудь полтора часа. В силу своей профессии я, естественно, в подобных случаях стараюсь проявить осмотрительность. Поэтому я взял себе в привычку ничего не рассказывать сестре. Она все равно узнает сама, зато я чувствую моральную удовлетворенность от сознания, что меня ни в чем нельзя обвинить.

Муж миссис Феррарс умер больше года назад, но Каролина до сих пор утверждает, без малейшего на то основания, что миссис Феррарс отравила его.

Мой неизменный ответ, что мистер Феррарс умер от острого гастрита, осложненного привычкой к чрезмерному употреблению алкоголя, она презирает. Я не отрицаю, что симптомы гастрита и признаки отравления мышьяком в некоторой мере сходны, но Каролина строит свои обвинения совершенно на другом. «Вы только посмотрите на нее!» — вот ее первый довод.

Женщина не первой молодости, миссис Феррарс была очень привлекательна, а ее платья, даже простые, чрезвычайно шли ей. Но ведь немало женщин приобретают свои наряды в Париже и при этом не обязательно отравляют своих мужей.

Пока я медлил в холле, занятый этими мыслями, голос Каролины донесся уже на более высоких нотах.

— Ну, что ты там делаешь, Джеймс? Почему не идешь завтракать?

— Иду, дорогая, — ответил я поспешно, — я вешаю пальто.

— За это время ты мог бы уже повесить с полдюжины пальто.

Она была права. Я вошел в столовую, запечатлел привычный поцелуй на щеке Каролины и сел за яичницу с беконом. Бекон уже остыл.

— У тебя был ранний вызов, — заметила Каролина.

— Да. В Кингс Пэддок. К миссис Феррарс.

— Я знаю.

— Откуда ты знаешь?

— Мне сказала Энни.

Энни — это наша служанка. Хорошая девушка, но неисправимая болтушка. Я промолчал, продолжая есть яичницу и бекон. Кончик длинного и тонкого носа моей сестры чуть шевельнулся, что обычно выдает ее взволнованность или повышенный интерес к чему-то.

— Ну, — потребовала она.

— Плохи дела. Ничего не поделаешь. Должно быть, умерла во сне.

— Я знаю, — сказала моя сестра снова.

На этот раз мне стало досадно.

— Ты не можешь знать, — возразил я с раздражением. — Я сам не знал, пока не прибыл на место. Ни одной живой душе я еще не говорил об этом. Если твоя Энни знает, значит, она ясновидящая.

— Мне сказала не Энни. Это был молочник. Ему рассказал повар миссис Феррарс.

Как я уже упоминал, Каролине не нужно ходить за новостями. Новости приходят к ней сами.

— От чего она умерла? — допытывалась Каролина. — От сердечной недостаточности?

— А разве молочник не сказал тебе? — спросил я с насмешкой.

Сарказм на Каролину не действует. Она принимает его всерьез и так же серьезно отвечает на него.

— Он не знал, — объяснила она просто.

В конце концов, рано или поздно Каролина все равно обо всем узнает, так пусть уж лучше узнает от меня.

— Она умерла от чрезмерной дозы веронала. Последнее время она принимала его от бессонницы. Должно быть, слишком много приняла…

— Чепуха, — быстро ответила Каролина. — Она сделала это с целью. Так что не рассказывай мне сказок!

Странная вещь. Когда человеку говорят о том, чему он сам внутренне верит, но чего не хочет признать, это вызывает в нем ярость отрицания. Меня прорвало от возмущения.

— Ты снова за свое, — сказал я. — Несешь всякий вздор! Ну зачем понадобилось миссис Феррарс совершать самоубийство? Вдова, еще молодая, красивая, здорова, богата. Знай наслаждайся жизнью. Ты говоришь несуразные вещи.

— И вовсе нет! Даже ты, наверное, заметил, как она изменилась за последнее время. Это длилось уже шесть месяцев. Она выглядела так, словно ее мучили кошмары. Да ты и сам только что признал, что она не могла спать.

— Каков же твой диагноз? — спросил я холодно. — Несчастная любовь?

Сестра тряхнула головой.

— Угрызения совести, — сказала она с большим апломбом.

— Угрызения совести?

— Да. Ты не верил мне, когда я говорила, что она отравила своего мужа. Сейчас я убеждена в этом больше, чем когда бы то ни было.

— Не думаю, что ты очень логична, — возразил я. — Женщина, способная совершить такое преступление, как убийство, должна быть достаточно хладнокровной, чтобы потом пожинать плоды этого преступления без излишней сентиментальности и раскаяний.

Каролина тряхнула головой.

— Может быть, и есть такие женщины, но миссис Феррарс к их числу не принадлежала. Это была не женщина, а комок нервов. Завладевший ею импульс вынудил ее отделаться от мужа, потому что она принадлежала к таким людям, которые просто не могут переносить даже незначительных страданий. А что жена такого человека, как Эшли Феррарс, должна была многое переносить, ни у кого не вызывает сомнений…

Я кивнул.

— Все это время ее преследовала мысль о содеянном. Мне жаль ее.

Не думаю, что Каролина испытывала к миссис Феррарс жалость, когда та была жива. Теперь же, когда миссис Феррарс ушла туда, где, вероятно, парижские наряды ей больше не потребуются, Каролина была готова смягчить свои чувства до жалости и понимания.

Я твердо стоял на своем и утверждал, что ее предложения безрассудны. Я упорствовал еще и потому, что внутренне соглашался (по крайней мере, частично) с тем, что она говорила. В целом же я считал несправедливым то, что Каролина пришла к правде так просто, путем обыкновенной догадки. И поощрять такое я не мог. Она ведь будет распространять свои взгляды в деревне, и могут подумать, что они основаны на медицинских данных, полученных от меня. В жизни бывает всякое.

— Глупости, — отвечала Каролина на мое упорство. — Вот увидишь! Ставлю десять против одного, что она оставила письмо, в котором во всем признается.

— Никакого письма она не оставляла, — сказал я резко, не замечая, что в какой-то мере признаю ее правоту.

— Ага, значит, ты интересовался этим, не так ли? Я уверена, Джеймс, в глубине души ты думаешь то нее, что и я. Ты — милый старый обманщик!

— Нужно всегда принимать во внимание и возможность самоубийства, — ответил я сдержанно.

— Следствие будет?

— Возможно. Можно обойтись и без следствия, если я дам заключение, что излишняя доза была принята случайно. Все зависит от того, насколько я уверен в этом.

— А насколько ты уверен? — спросила моя сестра, глядя на меня в упор.

Я не ответил и встал из-за стола.

Глава 2. Кто есть кто в Кингс Эббот

Прежде, чем рассказывать дальше о том, что я говорил Каролине, и что Каролина говорила мне, я хотел бы дать некоторое представление о людях, о которых я собираюсь писать, и о нашей местной географии. Наша деревня, на мой взгляд, очень похожа на любую другую деревню.

Ближайший большой город, Кранчестер, находится от нас в девяти милях. У нас есть большая железнодорожная станция, небольшая почта и два конкурирующих «универмага». Молодежь рано покидает нашу деревню, но зато у нас много незамужних женщин и отставных офицеров. Наши любимые занятия и развлечения могут быть определены одним словом — сплетни.

В Кингс Эббот только два видных дома. Один из них — Кингс Пэддок, оставленный миссис Ферраро ее покойным мужем, другой — Фернли Парк — принадлежит Роджеру Экройду. Экройд всегда интересовал меня тем, что был человеком, непохожим на сельского сквайра, в отличие от других сельских помещиков. Он скорее напоминает одного из тех розовощеких спортсменов, в прежние годы всегда появлявшихся в первом акте старомодных оперетт на фоне роскошных деревенских пейзажей. Они обычно пели о том, что собираются уехать в Лондон. В наше время на сцене процветает ревю, и сельские сквайры вышли из моды.

В действительности Экройд и не является сельским сквайром. На мой взгляд, он просто очень удачно ведет дело, связанное с производством вагонных колес. Это человек под пятьдесят с румяным лицом и мягкими манерами. Он живет душа в душу с нашим священником, щедр на пожертвования (хотя, по слухам, очень скуп в личных расходах), любит крикет, доброжелательно относится к клубам молодежи и пансионатам солдат-инвалидов. Он и впрямь — душа нашей мирной деревни Кингс Эббот.

Когда Роджеру Экройду исполнился двадцать один год, он влюбился в красивую женщину старше себя на пять или шесть лет и женился на ней. Ее звали миссис Пэтон, она была вдовой с одним ребенком. История этого брака была короткой и мучительной. И кратко излагая ее, скажем, что миссис Экройд страдала запоем. Она довела себя до того, что через четыре года после замужсства умерла.

В последующие годы Экройд не проявлял никакого намерения связать себя брачными узами вторично. Ребенку его жены от первого брака было только семь лет, когда умерла его мать. Теперь ему двадцать пять. Экройд всегда относился к нему, как к собственному сыну, должным образом воспитал его, но юноша оказался повесой и был постоянным источником беспокойства и тревоги отчима. Тем не менее мы все в Кингс Эббот очень любим Ральфа Пэтона. Это очень привлекательный молодой человек.

Как я уже сказал, мы всегда готовы посплетничать в нашей деревне. С самого начала мы замечали, что между Экройдом и миссис Феррарс были очень хорошие отношения. После смерти ее мужа их близость стала еще заметнее. Их всегда видели вместе, и можно было вполне предполагать, что после окончания траура миссис Феррарс станет миссис Роджер Экройд. И потом они в определенной мере подходили друг другу. Жена Роджера Экройда умерла, как уже упоминалось, от употребления спиртного. Эшли Феррарс долгое время до своей смерти тоже пил. Казалось естественным, что миссис Феррарс и Роджер Экройд — эти две жертвы неумеренности в отношении к алкоголю со стороны своих прежних супругов — должны были наверстать и возместить друг другу все, чего они были лишены прежде.

Чета Феррарс переехала сюда жить немногим больше года назад, что же касается Экройда, то ореол сплетен окружал его и раньше. Пока рос и мужал Ральф Пэтон, в доме сменилось множество экономок, и каждая из них по очереди была на подозрении у Каролины и ее задушевных друзей. Не будет преувеличением сказать, что вся деревня в течение последних пятнадцати лет втайне ожидала, что

Экройд женится на одной из своих экономок. Последняя из них, по имени мисс Рассел, непререкаемо правила уже целых пять лет, что вдвое превышало время службы в доме любой из ее предшественниц. Чувствовалось, что не будь приезда миссис Феррарс, Экройд едва ли избежал бы женитьбы на мисс Рассел. Другой причиной был неожиданный приезд овдовевшей невестки с дочерью из Канады. Миссис Сесиль Экройд, вдова вечно недомогавшего младшего брата Роджера Экройда, поселилась в Фернли Парке и сумела поставить, если верить Каролине, мисс Рассел на должное место.

Не знаю точно, что из себя представляет это «должное место» — это звучит как-то холодно и неприютно — но я знаю, что мисс Рассел ходит с поджатыми губами, и это создает впечатление кислой улыбки, и что она относится с огромным сочувствием к «бедной» миссис Экройд, зависящей от щедрости брата своего мужа. Хлеб милосердия довольно горек, не так ли? Она была бы несчастной, если бы не зарабатывала себе на жизнь.

Не знаю, как отнеслась миссис Сесиль Экройд к возможному браку Роджера с миссис Феррарс, когда об этом заговорили. Но было ясно, что это противоречило ее интересам. Она всегда была очень любезна, чтобы не сказать радушна, с миссис Феррарс при встречах. Каролина говорит, что это еще ничего не доказывает.

Вот этим, собственно, мы и занимались в Кингс Эббот в последние несколько лет. Дела Экройда и его самого мы обсуждали со всех сторон. Разумеется, в каждом обсуждении должное место отводилось и миссис Феррарс.

А сейчас повернем калейдоскоп и, вместо невинного разговора о возможной женитьбе, посмотрим на трагедию.

Перебирая в памяти эти и другие события, я механически шел по деревне, совершая обход своих пациентов. Тяжелых больных у меня не было, и это было кстати, так как мои мысли возвращались снова и снова к загадочной смерти миссис Феррарс. Было ли это самоубийство? Если бы она это сделала, она, наверное, оставила бы какие-то объяснения своего поступка. Из собственных наблюдений мне известно, что если женщина решилась на самоубийство, она обычно проявляет желание объяснить свое состояние, которое приводит ее к роковому поступку. Такие женщины просто жаждут быть в центре общего внимания.

Когда я ее видел в последний раз? Не больше недели назад. Тогда ее поведение было вполне нормальным, учитывая... впрочем, учитывая все.

Потом я вдруг вспомнил, что видел ее, хотя и не говорил с ней, только вчера. Она шла с Ральфом Пэтоном, и я удивился, потому что не имел понятия, что он мог быть в Кингс Эббот. Я был уверен, что он окончательно поссорился со своим отчимом. Его здесь не видели уже почти шесть месяцев. Они шли рядом, склонив друг к другу головы, и она о чем-то очень серьезно ему рассказывала.

Мне кажется, что именно в этот момент у меня впервые появилось предчувствие чего-то недоброго. Ничего определенного, но какое-то смутное чувство говорило мне, что здесь что-то не так. Серьезный «тет-а-тет» между Ральфом и миссис Феррарс произвел на меня неприятное впечатление.

Я все еще думал об этом, как вдруг столкнулся лицом к лицу с Роджером Экройдом.

— Шеппард! Вы-то мне и нужны, — воскликнул он. — Это ужасно!

— Значит, вы слышали?

Он кивнул. Удар для него был, как я видел, очень чувствительным. Его большие румяные щеки, казалось, запали, и он выглядел совершенно разбитым по сравнению со своим обычным веселым и здоровым видом.

— Это хуже, чем вы думаете, — сказал он спокойно. — Послушайте, Шеппард, мне нужно поговорить с вами. Вы сейчас можете вернуться со мной?

— Вряд ли! У меня еще три пациента, а к двенадцати я должен вернуться к себе посмотреть своих хирургических больных.

— Тогда днем... нет, лучше приходите обедать! В половине восьмого. Это вас устроит?

— Да, это вполне подходит. А что у вас стряслось? Что-нибудь с Ральфом?

Едва ли я представлял себе, почему я сказал это. Может быть, потому, что у Ральфа вечно что-нибудь не ладилось.

Экройд посмотрел на меня невидящим взглядом, словно плохо соображал. Я начал понимать, что где-то действительно творится что-то неладное. Я никогда раньше не видел Экройда таким растерянным.

— Ральф? — сказал он невнятно. — О! Нет, не Ральф. Ральф в Лондоне... Черт возьми! Идет старуха мисс Ганетт. Мне бы не хотелось говорить с ней об этом ужасном несчастье. До вечера, Шеппард. В семь тридцать.

Я кивнул, а он поспешил уйти, оставив меня в недоумении. Ральф в Лондоне? Но ведь вчера днем он был в Кингс Эббот. Должно быть, он вернулся в город ночью или сегодня утром, но то, как сказал об этом Экройд, производило совсем другое впечатление. Он говорил так, как если бы Ральфа здесь не было месяцы. Я не успел разгадать этот вопрос — передо мной стояла мисс Ганетт, жаждущая информации. Мисс Ганетт присущи все черты моей сестры Каролины, но ей не хватает того непогрешимого прицела, который приводит к выводам, придающим способностям Каролины оттенок величия. На мисс Ганетт была печать вопрошания.

Разве не печальна вся эта история с бедной мисс Феррарс? Говорят, она была хронической наркоманкой. Как все же безнравственно ходить и разносить эти слухи! И что самое ужасное, так это то, что во всех этих диких выдумках обычно бывает доля правды. Нет дыма без огня! И еще говорят, что мистер Экройд обо всем узнал и расторгнул помолвку. А помолвка все же была. У нее, у мисс Ганетт, имеются все доказательства. Вы, конечно, должны знать обо всем этом. Врачи всегда все знают. Они только никому не рассказывают, не так ли?

Все это она говорила, сверля меня своими маленькими блестящими глазками, стараясь понять, какова будет моя реакция на эти предположения. К счастью, постоянное общение с Каролиной выработало у меня способность сохранять спокойное выражение лица и быть готовым к коротким уклончивым ответам.

Я поздравил мисс Ганетт с тем, что она не поддерживает сплетен дурного свойства и понял, что это была удачная контратака. Она ввела ее в замешательство, и прежде, чем старая дева пришла в себя, я отправился своей дорогой.

Домой я вернулся в задумчивости. В приемной меня ожидали больные.

Отпустив, как я думал, последнего больного, я хотел было выйти на несколько минут в сад посидеть перед ленчем, как вдруг заметил ожидавшую меня еще одну пациентку. Она поднялась с места и подошла ко мне. Я стоял несколько удивленный. Не знаю, почему я удивился, если не считать того, что по общему мнению у мисс Рассел железное здоровье и болезням плоти ока неподвластна.

Экономка Экройда — высокая и красивая женщина, но строгий взгляд и плотно поджатые губы делают ее внешность отталкивающей. Мне кажется, если бы я служил под ее началом горничной или кухаркой, я бы спасался бегством при первых звуках ее шагов.

— Доброе утро, доктор Шеппард, — сказала мисс Рассел. — Я была бы очень обязана, если бы еы взглянули на мое колено.

Я взглянул, но, откровенно говоря, поумнел от этого ненамного. Рассказ мисс Рассел о каких-то непонятных болях был настолько неубедительным, что будь передо мною женщина с менее цельным характером, я заподозрил бы обман. На какой-то момент мне, правда, пришло в голову, что мисс Рассел могла умышленно придумать всю эту историю с коленкой, чтобы выведать у меня причину смерти миссис Феррарс, но вскоре я увидел, что, по крайней мере, в этом я ошибся. Она коротко справилась о несчастье и ничего больше. Тем не менее, она была явно настроена задержаться и поболтать.

— Очень благодарна вам, доктор, за эту мазь, — сказала она наконец, — хотя и не верю, что она поможет.

Я думал то же самое, но возразил в силу своего профессионального долга. В конце концов, каждому нужно держаться за свое ремесло. А мазь не причинит никакого вреда.

— Я не признаю всех этих лекарств, — продолжала она, с пренебрежением рассматривая внушительный ряд склянок в моей аптечке. — Лекарства и наркотики приносят большой вред. Взять хотя бы тех, кто употребляет кокаин.

— Ну, поскольку...

— Их очень много в высшем обществе!

Так как о высшем обществе она определенно знала намного больше, чем я, я не стал ей возражать.

— Вы только ответьте мне на один вопрос, доктор, — попросила мисс Рассел. — Предположим, вы действительно раб привычки употреблять наркотики. Можно ли от этого излечиться?

На подобный вопрос нельзя ответить так просто. Я прочитал ей краткую лекцию на эту тему, и она прослушала ее с большим вниманием. Я все еще подозревал ее в том, что она ищет сведения о миссис Феррарс.

— Вот, например, веронал... — продолжал я. Но к моему удивлению ей уже, казалось, было не интересно слушать о веронале. Вместо этого она переменила тему и спросила, правда ли, что есть такие необычные яды, отравление которыми нельзя распознать.

— Ага! Вы читаете детективные романы.

Она призналась, что читает.

— И все содержание такого романа, — сказал я, — сводится к поискам необычного яда, по возможности где-нибудь в Южной Америке, яда, о котором еще никто не слыхал. Что-нибудь такое, чем некое неизвестное племя темнокожих дикарей отравляет свои стрелы. Смерть мгновенна, и наука цивилизованных стран бессильна распознать ее причину. Вы это имеете в виду?

— Да. В самом деле, бывает такое?

Я с сожалением покачал головой.

— Боюсь, что нет. Есть кураре, конечно.

И я наговорил ей многое о кураре, но, казалось, что у нее снова пропал интерес. Она спросила, есть ли в моем шкафу яды, и когда я ответил отрицательно, то подумал, что уронил себя в ее глазах. Она сказала, что ей нужно идти, и я проводил ее до двери приемной. В эго время прозвучал гонг к ленчу.

Я никогда бы не заподозрил мисс Рассел в пристрастии к детективным романам. И с большим удовольствием представил себе, как она выходит из своей комнаты экономки сделать выговор провинившейся служанке, а затем возвращается к себе, чтобы снова увлечься чтением «Тайны седьмой смерти» или чего-нибудь другого в этом роде.

Глава 3. Человек, который выращивал тыквы

Во время ленча я сказал Каролине, что буду обедать у Экройда. Она не возражала... наоборот...

— Отлично, — сказала она. — Там обо всем и узнаешь. Между прочим, что случилось с Ральфом?

— С Ральфом? — удивился я. — Ничего.

— Тогда почему же он остановился в «Трех вепрях», а не в Фернли Парке?

Я ни на минуту не сомневался в достоверности сообщения Каролины о том, что Ральф поселился в местной гостинице. Для меня было достаточно того, что об этом сказала она.

— Экройд сказал мне, что он в Лондоне, — ответил я и сам удивился, что отступаю от своего правила ни с кем не делиться никакими сведениями.

— О! — воскликнула Каролина, и я заметил, как нервно задергался кончик ее носа, указывая на то, что мысль ее заработала над новыми данными.

— Значит так. В «Три вепря» он приехал вчера утром, — сказала она. — Сегодня он еще там. А вчера вечером его видели с девушкой.

Это меня нисколько не удивило, так как Ральф, я бы сказал, большинство вечеров своей жизни проводит с какой-нибудь девушкой. Удивило меня то, что он избрал для приятного времяпрепровождения не веселую столицу, а Кингс Эббот.

— С одной из официанток бара? — спросил я.

— Нет. Было вот как. Он вышел встретить ее. Я не знаю, кто она (представляю себе, как горько для Каролины признать такой факт), но я могу угадать, — продолжала моя неутомимая сестра.

Я с нетерпением ждал.

— Его кузина.

— Флора Экройд? — изумился я.

Флора Экройд не доводилась родственницей Ральфу Пэтону, но Ральфа так долго считали родным сыном Экройда, что его родство с Флорой ни у кого не вызывало сомнений.

— Флора Экройд, — сказала моя сестра.

— Но почему он не пошел в Фернли, если хотел ее увидеть?

— Тайная помолвка, — объяснила Каролина с величайшим удовольствием. — Старый Экройд не захочет и слушать об этом, и они вынуждены встречаться вот так.

В теории Каролины я видел немало слабых мест, но я удержался от замечаний. От этого разговора нас отвлекло случайное упоминание о нашем новом соседе.

Рядом с нами, в доме под названием «Ларчиз», недавно поселился какой-то незнакомец. К большой досаде Каролины, она ничего не смогла узнать о нем, кроме того, что он иностранец. Ее агентурный корпус оказался бессильным. Предположительно установлено, что в пищу он употребляет молоко и овощи, мясо и, если случается — рыбу. Точно так же, как и любой из нас. Но никто из тех, кто занимается поставкой этих продуктов, кажется, так ничего и не узнал. Зовут его, по-видимому, мистер Порротт, и это имя вызывает какое-то странное чувство нереальности. Нам известно только то, что он интересуется выращиванием тыкв.

Но это не та информация, за которой охотится Каролина. Она хочет знать, откуда он приехал, чем занимается, женат ли, кто была его жена или кто она есть; в равной степени ей нужно знать, есть ли у него дети, какова девичья фамилия его матери и так далее. Мне кажется, что кто-то очень похожий на Каролину выдумал вопросы для паспортов.

— Моя дорогая Каролина, — сказал я, — относительно его профессии не может быть никаких сомнений. Он — бывший парикмахер. Ты только посмотри на его усы.

Каролина не согласилась. Она сказала, что если бы он был парикмахером, у него были бы волнистые волосы, а не прямые. У всех парикмахеров волосы волнистые.

Я перечислил несколько лично знакомых мне парикмахеров с прямыми волосами, но это ее не убедило.

— Я решительно ничего не смогла от него добиться, — сказала она удрученно. — Вчера я одолжила у него кое-что из садового инвентаря. Он был чрезвычайно любезен, но я ничего не смогла из него вытянуть. Наконец, я спросила прямо, француз ли он. Он сказал, что нет, и, понимаешь, мне как-то уже больше не хотелось его ни о чем спрашивать.

Это обстоятельство пробудило во мне большой интерес к нашему таинственному соседу. Человек, который способен закрыть рот Каролине и отослать ее ни с чем, должен уже представлять собою личность.

— Я думаю, что у него есть один из этих новых пылесосов...

По блеску глаз Каролины я понял, что у нее уже созрел план новой просьбы как предлога для дальнейших расспросов. Я постарался отделаться от нее и ушел в сад. Я люблю повозиться в саду. Вырубая корни одуванчика, я вдруг услышал предупреждающий крик, за которым тотчас что-то тяжелое пролетело мимо моей головы и с неприятным звуком плюхнулось у самых ног. Это была тыква.

Я сердито поднял голову и осмотрелся. Слева, над оградой, появилось лицо. Яйцевидной формы голова была частично покрыта подозрительно черными волосами. На лице были два огромных уса и два наблюдательных глаза. Это был наш таинственный сосед мистер Порротт. Он тут же разразился потоком извинений.

— Тысячу извинений, месье! У меня нет никаких оправданий. Вот уже несколько месяцев я занимаюсь этими тыквами. А сегодня они вдруг вывели меня из себя, и я послал их подальше и, увы, не только на словах. Я схватил самую большую и швырнул через забор. Месье, мне стыдно. Я в вашей власти.

Перед таким изобилием извинений мой гнев растаял. В конце концов, эта злополучная тыква в меня не попала. И я искренне надеялся, что бросать крупные овощи через забор не было хобби нашего нового друга. Такая привычка едва ли помогла бы ему снискать к себе как к соседу наше расположение.

Этот странный маленький человечек, казалось, читал мои мысли.

— О, нет! — воскликнул он. — Не беспокойтесь. У меня нет такой привычки. Но можете ли вы представить себе, месье, человека, который всю жизнь работал, чтобы достичь какой-то цели, работал, чтобы добиться желанного покоя и определенных занятий, а затем, добившись всего этого, вдруг обнаруживает, что тоскует по прежним дням и по прежней работе, избавиться от которой он считал за благо?

— Да, — промолвил я медленно, — полагаю, что такие случаи нередки. Я сам, вероятно, пережил нечто подобное. Год назад я получил наследство. Оно было вполне достаточным, чтобы осуществить мою мечту. Я всегда хотел путешествовать, хотел увидеть мир. Так вот, как я уже сказал, это было год назад. А я по-прежнему здесь.

Мой маленький сосед кивнул.

— Сила привычки. Мы работаем, чтобы достичь какой-то цели. И когда цель достигнута, мы вдруг понимаем, что нам не хватает повседневного труда. И заметьте, месье, у меня была очень интересная работа. Самая интересная работа в мире.

— Да? — сказал я поощрительно.

В этот момент в меня вселился дух Каролины.

— Изучение натуры человека, месье.

— Точно так, — сказал я вежливо.

Ясно — отставной парикмахер. Кто знает тайны человеческой натуры лучше, чем парикмахер?

— У меня был и друг... друг, который многие годы никогда не покидал меня. Изредка он проявлял слабоумие. Других это пугало, а мне он был очень дорог. Можете себе представить, мне сейчас не хватает даже его глупости. Его наивности, его честного взгляда на мир, удовольствия обрадовать и удивить ею каким-нибудь своим открытием... я не могу выразить, как мне всего этого не хватает.

— Он умер? — спросил я с сочувствием.

— Нет. Он живет и преуспевает... Но на другом конце света. Он сейчас в Аргентине.

— В Аргентине, — сказал я с завистью. — Я всегда хотел побывать в Южной Америке.

Я вздохнул и взглянул на мистера Порротта. Он смотрел на меня с сочувствием. Этот маленький человек казался очень понимающим.

— Вы поедете туда, не так ли? — спросил он.

Я со вздохом покачал головой.

— Я мог бы поехать, — сказал я, — год назад. Но я оказался глупцом и даже хуже — жадным. Я рискнул состоянием ради тени.

— Понимаю, — сказал мистер Порротт. — Играли на бирже?

Я печально кивнул, но втайне мне все это казалось забавным. Этот смешной нелепый маленький человечек держался необыкновенно важно.

— Нефтеносные земли Поркупайна? — спросил он вдруг.

Я с удивлением уставился на него.

— Я и в самом деле думал о них, но в конечном счете влип на золотой шахте в Западной Австралии.

Мой сосед смотрел на меня со странным выражением лица, которое я не мог понять.

— Это судьба, — сказал он наконец.

— Что — судьба? — спросил я с раздражением.

— Что я должен жить рядом с человеком, серьезно относящимся к нефтеносным землям Поркупайна и к золотым шахтам Западной Австралии. А скажите, каштановые волосы вам нравятся тоже?

Я уставился на него с открытым ртом, а он расхохотался.

— Нет, нет. Успокойтесь. Это не умопомешательство. Это был глупый вопрос. Видите ли, мой друг, о котором я говорил, был молодым человеком и считал всех женщин хорошенькими, а большую их половину — красавицами. А вы ведь в зрелом возрасте, врач, человек, которому известны суетность и безрассудство многих сторон нашей жизни. Ну-ну, мы соседи! Прошу вас принять и передать в дар вашей превосходной сестре мою самую лучшую тыкву.

Он наклонился и манерно протянул мне огромный экземпляр, который я и принял в том же духе, в каком он был предложен.

— Это утро не прошло даром, — весело сказал маленький человечек. — Я познакомился с личностью, з какой-то степени напоминающей мне моего далекого друга. Между прочим, я хотел бы задать вам один вопрос. Вы, несомненно, знаете всех в этой крошечной деревне. Кто этот молодой человек, у которого такие темные волосы и глаза и красивое лицо? Он ходит с откинутой назад головой и с легкой улыбкой на устах.

Описание не оставляло сомнений.

— Это, должно быть, капитан Ральф Пэтон, — сказал я медленно.

— Я его здесь раньше не видел.

— Он отсутствовал некоторое время. Он сын — приемный сын — мистера Экройда из Фернли Парка.

Мой сосед сделал легкий нетерпеливый жест.

— Да, конечно, мне следовало бы догадаться самому. Мистер Экройд говорил о нем много раз.

— Вы знаете мистера Экройда? — спросил я, немного удивленный.

— Мистер Экройд знал меня по Лондону, когда я там работал. Я попросил его ничего не говорить здесь о моей профессии.

— Понимаю, — сказал я, весьма позабавленный этим явным снобизмом.

Но маленький человечек самодовольно продолжал почти с глупой улыбкой.

— Я предпочитаю оставаться инкогнито. Слава мне не нужна. Я даже не позаботился исправить местную версию моего имени.

— В самом деле, — сказал я, решительно не зная, что сказать.

— Капитан Ральф Пэтон, — задумчиво пробормотал мистер Порротт. — Стало быть, он помолвлен с племянницей мистера Экройда, с очаровательной мисс Флорой.

— Кто вам сказал? — спросил я с большим удивлением.

— Мистер Экройд. С неделю назад. Он очень доволен. Это его давнишнее желание, если я его правильно понял. Я даже думаю, что он оказал некоторое давление на молодого человека. Это никогда не считалось разумным. Молодой человек должен жениться ради себя, а не ради отчима, от которого он зависит.

Мои предположения оказались полностью несостоятельными. Я не мог себе представить, чтобы парикмахер пользовался доверием Экройда и обсуждал с ним вопросы женитьбы его племянницы с приемным сыном. К людям более низкой общественной ступени Экройд выказывал доброе покровительство, но чувство собственного достоинства у него было развито очень сильно. Я понял, что Порротт вовсе не парикмахер. Чтобы скрыть свое смущение, я сказал первое, что пришло мне в голову.

— А чем привлек к себе ваше внимание Ральф Пэтон? Красивой внешностью?

— Нет, не только этим, хотя он необычайно красив для англичанина. У него такая внешность, что ваши женщины-писательницы сравнивали бы его с греческим богом. Нет, с молодым человеком происходило что-то такое, чего я не мог понять.

Последние слова он произнес, как бы размышляя, тоном, который произвел на меня какое-то неопределимое впечатление. Он как бы подводил итог поведению молодого человека в свете только ему одному известных фактов. С этим впечатлением я и ушел, когда из дому меня позвала моя сестра.

Я вошел в дом. На Каролине была шляпка. Она, очевидно, только что вернулась из деревни. Начала она без вступления.

— Я встретила мистера Экройда.

— И что же?

— Я остановила его, но он, казалось, очень спешил и торопился уйти.

Я не сомневался, что было именно так. Он не хотел говорить с Каролиной точно так же, как немногим раньше — с мисс Ганетт. Если не больше. Но не так-то легко отделаться от Каролины.

— Я его сразу же спросила о Ральфе. Он был страшно удивлен. Он не имел никакого представления о том, что парень здесь. Он даже сказал, что я, наверное, ошиблась. Я! Ошиблась!

— Смешно, — заметил я. — Ему следовало бы знать тебя лучше.

— Потом он сказал, что Ральф и Флора помолвлены.

— Я знаю об этом, — перебил я ее со скромной гордостью.

— Кто тебе сказал?

— Наш новый сосед.

Секунду или две Каролина явно колебалась, подобно шарику рулетки, когда он на мгновение замирает между двумя номерами. Но она все ж таки удержалась, чтобы не заговорить о такой соблазнительной новости, и продолжала:

— Я сказала мистеру Экройду, что Ральф в «Трех вепрях».

— Каролина, — упрекнул я ее, — неужели ты не понимаешь, что своей привычкой неразборчиво повторять все, о чем говорят другие, ты можешь наделать много неприятностей.

— Глупости, — сказала моя сестра. — Люди должны знать все. И я считаю, что рассказывать им — это мой долг. Мистер Экройд был очень благодарен мне.

— Что же дальше? — спросил я, так как было видно, что это еще не все.

— Я думаю, он пошел прямо в «Три вепря», и если это так, то Ральфа он там не застал.

— Не застал?

— Нет. Потому что, когда я возвращалась лесом…

— Лесом? — перебил я ее.

Каролина покраснела.

— Сегодня такой восхитительный день, — воскликнула она. — Мне захотелось немного прогуляться. Лес с его осенними красками великолепен в это время года!

Каролина ставит лес ни во что в любое время года. Лес для нее такое место, где можно промочить ноги, или где всякого неприятного рода вещи могут капнуть вам на голову. Нет, в наш местный лес Каролину мог привести только хорошо развитый инстинкт мангусты. Лес — это единственное место, примыкающее к деревне Кингс Эббот, где можно поговорить с молодой женщиной, не боясь, что вас увидит вся деревня. Он граничит с Фернли Парк.

— Ну, продолжай, — сказал я.

— Когда я возвращалась лесом, я услышала голоса.

Каролина помедлила.

— И что же?

— Один голос принадлежал Ральфу Пэтону. Я узнала его сразу. Другой был женский. Конечно, я не думала подслушивать…

— Да, да. Конечно, — заметил я с откровенной насмешкой, которая, однако, не задела Каролину.

— Но я просто не могла не услышать. Девушка что-то сказала, — я не совсем уловила, что именно, — и Ральф ответил. Голос его был сердитый. «Моя дорогая, — сказал он, — неужели ты не понимаешь, что старик может лишить меня наследства? Он сыт мною по горло за последние годы. Еще немного — и все будет хорошо. Нам нужны деньги, моя дорогая. Я буду очень богат, когда старик сыграет в ящик. Он скряга, но он купается в деньгах. Я не хочу, чтобы он изменил свое завещание. Предоставь все мне и не тревожься». Это точно его слова. Я хорошо их запомнила. К несчастью, в этот момент я наступила на сухую веточку или на что-то другое, они умолкли и удалились. Я, конечно, не могла бежать за ними и не увидела, кто была та девушка.

— Это было самым досадным, конечно, — сказал я. — Но думаю, ты все же поспешила в «Три вепря» в бар, чтобы подкрепиться рюмкой коньяка, а заодно и убедиться, обе ли официантки на месте?

— То была не официантка, — с уверенностью сказала Каролина. — Я почти уверена, что это была Флора Экройд. Только…

— Только тогда все кажется лишенным смысла, — согласился я.

— Но если это была не Флора, то кто же?

Моя сестра быстро перебрала всех девушек, живущих в округе, с многочисленным перечислением всех «за» и «против» для каждой. Когда она остановилась, чтобы перевести дух, я пробормотал что-то о больном и выскользнул из дома. Я направился в «Три вепря», полагая, что Ральф Пэтон, вероятно, уже туда вернулся.

Я слишком хорошо знаю Ральфа, по крайней мере, лучше, чем кто-нибудь другой в Кингс Эббот, потому что я знал его мать и, следовательно, понимаю в нем многое из того, что других озадачивает. Он стал в какой-то степени жертвой наследственности. Он не унаследовал от своей матери роковую склонность к спиртному, но, тем не менее, в нем скрыто какое-то слабоволие. Как уже заявил мой новый друг, он необыкновенно красив. Шести футов роста, пропорционально сложен, с легким изяществом атлета. Он брюнет, как и мать, а красивое загорелое лицо всегда готово озариться улыбкой. Ральф Пэтон из тех, кто очаровывает легко и без усилий. Он потворствует своим желаниям, сумасброден и расточителен, ни перед чем в мире не преклоняется. Несмотря на все это, он очень привлекателен, и все его друзья ему преданы. Смог бы я что-нибудь сделать для него? Думаю, что смог бы.

В «Трех вепрях» мне сказали, что капитан Пэтон только что вернулся. Я поднялся наверх и вошел в его комнату без доклада. На какой-то момент, вспомнив, что я слышал и видел, я усомнился в хорошем приеме, но опасения эти были напрасны.

— О! Шеппард! Рад вас видеть! — С улыбкой и протянутой рукой он пошел мне навстречу. — Единственный человек, которого я рад видеть в этой дыре.

Я вскинул брови.

— Что же вы делаете в этой дыре?

Он раздраженно усмехнулся.

— Это долгая история. У меня плохи дела, доктор. Но прежде выпейте.

— Благодарю — выпью.

Он нажал на кнопку звонка, затем вернулся и бросился в кресло.

— Если говорить без обиняков, — сказал он мрачно, — у меня все чертовски запутано. Ни малейшего представления, что делать дальше.

— Что случилось? — спросил я сочувственно.

— Все это мой отчим, черт его дери.

— Что же он сделал?

— Дело не в том, что он сделал, а в том, что он, вероятно, сделает.

Пришли на звонок, и Ральф заказал вино.

Когда человек ушел, он сел, сгорбившись, в кресло, хмурясь своим мыслям.

— Это действительно серьезно? — спросил я.

Он кивнул.

— На этот раз я совершенно один, — сказал он спокойно.

Необычная серьезность его голоса убеждала меня в том, что он говорит правду. Нужно многое, чтобы Ральф стал серьезным.

— В самом деле, — продолжал он, — я не вижу выхода… Будь я проклят, если я его вижу.

— Если я смогу помочь… — предложил я неуверенно.

Он решительно покачал головой.

— Вы очень добры, доктор. Я не могу позволить себе впутывать вас в это дело. Я должен действовать один.

С минуту он молчал, а затем изменившимся голосом повторил:

— Да, я должен действовать один.

Глава 4. Обед в Фернли

Около половины восьмого я позвонил в парадное Фернли. Дверь тотчас же открыл Паркер, дворецкий.

Вечер был прекрасный, и я предпочел пройтись пешком. Я вошел в просторный квадратный холл, Паркер помог мне снять пальто. В это время секретарь Экройда, приятный молодой человек по имени Реймонд, с бумагами в руках проходил в кабинет хозяина.

— Добрый вечер, доктор. Пришли обедать? Или это профессиональный визит?

Второй вопрос был, вероятно, вызван тем, что он увидел, как я поставил на дубовую кушетку свой черный саквояж.

Я объяснил, что в любой момент ожидал вызова по случаю родов и поэтому пришел, готовый к срочному вызову. Реймонд кивнул и пошел дальше, бросив через плечо:

— Проходите в гостиную. Дорогу вы знаете. Дамы сейчас придут. Мне нужно только отнести эти бумаги мистеру Экройду. Я доложу ему, что вы уже здесь.

С появлением Реймонда Паркер ушел, и в холле я остался один. Я поправил галстук, посмотрел в большое зеркало и через всю комнату направился прямо к двери, которая, как я знал, вела в гостиную.

В тот момент, когда я поворачивал ручку, изнутри послышался звук, — как мне показалось, звук опущенной оконной рамы. Я отметил это совершенно подсознательно и в то время не придал этому никакого значения.

Отворив дверь, я вошел и чуть не столкнулся с мисс Рассел, как раз выходившей оттуда. Мы оба извинились.

Я обнаружил, что впервые смотрю на экономку оценивающим взглядом, думая о том, насколько же красива она была раньше, если красота ее сохранилась и поныне. Седина не тронула ее темные волосы, и если бы у нее всегда был румянец, как был он у нее в эту минуту, строгость ее облика не была бы столь заметна. Я невольно отметил, что она вошла снаружи, так как дыхание ее было учащенным, и казалось, что перед этим она бежала.

— Боюсь, что я пришел на несколько минут раньше, — сказал я.

— О! Не думаю. Сейчас уже половина восьмого доктор Шеппард.

Она несколько помедлила, а затем заметила:

— Я не знала, что вы сегодня у нас обедаете. Мистер Экройд не сказал мне об этом.

Мне показалось, что мое присутствие здесь на обеде для нее чем-то неприятно. Но я не мог понять — чем?

— Как ваше колено? — поинтересовался я.

— Все так же, благодарю вас, доктор. А теперь мне нужно идти. Миссис Экройд сейчас придет. Я... Я только заходила взглянуть, на месте ли цветы.

Она быстро исчезла из комнаты. Я подошел к окну, удивляясь ее явному желанию оправдать свое присутствие в гостиной.

Окна были высокие — французские, они открывались на террасу. Следовательно, звук, услышанный мною, не мог быть звуком опускаемой рамы.

Может быть — уголь в камине? Нет, это вовсе не подходит. Выдвижной ящик бюро? Нет, не то.

Затем мой взгляд остановился на предмете, который, как я знаю, здесь называют серебряным столом. Его стеклянная крышка открывается. Через нее можно видеть содержимое стола. Я подошел и стал рассматривать находившиеся в нем вещи. Там были две или три старинные серебряные монеты, детская туфля, принадлежавшая, как утверждают, королю Чарльзу Первому, несколько китайских нефритовых статуэток и довольно много уникальных африканских вещичек.

Желая получше рассмотреть одну из нефритовых фигурок, я поднял крышку. Она выскользнула из моей руки и захлопнулась.

Я тотчас же узнал звук, который слышал. Это был звук осторожно и мягко опускаемой крышки этого самого стола. С удовлетворением проделал я два или три раза эту операцию. Затем снова поднял крышку, чтобы более тщательно рассмотреть содержимое.

Я все еще стоял, склонившись над открытым серебряным столом, когда в комнату вошла Флора Экройд. Флору Экройд многие не любят, но никто не может не восхищаться ею. А для своих друзей она просто очаровательна. Прежде всего, поражает ее необыкновенная красота. У нее настоящие скандинавские светло-золотистые волосы. Голубизна глаз схожа с голубизной воды норвежских фиордов, а кожа лица — поистине кровь с молоком. У нее прямые мальчишеские плечи и узкие бедра. А великолепное здоровье может служить приятным утешением медику, утомленному своими пациентами. Простая английская девушка... Я рискую показаться старомодным, но подлинная красота заставляет сердце биться чаще.

Флора присоединилась ко мне и, разглядывая содержимое серебряного стола, выразила еретические сомнения относительно того, носил ли когда-нибудь король Чарльз Первый детские туфли.

— И вообще, — продолжала Флора, — вся эта никчемная и пустая возня вокруг вещей из-за того лишь, что их кто-то носил или пользовался ими, сдается мне обыкновенной чепухой! Сейчас ведь их никто не носит и никто ими не пользуется. Перо, которым Джордж Элиот написала «Мельницу на Флоссе», в конце концов, только перо и ничего более! А если действительно кто так уж любит Джордж Элиот, пусть купит себе «Мельницу на Флоссе» в дешевом издании и читает.

— Вы, наверное, никогда не читаете таких несовременных книг, мисс Флора?

— Вы ошибаетесь, доктор Шеппард. Я люблю «Мельницу на Флоссе».

Мне было очень приятно услышать это. То, что в наши дни читают молодые женщины и чем они откровенно восхищаются, меня просто пугает.

— Вы меня еще не поздравили, доктор Шеппард, — сказала Флора. — Разве вы не слышали? — она протянула мне левую руку. На среднем пальце матово светилась искусно вкрапленная в кольцо одинокая жемчужина.

— Я намерена выйти за Ральфа, — продолжала она. — И дядя весьма доволен. Как видите, я не ухожу из семьи.

Я взял ее руки в свои и произнес:

— Моя дорогая, я надеюсь, вы будете очень счастливы!

— Мы помолвлены уже с месяц, — спокойно продолжала Флора, — но объявили об этом только вчера. Дядя собирается привести **в** порядок домик Кросс-Стоунз и отдать его нам, а мы собираемся сделать вид, что будем обрабатывать землю. На самом же деле мы всю зиму станем заниматься охотой, немного поживем **в** городе, а затем отправимся **в** путешествие на яхте.

Я люблю море! Конечно, я буду заниматься и приходскими делами, посещать все воскресные службы…

Шурша платьем и многословно извиняясь за опоздание, вошла миссис Экройд.

С огорчением должен признаться, что к миссис Экройд я питаю отвращение. Вся она состоит из костей, сухожилий и зубов. Женщина она крайне неприятная. Обрушивая на вас поток слов, она скользит по вашему лицу, вашей фигуре холодным изучающим взглядом своих маленьких и жестких бледно-голубых глаз.

Оставив Флору у окна, я шагнул навстречу миссис Экройд. Она сунула мне в ладонь для пожатия горсть своих суставов и колец и разразилась нескончаемым потоком слов. Известно ли мне о помолвке Флоры? Такая подходящая во всех отношениях партия! Бедная девочка влюбилась с первого взгляда. Какая превосходная пара — он жгучий брюнет, а она яркая блондинка!

— Скажу вам, дорогой доктор Шеппард, это такая радость для материнского сердца!

Миссис Экройд вздохнула, отдавая дань переживаниям своего материнского сердца, но не забывая, однако, в то же время внимательно следить за мной.

— Я удивляюсь! Вы такой давний друг дорогого Роджера. Мы знаем, как он считается с вашим мнением. Мне так трудно в моем положении вдовы! А тут еще так много утомительного с этой дарственной записью. Вы ведь знаете все, доктор. Я вполне уверена, что Роджер намерен сделать дарственную запись на дорогую Флору, но вы же знаете, он несколько сдержан в отношении денег! Я слыхала, что это свойственно даже промышленным магнатам. Понимаете, я хотела бы знать, не смогли бы вы побеседовать с ним по этому вопросу? Вы так нравитесь Флоре! Мы чувствуем, вы испытанный друг, хотя и знаем вас немногим более двух лет.

Красноречие миссис Экройд было неожиданно прервано, так как дверь гостиной отворилась снова. Я был рад, что ее прервали, так как терпеть не могу вмешиваться в чужие дела, и у меня не было ни малейшего намерения воздействовать на Экройда в отношении его дарственной записи. Если бы нам не помешали, я был бы вынужден сообщить ей об этом.

— Вы знакомы с майором Блантом, не правда ли?

— Да, конечно!

Гектора Бланта знают многие… По крайней мере — благодаря его славе. Я думаю, что никто больше него не убивал диких животных в самых невероятных местах. Стоит вам упомянуть его имя, и вам скажут: «Блант? Вы имеете в виду того знаменитого охотника?».

Его дружба с Экройдом всегда несколько удивляла меня. Это два совершенно непохожих друг на друга человека. Подружились они рано, в юности, и хотя их пути разошлись, дружба — сохранилась. Примерно один раз в два года Блант проводит по две недели в Фернли, а итог — множество голов животных с удивительными рогами и застывшими стеклянными глазами, которые привлекают ваше внимание сразу же, как только вы ступите на порог дома. Эти трофеи — постоянное напоминание о дружбе хозяина дома с Блантом.

Блант вошел в комнату свойственной ему одному неторопливой мягкой поступью. Это человек среднего роста, очень коренастый и крепко сложенный. Его лицо, почти цвета красного дерева, странно невыразительно, а серые глаза словно постоянно наблюдают за чем-то очень отдаленным... Говорит он мало, и то, о чем он говорит, произносится отрывисто, словно слова расстаются с ним против его желания.

Утвердительно спросив в обычной своей отрывистой манере «Как поживаете, Шеппард», он установил свою коренастую фигуру прямо напротив камина и стал смотреть поверх нас. Так, будто увидел где-то там, в своем Тимбукту, нечто чрезвычайно заинтересовавшее его...

— Майор Блант, — позвала его Флора, — я хочу, чтобы вы рассказали мне об этих африканских предметах. Я уверена, вы знаете, что это такое.

Опасаясь, что миссис Экройд снова затеет свой разговор о дарственной записи, я поспешил заговорить о новом виде сладкого горошка. Мне было известно, что есть новый вид сладкого горошка, ибо я прочитал о нем в то утро в «Дейли мейл». Миссис Экройд ничего не смыслит в садоводстве, зато она принадлежит к женщинам, стремящимся любой ценой доказать, что они в курсе событий, и что они тоже читают «Дейли мейл». Эту умную беседу мы и вели до самого прихода Экрой-да и его секретаря, после чего Паркер пригласил всех к столу.

За столом я оказался между миссис Экройд и Флорой. Блант восседал по другую сторону миссис Экройд, а Джоффри Реймонд — рядом с ним. Обед прошел невесело. Экройд был явно озабочен. Выглядел он плохо и почти ничего не ел. Разговор поддерживали миссис Экройд, Реймонд и я. На Флору, очевидно, действовала подавленность дяди. А Блант впал в свое привычное молчание.

Как только закончился обед, Экройд взял меня под руку и отвел в свой кабинет.

— После кофе нас здесь никто не потревожит, — объяснил он. — Я попросил Реймонда позаботиться, чтобы нам не мешали.

Я незаметно наблюдал за ним. Было видно, что он чем-то очень взволнован. С минуту или две он шагал взад-вперед по комнате, потом, когда Паркер вошел с подносом, опустился в кресло перед камином.

Кабинет был удобным помещением. Одну из его стен занимали книжные полки. Высокие кресла обиты темно-синей кожей. У окна — большой письменный стол, на котором лежали подшитые и аккуратно надписанные деловые бумаги. На круглом столе — множество газет и журналов.

— У меня опять эти боли после еды, — небрежно заметил Экройд, отпивая кофе. — Вы должны дать мне еще своих таблеток.

Меня поразило его старание создать впечатление, будто наша встреча носит чисто медицинский характер. Я повел себя соответственно.

— Я так и думал. Я принес их с собой.

— Добрый человек! Дайте же их.

— Они у меня в саквояже в холле. Я сейчас принесу.

— Не беспокойтесь, — остановил он меня, — их принесет Паркер. Паркер, принесите саквояж доктора.

— Хорошо, сэр.

Паркер вышел. Я собирался заговорить, но Экройд предупредительно вскинул руку.

— Подождите! Разве вы не видите: мои нервы в таком состоянии, что я с трудом себя сдерживаю?

Я отлично это видел, и мне было не по себе. Различные предчувствия одолевали меня.

Экройд тотчас же продолжил.

— Проверьте, пожалуйста, закрыто ли окно, — попросил он.

Несколько удивившись просьбе, я встал и подошел к окну. Это окно было не французское, а обычное, подъемного типа. Тяжелые шторы из синего бархата задернуты, но само окно в верхней части —

открыто. Я все еще стоял у окна, когда в комнату вошел Паркер с моим саквояжем.

— Все в порядке, — сказал я, возвращаясь.

— Вы задвинули шпингалет?

— Да, да! Но что с вами, Экройд? — дверь за Паркером только что закрылась, иначе я не задавал бы этого вопроса. Прежде, чем ответить, Экройд с минуту молчал.

— Я в аду, — произнес он медленно. — Да оставьте вы эти проклятые таблетки! Я говорил о них только для Паркера. Слуги так любопытны! Подойдите сюда и садитесь. Дверь тоже закрыта?

— Да. Нас не смогут подслушать, не волнуйтесь.

— Шеппард, никто не знает, что я пережил за эти двадцать четыре часа. Если чей-нибудь дом когда-либо вдруг рассыпался на обломки прямо на глазах у своего хозяина, так это именно я сейчас стою среди обломков своего дома! Дела Ральфа — это последняя капля. Но теперь не об этом. Здесь совсем другое... Совсем другое! Я не знаю, что мне делать. Но я должен решиться.

— Что же вас беспокоит?

Минуту или две Экройд молчал. Казалось, он не хотел начинать. Когда же он вновь заговорил, его вопрос оказался для меня полной неожиданностью. Я ожидал всего, но не этого.

— Шеппард, вы посещали Эшли Феррарса во время его последней болезни, не так ли?

— Да.

Казалось, сформулировать следующий вопрос ему было еще труднее.

— Вы никогда не подозревали... вам никогда не приходило в голову, что... ну, что его могли отравить?

С минуту или две я молчал. Затем решил, что сказать. Роджер Экройд — это не Каролина.

— Я скажу вам правду, — ответил я. — В то время у меня еще не было никаких подозрений, но с тех пор как... В общем, внушила мне эту мысль моя сестра Каролина во время совершенно праздного разговора! И с той минуты я не в состоянии выбросить все это из головы. Но предупреждаю, у меня все же нет никаких оснований для таких подозрений.

— Он был отравлен, — сказал Экройд. Произнес он это мрачным, отчужденным голосом.

— Кем? — глухо спросил я.

— Своей женой.

— Откуда вам это известно?

— Она сама мне сказала.

— Когда?

— Вчера! Боже мой! Вчера! А кажется, что прошло уже десять лет…

С минуту я ждал, а потом вновь он продолжил.

— Вы понимаете, Шеппард, я говорю вам это по секрету. Это не должно идти дальше. Мне нужен ваш совет. Я не могу носить весь этот груз один. Я не знаю, что делать!

— Вы можете рассказать все по порядку? Для меня многое не ясно. Как пришла миссис Феррарс к мысли сделать вам это признание?

— Это было так… Три месяца назад я предложил миссис Феррарс выйти за меня замуж. Она отказалась. Я сделал вторичное предложение, и она согласилась, но не позволила мне объявить о нашей помолвке до окончания ее годичного траура. Вчера я заходил к ней и напомнил, что со времени смерти ее мужа прошел уже год и три недели, и больше ничто не должно препятствовать тому, чтобы наша помолвка стала всеобщим достоянием! Я заметил ей, что в последние дни она очень странно себя ведет. И она вдруг окончательно сломалась! Она… она рассказала мне все. О своей ненависти к животной грубости мужа, о растущей любви ко мне и… об ужасном средстве, которое она избрала. Яд! Боже мой! Это было хладнокровное убийство.

На лице Экройда я видел отвращение и ужас. Миссис Феррарс, наверное, видела все это тоже. Экройд не принадлежал к числу тех великих влюбленных, которые ради любви могут простить все. Он — из числа обстоятельных и положительных граждан. И все благотворное и здоровое, что было в нем, его законопослушание и добродетель, должно быть, оттолкнули его от Феррарс в самый критический для нее момент, в момент откровения.

— Да, — продолжал он тихим монотонным голосом, — она во всем призналась. И мне кажется, что существует какая-то личность, которая обо всем знала, шантажировала ее и получала от нее крупные денежные суммы. Все это доводило ее чуть ли не до умопомешательства!

— Кто был этот человек?

Перед моими глазами вдруг возник образ Ральфа Пэтона и миссис Феррарс, идущих рядом. Он склонил к ней свою голову... Я почти физически ощутил внезапный толчок волнения. Подумать только... Нет, это невозможно. Я вспомнил, как он приветливо встретил меня днем. Абсурд!

— Ей не хотелось называть его имени, — медленно произнес Экройд. — Фактически она даже не сказала, что это был мужчина. Но конечно...

— Конечно, — согласился я, — это должен быть мужчина. — И у вас нет никаких подозрений?

Вместо ответа Экройд застонал и уронил голову на руки.

— Не может быть, — простонал он. — Я схожу с ума от одной лишь мысли об этом. Я даже не решусь сказать вам, какое чудовищное подозрение пришло мне в голову! Хотя скажу вам вот что. Кое-что из ее рассказа наводит меня на мысль, что эта личность может оказаться среди моих домашних... Но этого не может быть! Я, наверное, не так ее понял...

— Что же вы ей сказали? — спросил я.

— Что я мог сказать? Она, конечно, видела, насколько я потрясен. А потом было неясно, что же предпринимать мне во всей этой истории. Понимаете, она сделала меня соучастником уже после того, как сам факт свершился. Полагаю, она видела все это яснее, чем я. Вы знаете, я был ошеломлен! Она попросила у меня двадцать четыре часа… взяла с меня обещание ничего не предпринимать до окончания срока. Она наотрез отказалась назвать имя негодяя, который шантажировал ее. Я думаю, что из боязни, как бы я не пошел и не избил его, а тогда не миновать беды и ей самой! Она заверила, что в течение этих двадцати четырех часов я получу от нее письмо. Боже мой! Клянусь вам, Шеппард, мне и в голову не приходило то, что она задумала. Самоубийство! И это я толкнул ее к нему…

— Ну что вы, — сказал я, — не нужно так преувеличивать. Ответственность за ее смерть к вам не имеет никакого отношения.

— Но что мне теперь делать? Вот в чем вопрос! Бедная женщина умерла. Стоит ли ворошить прошлое?

— Вполне с вами согласен.

— Но здесь есть другая сторона. Как мне найти мерзавца, который привел ее к смерти? Разве это не равносильно тому, что он сам убил ее? Он знал о первом преступлении и воспользовался этим бесстыдно, как хищник! Она понесла наказание. А он — разве он должен оставаться ненаказанным?

— Понимаю, — проговорил я медленно. — Вы хотите загнать его в угол. Вы, конечно, знаете, что тогда вся эта история будет предана широкой огласке?

— Да, я думаю об этом. Я по-разному подходил к этому вопросу…

— Я согласен с вами, что негодяй должен быть наказан, однако, следует учесть, чего это будет стоить.

Экройд встал и заходил по комнате. Потом снова вернулся в кресло.

— Послушайте, Шеппард! Допустим, мы оставим все, как есть. Если от нее не будет ни слова, мы не будем поднимать этого дела…

— Как это понимать — «если от нее не будет ни слова»? — спросил я с любопытством.

— У меня такое чувство, что перед тем, как уйти, она где-то или как-то оставила для меня письмо. Я не могу объяснить всего, но у меня такое чувство.

Я покачал головой.

— Она не оставила ни письма, ни записки. Я спрашивал.

— Шеппард, я уверен, что оставила! И более того: мне кажется, что, избрав для себя смерть обдуманно, она даже хотела, чтобы все стало известно, лишь бы отомстить тому человеку, который довел ее до отчаяния. Я думаю, что если бы я пришел к ней тогда еще раз, она назвала бы мне его имя и попросила пойти к нему, и сделать все возможное.

Он посмотрел на меня.

— Вы не верите в подобные предчувствия?

— О да, верю. В некотором смысле!.. Если, как вы говорите, от нее должно быть письмо… — я умолк.

Бесшумно отворилась дверь, и вошел Паркер с подносом, на котором лежало несколько писем.

— Вечерняя почта, сэр, — сказал он, отдавая Экройду поднос. Он собрал чашки и вышел.

Я немного отвлекся, а когда снова посмотрел на Экройда, то увидел, что он стоял, окаменев. Взгляд его был прикован к узкому голубому конверту. Остальные письма упали наземь.

— Ее почерк, — прошептал он. — Должно быть, она выходила и опустила его в почтовый ящик прошлой ночью, как раз перед тем, как… перед тем, как…

Молниеносным движением он вскрыл конверт и извлек оттуда большое письмо. Резко подняв голову, он взглянул на меня.

— Вы уверены, Шеппард, что закрыли окно? — спросил он.

— Вполне, — ответил я удивленно, — а что вас тревожит?

— Весь вечер меня не покидает странное чувство, будто за мной кто-то следит, кто-то наблюдает. Что это там?! — он резко обернулся.

Я невольно повторил его движение. Нам обоим показалось, что дверная ручка слегка щелкнула.

Я быстро подошел к двери и отворил ее. Там никого не было.

— Нервы, — пробормотал Экройд.

Он развернул плотные листы бумаги и прочитал вслух приглушенным голосом:

«Дорогой мой, дорогой мой Роджер... за жизнь нужно платить жизнью. Я понимаю... я поняла это сегодня по вашему лицу. И потому ухожу по единственному еще открытому для меня пути. Оставляю вам наказать человека, который за этот год превратил мою жизнь в ад на земле. Сегодня днем я вам не назвала его имени, но я напишу о нем сейчас. У меня нет ни детей, ни близких родственников. Мне некого щадить, и поэтому не бойтесь огласки. Если можете, дорогой мой Роджер, простите мне то зло, которое я чуть было не причинила вам, и которое, когда пришел срок, я все же не смогла причинить»...

Не переворачивая страницы, Экройд замолчал.

— Вы меня извините, Шеппард, но я должен прочитать это один, — произнес он нерешительно. — Письмо написано только для меня, только для меня одного.

Он вложил письмо в конверт и положил на стол.

— Потом, когда буду один.

— Нет! — крикнул я под влиянием какого-то инстинктивного побуждения, — читайте сейчас!

Экройд посмотрел на меня с изумлением.

— Извините, — сказал я, краснея. — Я не имел в виду, чтобы вы читали вслух мне. Прочитайте сами, пока я еще здесь.

Экройд покачал головой.

— Нет, я лучше подожду.

По какой-то непонятной мне самому причине я продолжал уговаривать его.

— Прочитайте хотя бы имя шантажиста, — попросил я.

Теперь Экройд, по существу, заупрямился, и чем настойчивее я старался уговорить его, тем решительнее был его отказ. Все мои доводы оказывались напрасными....

Письмо принесли без двадцати минут девять. Оно так и осталось непрочитанным, когда без десяти девять я уходил. Уже взявшись за дверную ручку, я нерешительно остановился и оглянулся, обдумывая, все ли я сделал. Ничего не придумав, я вышел и закрыл за собой дверь.

Я вздрогнул, увидев рядом фигуру Паркера. Он, казалось, смутился, и мне пришло в голову, что он подслушивал у двери. Какая жирная, самодовольная и масленая физиономия у этого человека! А во взгляде — какая-то решительность и неопределенность вместе.

— Мистер Экройд не хочет, чтобы его беспокоили, — сказал я холодно. — Он попросил меня передать вам об этом!

— Отлично, сэр. Мне показалось, что позвонили.

Это была такая явная ложь, что я не стал отвечать ему. Проводив меня в холл, он помог мне одеться.

Я вышел в ночь. Луна была закрыта облаками, и все казалось очень темным и спокойным. Когда я проходил домик привратника, деревенские часы пробили девять. Я повернул налево, к деревне, и чуть было не столкнулся с человеком, шедшим в противоположном направлении.

— Это дорога в Фернли Парк? — хриплым голосом спросил незнакомец.

Я взглянул на него. Шляпа — глубоко надвинута на лоб, воротник пальто поднят. Лица почти не видно, но чувствовалось, что это молодой человек. Голос его был груб и прост.

— Вот в эти ворота, — ответил я.

— Благодарю вас, мистер.

Он помолчал, а затем совершенно излишне добавил:

— Я чужой в этих краях.

Он пошел в ворота, а я обернулся и посмотрел ему вслед. Странно, его голос напоминал чей-то знакомый мне голос, но чей — я не мог вспомнить.

Через десять минут я был уже дома. Каролину очень интересовало, почему я вернулся так рано. Чтобы хоть как-то удовлетворить ее любопытство, я вынужден был присочинить немного к своему отчету о вечере. Но чувствовал я себя неловко, видя, что Каролина мне не верит.

В десять часов я поднялся, зевнул и сказал, что пора спать. Каролина неохотно согласилась.

Была пятница, а по пятницам вечером я всегда завожу домашние часы. Я сделал это, как обычно, а Каролина довольствовалась тем, что проверила, заперла ли служанка кухню.

Было четверть одиннадцатого, когда мы поднимались наверх. Не успел я подойти к своей комнате, как внизу, в холле, зазвонил телефон.

— Это миссис Бейтс, — сразу решила Каролина.

— Боюсь, что она, — ответил я уныло. Я сбежал вниз и снял трубку.

— Что? — спросил я. — Что? Конечно, я буду немедленно!

Я взбежал наверх, схватил свой саквояж и кинул в него перевязочный материал.

— Звонил Паркер, — крикнул я Каролине, — дворецкий из Фернли. Роджера Экройда нашли только что убитым!..

Глава 5. Убийство

Я тотчас же вывел свой автомобиль и помчался в Фернли. Выскочив из него, нетерпеливо позвонил. Дверь не открывали, и я позвонил снова.

Послышался шорох цепочки, и в открытой двери появился Паркер. Его лицо было бесстрастным и спокойным.

Я прорвался мимо него в холл.

— Где он? — спросил я резко.

— Простите, не понимаю, сэр.

— Ваш хозяин. Мистер Экройд. Что вы на меня смотрите! Вы сообщили в полицию?

— В полицию, сэр? Вы сказали — в полицию? — Паркер смотрел на меня так, как если бы я был привидением.

— Что с вами, Паркер? Если, как вы говорите, ваш хозяин убит...

Паркер от изумления открыл рот.

— Хозяин? Убит? Невозможно, сэр!

Теперь наступила моя очередь удивляться.

— Разве пять минут назад вы не звонили мне и не сообщили, что ваш хозяин найден убитым?

— Я, сэр? О! Конечно, нет, сэр. Мне бы и не приснилось такое.

— Вы хотите сказать, что все это шутка? Что с мистером Экройдом ничего не случилось?

— Извините, сэр, тот, кто звонил вам, назвался моим именем?

— Вот дословно то, что я услышал: «Это доктор Шеппард? Говорит Паркер, дворецкий из Фернли Парка. Приезжайте, пожалуйста, немедленно, сэр. Убили мистера Экройда».

Мы растерянно смотрели друг на друга.

— Очень скверная шутка, сэр, — произнес он наконец удрученным голосом. — Подумать только, сказать такое.

— Где мистер Экройд? — спросил я вдруг.

— Думаю, все еще в кабинете. Дамы легли спать, а майор Блант и мистер Реймонд в бильярдной.

— Я полагаю, что мне следует зайти к нему на минутку, — сказал я. — Я знаю, он не хотел, чтобы его снова тревожили, но мне не по себе от этой странной шутки. Мне просто хочется убедиться, что с ним все в порядке.

— Совершенно верно, сэр, мне тоже очень не по себе. Если вы не возражаете, я провожу вас до двери, сэр?

— Нисколько, — ответил я, — пойдемте.

Я прошел через дверь направо. Паркер шел следом. Войдя в маленькую переднюю, из которой легкий лестничный пролет ведет наверх, в спальню Экройда, я постучал в дверь кабинета.

Ответа не было. Я повернул ручку, но дверь была заперта.

— Позвольте мне, сэр, — сказал Паркер.

Очень проворно для человека своего склада он опустился на одно колено и заглянул в замочную скважину.

— Ключ в замке с той стороны. Все в порядке, сэр, — сказал он, поднимаясь. — Должно быть, мистер Экройд закрылся изнутри и уснул в кресле.

Я наклонился и проверил утверждение Паркера.

— Кажется, все в порядке, — сказал я, — но все равно, Паркер, я хочу разбудить вашего хозяина. Я не могу спокойно уйти домой, пока не услышу из его собственных уст, что с ним ничего не случилось.

Я постучал дверной ручкой и позвал.

— Экройд, Экройд, на одну минуту!

Ответа по-прежнему не было. Я взглянул через плечо.

— Я не хочу тревожить домашних, — сказал я нерешительно.

Паркер подошел к двери, через которую мы вошли из холла, и закрыл ее.

— Думаю, теперь все будет хорошо, сэр. Бильярдная находится в другом конце дома, в том же конце кухонные помещения и спальни дам.

Я кивнул. Потом еще раз очень сильно постучал в дверь, и, наклонившись, громко крикнул в замочную скважину:

— Экройд, Экройд! Это Шеппард. Впустите меня.

В ответ — прежняя тишина. Ни признака жизни изнутри замкнутой комнаты. Мы с Паркером переглянулись.

— Послушайте, Паркер, я намерен взломать дверь. Или лучше сделаем это вместе. Ответственность беру на себя.

— Если вы на этом настаиваете, сэр, — ответил Паркер довольно неуверенно.

— Настаиваю. Я серьезно встревожен.

Я осмотрелся и поднял тяжелое дубовое кресло. Мы взялись за него с двух сторон и приступили к двери. Раз... другой... третий раз ударили по замку. После третьего удара он сломался, и мы нерешительно вошли в комнату.

Экройд по-прежнему сидел в кресле перед камином. Голова его свесилась набок, а ниже воротника отчетливо блестел торчащий из пиджака кусок крученного металла.

Мы с Паркером подошли к откинувшейся фигуре. Паркер коротко присвистнул.

— Убит сзади, — пробормотал он, — ...жасно!

Он вытер платком свой влажный лоб и робко протянул руку к рукоятке кинжала.

— Не прикасайтесь, — сказал я резко, — идите и сейчас же позвоните в полицию, сообщите им, что произошло. Потом скажите мистеру Реймонду и майору Бланту.

— Хорошо, сэр.

Паркер поспешно ушел, продолжая вытирать вспотевший лоб.

Я проделал то немногое, что было нужно. Я был очень осторожен, чтобы не изменить положения тела и не коснуться рукоятки кинжала.

Ничего нельзя было передвигать. Было ясно, что после наступления смерти прошло совсем немного времени.

Потом за дверью послышался охваченный ужасом и вместе с тем недоверчивый голос молодого Реймонда.

— Что вы говорите? О! Не может быть! Где доктор?

Он вошел стремительно, но у самой двери замер, лицо его было очень бледным. Твердая рука отстранила его, и в комнату вошел Гектор Блант.

— Боже мой! — промолвил Реймонд из-за его спины. — Значит, это правда.

Блант подошел прямо к креслу и склонился над трупом. Подумав, что он, как и Паркер, хотел дотронуться до рукоятки кинжала, я отстранил его рукой.

— Ничего нельзя трогать, объяснил я. — Полиция должна осмотреть все в таком виде, как сейчас.

Блант понимающе кивнул. Его лицо было невыразительным, как всегда, но мне показалось, что под бесстрастной маской проступили признаки волнения. Теперь Джоффри Реймонд подошел к нам и смотрел на труп из-за плеча Бланта.

— Это ужасно, — сказал он тихо.

Он обрел свое прежнее спокойствие, но когда снял пенсне и привычно протирал его стекла, я видел, как дрожали его руки.

— Думаю, это ограбление, — сказал он. — Как убийца мог сюда проникнуть? Через окно? Что-нибудь взято?

Он подошел к письменному столу.

— Вы думаете, это ограбление со взломом? — спросил я медленно.

— А что же еще? Вопрос о самоубийстве, я полагаю, отпадает?

— Таким способом убить себя невозможно, — сказал я уверенно. — Это явное убийство. Но по каким мотивам?

— У Роджера никогда не было врагов, — сказал спокойно Блант. — Должно быть, взломщики. Но зачем они приходили? Ничего, кажется, не тронуто.

Он оглядел комнату. Реймонд все еще раскладывал бумаги на письменном столе.

— Кажется, все на месте, ящики стола не тронуты, — заявил он наконец. — Очень загадочно.

Блант сделал легкое движение головой.

— Здесь на полу несколько писем, — сказал он.

Я посмотрел вниз. Три из четырех писем лежали там, где Экройд уронил их вечером. Но синий конверт с письмом миссис Феррарс исчез. Я было открыл уже рот, чтобы сказать, но в этот момент в доме раздался звонок. В холле послышался смешанный говор, а затем появился Паркер с нашим местным инспектором и полицейским констеблем.

— Добрый вечер, джентльмены, — сказал инспектор. — Я ужасно огорчен всем этим. Такой прекрасный джентльмен, как мистер Экройд. Дворецкий говорит, что это убийство. Может быть, есть какие-нибудь признаки несчастного случая или самоубийства, доктор?

— Никаких, — сказал я.

— А-а. Плохи дела.

Он подошел и стал у трупа.

— Трогали? — спросил он резко.

— Только для того, чтобы убедиться, что он мертв — очень простая процедура — я никоим образом не менял положения тела.

— Ага! И все указывает на то, что убийца благополучно скрылся… то есть, временно, конечно. Ну, а теперь расскажите все по порядку. Кто обнаружил труп?

Я подробно объяснил все обстоятельства.

— Телефонный вызов, говорите? От дворецкого?

— Вызов, которого я никогда не делал, — горячо вмешался Паркер. — Я не был у телефона весь вечер. Это могут подтвердить другие.

— Очень странно. А голос похож на голос Паркера, доктор?

— Не могу сказать, что я обратил на это внимание. Мне даже в голову не пришло сомневаться.

— Естественно. Хорошо, вы пришли сюда, взломали дверь и обнаружили несчастного мистера Экройда в таком положении. Как, по-вашему, сколько времени он уже мертв?

— По крайней мере, с полчаса, возможно больше, — ответил я.

— Вы говорите, что дверь была закрыта изнутри? А как окно?

— Вечером по просьбе мистера Экройда я лично закрыл его и защелкнул на шпингалет.

Инспектор подошел к окну и отдернул шторы.

— По крайней мере, сейчас оно открыто, — заметил он. Окно было действительно открыто, его нижняя рама была поднята до отказа.

Инспектор достал карманный фонарик и осветил им внешнюю часть подоконника.

— Этим путем он благополучно ушел отсюда, — заметил он, — и вошел — тоже. Взгляните сюда.

В ярком свете мощного фонарика можно было увидеть несколько четких отпечатков ног. Следы были от обуви с поперечными резиновыми полосками на подошве. Один, особенно отчетливый след был направлен внутрь комнаты, другой, немного перекрывавший его, показывал наружу.

— Просто, как дважды два, — сказал инспектор. — Что-нибудь ценное исчезло?

Джоффри Реймонд покачал головой.

— Ничего такого, что бы мы пока обнаружили. В этой комнате мистер Зкройд никогда не держал особо ценных вещей.

— Хм... Бандит увидел открытое окно. Забрался через него сюда, увидел вот здесь сидящего Экройда... Может быть, он уснул. Ударом сзади бандит убил его, но нервы не выдержали, и -он удрал. Но он оставил очень хорошие следы. Мы должны поймать его без особых трудностей. Никто из посторонних не болтался поблизости?

— О! — воскликнул я вдруг.

— Что, доктор?

— Сегодня вечером я встретил какого-то человека. Я как раз выходил из ворот. Он спросил у меня, как пройти в Фернли Парк.

— В котором часу это было?

— Ровна в девять. Я слышал бой часов, когда проходил ворота.

— Вы можете описать его?

Я как можно точнее рассказал.

Инспектор повернулся к дворецкому.

— Кто-нибудь похожий появлялся у дверей дома?

— Нет, сэр. За весь вечер никто не подходил к парадному.

— А к заднему крыльцу?

— Не думаю, сэр, но я спрошу.

Он направился было к двери, но инспектор протянул свою большую руку.

— Не надо, благодарю вас. Я сам спрошу. Но прежде всего мне нужно установить более точное время. Когда последний раз видели мистера Экройда живым?

— Вероятно, это было, когда я уходил, — сказал я, — позвольте вспомнить... приблизительно без десяти минут девять. Он сказал, что не хочет, чтобы его беспокоили, и я передал это Паркеру.

— Точно так, сэр, — сказал почтительно Паркер.

— В половине десятого мистер Экройд, несомненно, был еще жив, — сказал мистер Реймонд, — так как я слышал его голос, он здесь разговаривал.

— С кем он говорил?

— Этого я не знаю. В то время я, конечно, не сомневался, что с ним был доктор Шеппард. Я хотел спросить его относительно одного документа, которым я был занят, но, услышав голоса, я вспомнил, как он говорил, что хочет побеседовать с доктором Шеппардом наедине. И я ушел. Но, как теперь оказывается, к тому времени доктора уже здесь не было.

Я кивнул.

— Я был дома что-то около пятнадцати минут десятого, — сказал я, — никуда больше не выходил до тех пор, пока мне не позвонили.

— Кто же мог с ним быть в половине десятого? — спросил инспектор. — Не вы ли мистер... э... э...

— Майор Блант, — подсказал я.

— Майор Гектор Блант? — спросил инспектор, и почувствовалось, как его голос стал наполняться почтительными нотками.

Блант только утвердительно кивнул головой.

— Мы виделись здесь прежде, сэр, — сказал инспектор. — Сначала я вас не узнал, вы жили у мистера Экройда в прошлом году в мае.

— В июне, — поправил Блант.

— Точно. Это было в июне. Итак, не вы ли находились с мистером Экройдом сегодня в девять тридцать вечера?

Блант покачал головой.

— После обеда я его больше не видел, — сообщил он.

Инспектор повернулся снова к Реймонду.

— Вы случайно не слышали, о чем шел разговор, сэр?

— Я слышал только небольшой отрывок, — сказал секретарь, — и будучи убежден, что с мистером Экройдом доктор Шеппард, был поражен странностью содержания этого разговора. Насколько могу припомнить, мистер Экройд говорил вот что: «...нужда в моих деньгах настолько участилась за последнее время, — так он говорил, — ...за последнее время, что боюсь, будет невозможно удовлетворить ваши требования»... Я, конечно, сразу ушел и ничего больше не слышал. Я был несколько удивлен, потому что доктор Шеппард...

— Не просит взаймы ни для себя, ни для других, — закончил я вместо него.

— Требование денег, — задумчиво произнес инспектор, — вполне возможно, что здесь есть за что ухватиться.

Он повернулся к дворецкому.

— Вы сказали, Паркер, что сегодня вечером с парадного никого не впускали.

— Именно это я сказал, сэр.

— Тогда кажется совершенно очевидным, что мистер Экройд должен был сам впустить этого человека. Но я не совсем понимаю...

На несколько минут инспектор, казалось, погрузился в сон наяву.

— Ясно одно, — сказал он наконец, очнувшись от своих размышлений, — мистер Экройд был жив и здоров в девять тридцать. Это последний момент, когда он был еще жив.

Паркер с извиняющимся видом слегка кашлянул, и это немедленно привлекло к нему инспектора снова.

— Ну, что у вас? — спросил он резко.

— Извините, сэр, — но мисс Флора видела его после этого.

— Мисс Флора?

— Да, сэр. Тогда было примерно без четверти десять. Мисс Флора сказала мне, что не нужно больше беспокоить мистера Экройда.

— Это он послал ее к вам?

— Не совсем так, сэр. Я как раз нес виски с содовой, когда мисс Флора выходила из этой комнаты. Она остановила меня и сказала, что ее дядя не желает, чтобы его тревожили.

Теперь инспектор посмотрел на дворецкого с гораздо большим вниманием, чем тот удостаивался до этого.

— Вам ведь уже говорили, что мистер Экройд не хотел, чтобы его беспокоили, не так ли?

Паркер начал заикаться. Руки его тряслись.

— Да, сэр. Да, сэр. Совершенно верно, сэр.

— А вы все же делали это.

— Я забыл, сэр... До некоторой степени... я имею в виду. В это время я всегда приношу виски с содовой и спрашиваю, не нужно ли чего-нибудь еще. Кроме того, я думал... короче, я делал все это, не думая.

Только теперь я начал замечать, что Паркер был подозрительно возбужден. Он весь дрожал, и лицо его подергивалось судорогой.

— Хм... Я должен немедленно повидаться с мисс Экройд, — сказал инспектор. — На некоторое время мы выйдем отсюда. Пусть остается все, как есть. Я вернусь сюда как только услышу, что скажет мисс Экройд. Из предосторожности окно закрою.

Сделав это, он направился в холл, мы последовали за ним. Увидев небольшую лестницу, он остановился. Потом сказал через плечо констеблю:

— Джонс, вы лучше оставайтесь здесь. Никому не разрешайте входить в эту комнату.

Паркер почтительно вмешался.

— Извините, сэр. Если закрыть дверь в холл, в эту часть дома доступа не будет. Эта лестница ведет только в спальню мистера Экройда и в ванную. С другой стороны никакого сообщения нет. Раньше была дверь, но ее заложили. Мистеру Экройду нравилось чувствовать, что его покои принадлежат только ему.

Чтобы было понятнее, я прилагаю примерный план правого крыла дома. Небольшая лестница ведет, как об этом сказал Паркер, в просторную спальню (переделанную в таковую из двух комнат) и в смежные с нею ванную и уборную.

Инспектор оценил обстановку тотчас. Мы прошли в большой холл, а он закрыл за собой дверь и ключ опустил в карман. Потом вполголоса дал какие-то указания констеблю, и тот вышел.

— Мы должны заняться этими следами от туфель, — объяснил инспектор. — Но прежде всего я должен побеседовать с мисс Экройд. Она последней видела своего дядю живым. Она уже знает?

Реймонд отрицательно покачал головой.

— В таком случае нет необходимости говорить ей сразу. Сообщение о смерти дяди может так потрясти ее, что она будет не в состоянии отвечать на мои вопросы. Скажите ей, что в доме совершена кража и попросите, если она не будет возражать, одеться и сойти вниз, чтобы ответить на несколько вопросов.

С этим поручением наверх отправился Реймонд.

— Мисс Экройд сейчас выйдет, — сообщил он, когда вернулся. — Я сказал ей все так, как вы предложили.

Минут через пять Флора пришла. На ней было бледно-розовое шелковое кимоно. Она казалась встревоженной и взволнованной.

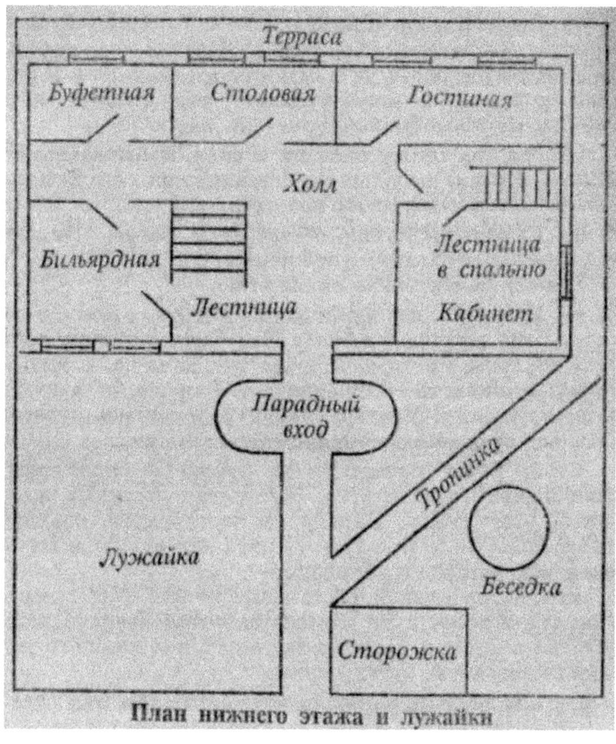

План нижнего этажа и лужайки

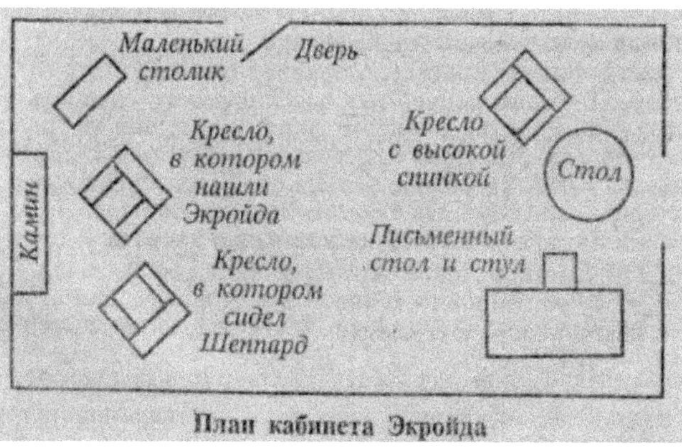

План кабинета Экройда

Инспектор вышел вперед.

— Добрый вечер, мисс Экройд, — поздоровался он вежливо. — Здесь была попытка ограбления, и мы хотим, чтобы вы помогли нам. Что это за комната — бильярдная? Входите сюда и садитесь.

Флора спокойно села на широкий диван во всю длину стены, и посмотрела на инспектора.

— Я ничего не понимаю. Что украдено? О чем вы хотите, чтобы я вам рассказала?

— Вот о чем, мисс Экройд. Паркер говорит, что вы выходили из кабинета своего дяди, когда было приблизительно без четверти десять. Это верно?

— Совершенно верно. Я заходила пожелать ему спокойной ночи.

— А время указано точно?

— Да, должно быть, около этого. Не могу сказать точно. Может быть, немного позже.

— Ваш дядя был один, или у него кто-нибудь был?

— Он был один. Доктор Шеппард уже ушел.

— Вы случайно не заметили, окно было открыто или закрыто?

Флора покачала головой.

— Не могу сказать. Шторы были задернуты.

— Совершенно верно. А ваш дядя выглядел как обычно?

— Думаю, что да.

— Не смогли бы вы рассказать нам точно, что между вами произошло?

Флора с минуту молчала, как бы собирая воедино все, что могла припомнить.

— Я вошла и сказала: «Спокойной ночи, дядя. Я ложусь спать. Я сегодня устала». Он тихо проворчал что-то, а я подошла и поцеловала его. Он сказал, что мне к лицу платье, которое было на мне, а затем сказал, чтобы я уходила, так как он занят. И я ушла.

— Он просил специально, чтобы его не беспокоили.

— О, да! Я забыла. Он сказал: «Скажи Паркеру, что сегодня мне ничего больше не нужно, и пусть он меня не беспокоит». Я встретила Паркера тут же за Дверью и все передала ему.

— Все верно, — сказал инспектор.

— Но скажите же, что здесь похитили?

— Мы не совсем... уверены, — сказал инспектор, колеблясь.

В глазах девушки появилось выражение большой тревоги. Она пристально посмотрела на инспектора.

— Что случилось? Вы что-то от меня скрываете?

Двигаясь в своей обычной свободной манере, подошел Гектор Блант и стал между нею и инспектором. Словно ища опору, она протянула руку, и он взял ее в свои, похлопывая, будто она была очень маленьким ребенком, и она повернулась к нему, как бы почувствовав в его скалоподобном облике и спокойствии нечто, сулившее ей утешение и защиту.

— Плохие новости, Флора, — сказал он тихо. — Для всех нас плохие. Ваш дядя Роджер...

— Что?

— Это будет для вас ударом. Большим ударом. Бедный Роджер умер.

Флора отшатнулась от него, глаза ее расширились от ужаса.

— Когда? — прошептала она. — Когда?

— Боюсь, что очень скоро после того, как вы от него вышли, — мрачно сказал Блант.

Флора дотронулась рукой до горла, коротко вскрикнула, и я поспешил подхватить ее, так как она падала. Ей было дурно. Мы с Блантом отнесли ее наверх и уложили в постель. Я послал Бланта разбудить миссис Экройд и сообщить ей о случившемся. Флора вскоре пришла в себя, и я привел к ней мать. Объяснив ей, что нужно сделать для девушки, я снова поспешил вниз.

Глава 6. Тунисский кинжал

Я встретил инспектора, когда он выходил из двери, ведущей в кухонные помещения.

— Как себя чувствует молодая леди, доктор?

— Пришла в себя. С ней мать.

— Хорошо. Сейчас я допрашиваю слуг. Все они говорят, что у заднего крыльца вечером никого не было. Ваши описания этого незнакомца были смутны, не смогли бы вы дать нам что-нибудь более определенное, за что можно было бы ухватиться?

— Боюсь, что нет, — сказал я с сожалением. — Было темно, у парня воротник пальто был поднят, и шляпа надвинута до самых глаз.

— Хм, похоже, что он хотел скрыть свое лицо, — сказал инспектор. — Вы уверены, что не знаете этого человека?

Я ответил, что уверен, но не так решительно, как мог бы ответить. Я вспомнил то впечатление, которое произвел на меня голос незнакомца. С некоторой неуверенностью я рассказал об этом инспектору.

— Говорите, голос грубый, простой?

Я подтвердил, но тут же подумал, что грубость эта теперь казалась мне нарочито преувеличенной. Если он, как полагает инспектор, хотел скрыть свое лицо, он точно так же мог попытаться изменить и голос.

— Вы не против зайти со мной в кабинет еще раз, доктор? У меня к вам еще два-три вопроса.

Я молча согласился. Инспектор Дэвис открыл дверь, и когда мы вошли в маленькую переднюю, он закрыл ее снова.

— Не хочу, чтобы нам мешали, — сказал он мрачно. — И тем более — подслушивали. Вы что-нибудь слыхали о шантаже? Что все это значит?

— О шантаже! — воскликнул я взволнованно.

— Это выдумки Паркера? Или в этом что-то есть?

— Если Паркер слышал что-нибудь о шантаже, — сказал я медленно, — значит, он подслушивал, приложив ухо к замочной скважине.

Дэвис кивнул.

— Вполне возможно. Я навел справки относительно того, чем он был занят сегодня вечером. Сказать по правде, мне не понравилось его поведение. Он что-то знает. Когда я начал его допрашивать, он струсил и наплел что-то невразумительное о шантаже.

Я решился.

— Я рад, что вы натолкнулись на это дело, — сказал я. — Я все время стараюсь решить, стоит ли говорить об этом или нет. Фактически я уже решил рассказать вам обо всем и ждал только подходящего случая. Теперь он представился.

И я рассказал ему все, что знал, о событиях этого вечера в доме Экройда. Инспектор слушал очень внимательно, время от времени задавая вопросы.

— Самая невероятная история, какую я когда-либо слышал, — сказал он, когда я закончил. — Вы говорите, что письмо исчезло? Это плохо. Это действительно очень плохо. Оно открыло бы нам то, что мы стараемся узнать — мотивы убийства.

Я кивнул.

— Понимаю.

— Вы говорите, что Экройд намекал на подозрение, что в этом деле замешан кто-то из домашних? Кто-то из домашних — это очень растяжимое понятие.

— Не думаете ли вы, что сам Паркер может быть тем человеком, которого мы ищем? — спросил я.

— Вполне возможно. Он явно подслушивал у двери, когда вы уходили. Позже у входа в кабинет на него натолкнулась мисс Экройд. Предположим, он попытался снова, когда она ушла. Убив Экройда, он замкнул дверь изнутри, открыл окно, вылез через него наружу и вошел в дом через боковую дверь, которую он заранее оставил открытой. Ну, как?

— Против этого есть только одно возражение, — сказал я медленно. — Если Экройд дочитал письмо после моего ухода, он не стал бы сидеть и обдумывать положение в течение целого часа. Он немедленно позвал бы Паркера, обвинил его и поднял большой шум. Не забывайте, что Экройд был человеком холерического темперамента.

— У него не было времени дочитывать письмо, — сказал инспектор. — Нам ведь известно, что в половине десятого у него кто-то был. Если этот посетитель пришел сразу же после вашего ухода, а после него к Экройду вошла Флора пожелать ему спокойной ночи, он не смог бы заняться своим письмом вплоть до десяти часов.

— А телефонный вызов?

— Его сделал Паркер... вероятно, забыв о закрытой изнутри двери и открытом окне. Потом он вспомнил или впал в панику и решил все отрицать. Поверьте, это было именно так.

— Да-а, — протянул я с сомнением.

— Во всяком случае об этом телефонном вызове мы сможем все выяснить на коммутаторе. Если он был сделан отсюда, то, кроме Паркера, этого никто не мог сделать. Он в наших руках. Но никому ни слова об этом. Мы не хотим его спугнуть, пока не соберем всех улик. Я приму все меры, чтобы он не ускользнул от нас. А пока, по-видимому, займемся вашим загадочным незнакомцем.

Он встал со стула, на котором сидел верхом у письменного стола, и подошел к неподвижному телу в кресле.

— Оружие должно послужить тоже зацепкой, — заметил он. — Э, да судя по виду, это что-то уникальное, редкостное.

Он наклонился и стал внимательно рассматривать рукоятку, я услышал, как он удовлетворенно хмыкнул. Потом очень сильно сжал руками оружие пониже рукоятки и вытащил лезвие из раны. Не касаясь рукоятки, он принес его и положил в широкий фарфоровый кубок, украшавший камин.

— Да, — сказал он, кивнув на кинжал. — Настоящее произведение искусства. Таких здесь много не найдешь.

Это была действительно прекрасная вещь. Неширокое, сужающееся к концу лезвие и рукоятка из тщательно отделанных и сложно сработанных сплетений редкостных металлических сплавов. Он потрогал пальцем лезвие, пробуя его остроту, и на лице появилась оценивающая гримаса.

— Боже, какое острое! — воскликнул он. — Ребенок мог бы вонзить его в человека, как в масло. Опасная игрушка.

— Теперь мне можно произвести тщательный осмотр тела? — спросил я.

Он кивнул.

— Валяйте.

Я тщательно осмотрел труп.

— Ну и что? — спросил инспектор, когда я закончил.

— Не буду сейчас пользоваться профессиональным языком, — сказал я. — Оставим это для следственного заключения. Удар был нанесен правой рукой человека, стоящего сзади. Смерть, должно быть, наступила мгновенно. Судя по выражению лица убитого, я бы сказал, что удар был совершенно неожиданным. Он, вероятно, умер, так и не узнав, кто был его противник.

— Дворецкие умеют ходить бесшумно, как кошки, — сказал инспектор Дэвис. — В этом преступлении загадочного будет немного. Взгляните на рукоятку кинжала.

Я взглянул.

— Осмелюсь сказать, вы их не видите, но я вижу их вполне ясно. — Он понизил голос. — Отпечатки пальцев.

Он отступил на несколько шагов, чтобы лучше судить о произведенном эффекте.

— Я. их тоже различаю, — сказал я мягко.

Я не понимаю, почему меня должны считать абсолютным профаном. В конце концов, я читаю детективные романы и газеты, и человек я вполне нормальных способностей. Другое дело, если бы на рукоятке кинжала были отпечатки пальцев ног. Тогда я, наверное, выразил бы свое удивление и благоговейный трепет.

Наконец, инспектору надоело интриговать меня. Он взял фарфоровый кубок и пригласил меня с собой в бильярдную.

— Я хочу спросить у мистера Реймонда, не может ли он сказать нам что-нибудь об этом кинжале, — объяснил он.

Замкнув снова за собой наружную дверь, мы прошли в бильярдную. Джоффри Реймонд был там. Инспектор поднял свое вещественное доказательство.

— Вы видели эту вещь когда-нибудь раньше, мистер Реймонд?

— Эту вещь... Я думаю... я почти уверен, что это тот самый кинжал, который подарил мистеру Экройду майор Блант. Редкостная художественная вещь из Марокко... нет, из Туниса. Значит, преступление было совершено им? Невероятно! Кажется, почти невозможно, и все же едва ли найдется другой такой кинжал. Можно, я приведу майора Бланта?

И, не дожидаясь ответа, он поспешно вышел.

— Славный молодой человек, — сказал инспектор.

— Честный и бесхитростный.

Я согласился. Джоффри Реймонд служит секретарем у Экройда два года, и я никогда не замечал, чтобы он был заносчив или груб. Кроме того, я знаю, что он умелый секретарь.

Через одну-две минуты Реймонд вернулся вместе с Блантом.

— Я был прав, — сказал взволнованно Реймонд. — Это тунисский кинжал.

— Майор Блант еще не смотрел на него, — возразил инспектор.

— Я увидел его, как только вошел в кабинет, — сказал невозмутимый Блант.

— Значит, вы узнали его еще тогда?

Блант кивнул.

— Но вы ничего не сказали о нем, — произнес инспектор с подозрением.

— Время было неподходящее, — объяснил Блант. — Несвоевременной болтовней можно причинить много зла.

Пристальный взгляд инспектора он выдержал совершенно спокойно.

Наконец тот что-то буркнул и отвернулся. Затем он поднес кинжал Бланту.

— Вы вполне уверены, сэр? Вы опознаете его?

— Абсолютно. Никаких сомнений.

— Где хранилась эта... э-э... редкостная художественная вещь? Вы можете сказать?

Ответил секретарь.

— В серебряном столе в гостиной.

— Что? — вырвалось у меня.

Все посмотрели на меня.

— Да, доктор? — ободряюще сказал инспектор.

— Ничего...

— Ну, ну, доктор, — сказал инспектор еще более ободряюще.

— Это такая мелочь, — объяснил я виновато. — Когда сегодня вечером я пришел на обед, я слышал, как в гостиной закрывали крышку серебряного стола. Только и всего.

На лице инспектора я заметил большое недоверие и тень подозрения.

— Как вы узнали, что это была крышка серебряного стола?

Я был вынужден дать подробные объяснения, долгие и скучные, без которых можно было бы обойтись.

Инспектор выслушал меня до конца.

— Кинжал был на месте, когда вы рассматривали содержимое стола? — спросил он.

— Не знаю, — ответил я. — Не помню, заметил ли я его вообще, но, конечно, он мог там быть все время.

— Мы лучше спросим у экономки, — заметил инспектор и позвонил.

Через несколько минут, вызванная Паркером, в комнату вошла мисс Рассел.

— Не думаю, чтобы я была у серебряного стола, — сказала она, когда инспектор сформулировал свой вопрос. — Я проверяла, все ли цветы были свежие. О! Да, теперь я вспомнила. Серебряный стол был открыт. Это был непорядок, и, проходя мимо, я опустила крышку.

Она вызывающе посмотрела на инспектора.

— Понятно, — сказал инспектор. — Не смогли бы вы в таком случае сказать, был ли на месте этот кинжал?

Мисс Рассел спокойно посмотрела на оружие.

— Не могу сказать. Решительно не могу, — ответила она. — Я не останавливалась, чтобы смотреть. Я знала, что семья с минуты на минуту должна появиться в гостиной и хотела поскорее уйти.

— Благодарю вас, — сказал инспектор. В его поведении промелькнула легкая тень колебания, словно он хотел продолжить допрос, но мисс Рассел поняла его слова как окончание беседы и плавно вышла из комнаты.

— Довольно-таки раздражительная особа, а? — промолвил инспектор, глядя ей вслед. — Так об этом серебряном столе. Он, как вы сказали, доктор, стоит у одного из окон?

За меня ответил Реймонд.

— Да, у окна, что слева.

— А окно было открыто?

— Они оба были полуоткрыты.

— Ну хорошо. Полагаю, что углубляться в этот вопрос нет никакой нужды. Кто-то (я пока скажу «кто-то») мог взять кинжал в любое время. К тому же точное время для дела не имеет ни малейшего значения. Я буду здесь утром с начальником полиции, мистер Реймонд. До тех пор ключ от двери будет у меня. Я хочу, чтобы полковник Мэкроуз увидел все, как есть. Мне известно, что он сегодня обедает в другом конце графства, и до утра его, очевидно, не будет.

Инспектор взял кубок.

— Я должен буду все это тщательно упаковать, — объяснил он. — Он еще не раз послужит очень важной уликой.

Через несколько минут, когда мы с Реймондом выходили из бильярдной, Реймонд тихим голосом забавно хмыкнул. Я почувствовал, как он сжал мою руку повыше локтя, и посмотрел в ту сторону, куда он показал глазами. Инспектор Дэвис дал Паркеру маленький карманный календарь и, казалось, хотел узнать его мнение об этой вещице.

— Немного заметно, — пробормотал мой спутник. — Значит, на подозрении Паркер, не так ли? Давайте снабдим инспектора Дэвиса комплектом и наших отпечатков пальцев. Он взял две карты с карточного подноса, протер их своим шелковым платком, дал одну мне, а другую взял себе. Затем с усмешкой он вручил их полицейскому инспектору.

— Примите сувениры, — сказал он. — Номер один — доктор Шеппард, номер два — ваш покорный слуга. От майора Бланта будет доставлен утром.

Молодость очень жизнерадостна. Даже жестокое убийство друга и хозяина Реймонда не смогло надолго омрачить его настроение. Вероятно, так оно и должно быть. Не знаю. Сам я уже давно утратил свою гибкость.

Было очень поздно, когда я вернулся домой. Я надеялся, что Каролина будет спать. Но мне следовало знать ее лучше.

Ожидая меня, она приготовила горячее какао, и пока я пил его, она вытянула из меня все о событиях вечера. Я ничего не сказал ей о шантаже, и она довольствовалась только сведениями об убийстве.

— Полиция подозревает Паркера, — сказал я, поднявшись, чтобы идти наверх спать, — кажется, против него есть веские улики.

— Паркер! — возмутилась моя сестра. — Вздор! Этот инспектор, должно быть, круглый дурак. Подумать только — Паркер! Какой вздор!

Эти невразумительные слова были последними, перед тем, как мы разошлись по своим комнатам.

Глава 7. Я узнаю профессию своего соседа

На следующее утро я непростительно быстро закончил свой обход. Единственным оправданием для меня было отсутствие серьезных случаев. Когда я вернулся, в холл вошла Каролина.

— У нас Флора Экройд, — сообщила она взволнованным голосом.

— Что? — воскликнул я, стараясь как можно лучше скрыть свое удивление.

— Она очень хочет тебя видеть. Она здесь уже полчаса.

Каролина вошла в нашу небольшую гостиную, я вошел следом.

Флора сидела на диване у окна. Она была в черном и нервно заламывала руки. Ее лицо меня поразило. Весь румянец сошел с него. Но, когда она заговорила, ее поведение выражало, насколько это было для нее возможным, спокойствие и решительность.

— Доктор Шеппард, я пришла просить вас помочь мне.

— Конечно, он поможет вам, моя дорогая, — сказала Каролина.

Не думаю, что Флоре было желательно присутствие Каролины при нашей беседе. Я уверен, она предпочла бы говорить со мной наедине. Но ей не хотелось терять времени, и поэтому она выбрала наилучшее из того, что ей оставалось.

— Я хочу, чтобы вы пошли со мной к вашему соседу.

— К соседу? — изумился я.

— К этому смешному маленькому человечку? — не удержалась Каролина.

— Да. Вы знаете, кто он, не так ли?

— Мы думали, — сказал я, — что он отставной парикмахер.

Голубые глаза Флоры расширились от удивления.

— Но почему? Это же Эркюль Пуаро! Вы знаете, кого я имею в виду — частного детектива. Говорят, он творил чудеса, какие детективы совершают только в романах. Год назад он ушел в отставку и поселился здесь. Дядя знал, кто он, но обещал никому не выдавать его, потому что Пуаро намерен жить спокойно и не хочет, чтобы ему надоедали.

— Так вот кто он, — произнес я медленно.

— Вы, конечно, слышали о нем?

— Я человек весьма отсталый, как старается убедить меня в этом Каролина, но о нем я слышал.

— Удивительно, — заметила Каролина.

Было непонятно, к чему относилось это замечание. Вероятно, к ее собственной неудаче узнать, кто этот человек.

— Вы хотите пойти к нему, — спросил я медленно, — а для чего?

— Поручить ему раскрыть это преступление, конечно, — резко объяснила Каролина. — Не будь таким глупым, Джеймс!

Я не был таким глупым. Каролина не всегда понимает, к чему я клоню.

— Вы не доверяете инспектору Дэвису? — продолжал я.

— Конечно, нет, — сказала Каролина. — И я — тоже.

Можно было подумать, что убили дядю Каролины.

— Но как он к этому отнесется? — спросил я. — Вы же знаете, он ушел от активной деятельности.

— В том-то и дело, — ответила Флора просто. — Я хочу уговорить его.

— Вы уверены, что поступаете разумно? — спросил я мрачно.

— Конечно, — вставила Каролина. — Я пойду с ней сама, если она пожелает!

— Я хотела бы, чтобы со мной пошел доктор, если вы не возражаете, мисс Шеппард, — отрезала Флора.

Она понимала, как важно быть прямой в данных обстоятельствах: любые намеки для Каролины прозвучали бы впустую.

— Видите ли, — стараясь проявить такт, пояснила Флора, — доктор Шеппард врач, он обнаружил тело убитого и сможет рассказать месье Пуаро обо всем подробно.

— Конечно, — неохотно согласилась Каролина, — я вижу.

Я два три раза прошелся туда-сюда по комнате.

— Флора, — сказал я мрачно, — положитесь на меня. Я советую вам не втягивать месье Пуаро в это дело.

Флора вскочила на ноги. Кровь прилила к ее щекам.

— Я знаю, почему вы так говорите, — крикнула она. — Но именно поэтому я и хочу пойти. Вы боитесь! А я не боюсь: я знаю Ральфа лучше, чем вы.

— Ральфа? — удивилась Каролина. — А причем здесь Ральф?

Мы оба промолчали.

— Ральф может быть слабым, — продолжала Флора. — Возможно, в прошлом он наделал много глупостей, может быть, даже безнравственных, но он не способен убить.

— Нет, нет! — воскликнул я. — Я никогда не думал так о нем.

— Тогда зачем вы ходили в «Три вепря» ночью? — потребовала ответа Флора. — По пути домой, после того, как было обнаружено, что дядя убит?

Я замолчал. Я надеялся, что мое посещение останется незамеченным.

— Как вы узнали об этом? — спросил я в свою очередь.

— Я ходила туда утром, — ответила Флора, — слуги мне сказали, что Ральф .там...

Я перебил ее.

— Вы не знали, что он в Кингс Эббот?

— Нет. Я была изумлена. Это было непонятно. Я пошла туда и справилась о нем. Мне ответили так же, как, по-видимому, ответили и вам ночью, что вчера вечером около девяти часов он вышел и... больше не возвращался!

Она вызывающе посмотрела мне в глаза. И, как бы отвечая на то, что она в них увидела, вдруг выкрикнула:

— Ну почему он не вернулся? Может, он куда-нибудь уехал? Может, вернулся в Лондон?

— Оставив здесь свои вещи? — спросил я мягко.

Флора притопнула ногой.

— А мне все равно. Элементарное объяснение должно быть!

— И поэтому вы хотите обратиться к Эркюлю Пуаро? Не лучше ли оставить все, как есть? И запомните, что, по крайней мере, для полиции Ральф вне подозрений. Они работают совершенно в другом направлении.

— Но в том-то и дело! — крикнула девушка. — Они подозревают его! Сегодня утром из Кранчестера приехал еще один инспектор — инспектор Рэглан, неприятный, постоянно настороженный невысокий человек. Я узнала, что утром, еще до меня, он был в «Трех вепрях». Мне рассказали все о его пребывании там и о том, какие он задавал вопросы. Он, наверное, предполагает, что это сделал Ральф!..

— Если так, то произошли изменения, — сказал я в раздумье. — Значит, он не верит теории Дэвиса относительно Паркера.

— Паркера! Ну и ну! — фыркнула моя сестра.

Флора подошла и взяла меня за руку.

— О! Доктор Шеппард, отправимся сейчас же к этому месье Пуаро! Он найдет правду.

— Моя дорогая Флора, — сказал я мягко, беря ее под руку, — а вы уверены, что хотите именно правды?

Она посмотрела на меня, с упреком покачала головой.

— Вы не уверены, — сказала она. — А я верю. Я знаю Ральфа лучше, чем вы.

— Конечно, он этого не делал, — не выдержала Каролина, которой с огромным трудом удавалось до сих пор молчать, — Ральф может быть сумасбродным, но он очень мил. И манеры у него прекрасные.

Я хотел сказать Каролине, что немало убийц обладали прекрасными манерами, но присутствие Флоры удержало меня. Поскольку девушка настаивала, я вынужден был согласиться. И прежде, чем моя сестра смогла выпалить в нас новый заряд своих суждений, начинающихся с ее любимого слова «конечно», мы вышли.

Дверь нам открыла старая женщина в огромном бретонском чепце. Похоже было, что месье Пуаро был дома. Нас проводили в небольшую гостиную, обставленную со скрупулезной педантичностью, куда через минуту к нам вышел мой вчерашний друг.

— Месье доктор, — произнес он, улыбаясь. — Мадемуазель.

Он поклонился Флоре.

— Может быть, вы слышали о несчастье, которое произошло этой ночью?

Его лицо помрачнело.

— Да, действительно. Я слышал. Это ужасно! Я выражаю мадемуазель свои искренние соболезнования. Чем могу служить вам?

— Мисс Экройд, — сказал я, — хочет, чтобы вы…

— Нашли убийцу, — закончила Флора твердым голосом.

— Понимаю, — ответил маленький человечек. — Но это сделает полиция, не так ли?

— Они могут допустить ошибку, — сказала Флора. — Я думаю, они уже сейчас на пути к ошибке. — Помогите нам, пожалуйста, месье Пуаро. Если… если это вопрос денег…

Пуаро поднял руку.

— Не это, умоляю вас, мадемуазель! Не о деньгах я забочусь..

В его глазах мелькнул огонек.

— Деньги! Они многое для меня значат и всегда значили. Нет, если я возьмусь за это дело, вы должны ясно понять одну вещь. *Я дойду до конца.* Запомните: хорошая собака никогда не бросает след. Может случиться и так, что в конце концов вы захотите, чтобы этим делом занималась полиция.

— Мне нужна правда, — сказала Флора, глядя ему прямо в глаза.

— Вся правда?

— Вся.

— Тогда я согласен, — спокойно ответствовал маленький человечек. — И надеюсь, вы не будете сожалеть. А теперь расскажите мне о всех обстоятельствах дела.

— Пусть лучше расскажет доктор Шеппард, — сказала Флора. — Он знает больше, чем я.

И я приступил к подробному пересказу всех фактов, о которых я здесь уже написал. Пуаро внимательно слушал, время от времени вставляя вопросы, но большей частью он сидел молча, уставив взгляд в потолок.

Я рассказал все до того момента, когда прошлой ночью в Фернли Парк мы расстались с инспектором.

— А теперь, — сказала Флора, едва я закончил, — расскажите ему все о Ральфе!

Я заколебался, но ее повелительный взгляд заставил меня продолжить рассказ.

— Вы заходили в эту гостиницу, в эти «Три вепря», прошлой ночью по пути домой? — спросил Пуаро, когда я довел свой рассказ до конца. — А теперь точнее: почему вы это сделали?

Я немного помедлил, тщательно подбирая слова.

— Я полагал, что кто-то должен был сообщить молодому человеку о смерти его дяди. После того, как я ушел из Фернли, в голову мне пришла мысль, что возможно, лишь мистеру Экройду и мне было известно о его пребывании в деревне.

Пуаро кивнул.

— Совершенно верно. Это был ваш единственный мотив, чтобы пойти туда?

— Это был мой единственный мотив, — ответил яхолодно.

— Не было ли это сделано, скажем, для того, чтобы убедиться, что ce jeune homme?[1].

— Убедиться?

— Я полагаю, месье доктор, вы очень хорошо понимаете, что именно я имею в виду, хотя и делаете вид, что не понимаете. Я думаю, вы чувствовали бы себя уверенней, если бы узнали, что капитан Пэтон весь вечер оставался дома.

— Вовсе нет! — сказал я резко.

Маленький детектив грустно покачал головой.

— У вас нет той веры в меня, какая есть у мисс Флоры, — сказал он. — Но неважно! На что мы должны обратить сейчас внимание, так это на то, что капитан Пэтон отсутствует в связи с обстоятельствами, требующими объяснений. Не скрою — это выглядит весьма скверно. И тем не менее, все может объясниться совершенно просто.

— Это как раз то, о чем я все время говорю! — с восхищением воскликнула Флора.

Пуаро больше не касался этого вопроса.

Он решил немедленно ехать в местную полицию. Посоветовав Флоре вернуться домой, он попросил меня проводить его в участок и познакомить с офицером, которому поручено дело.

Этот план был выполнен нами незамедлительно. Инспектора Дэвиса мы нашли во дворе полицейского участка. Вид у него был угрюмый. С ним был полковник Мэлроуз, начальник полиции графства, и еще один человек, в котором, по описанию Флоры («настороженный»), я без труда узнал инспектора Рэглана из Кранчестера.

Я хорошо знаю Мэлроуза. Представил ему Пуаро и объяснил положение. Начальника полиции это явно рассердило, а инспектор

---

[1] Этот молодой человек тут *(франц.)*. Далее французские выражения без указаний.

Рэглан потемнел, как грозовая туча. Что касается Дэвиса, то он немного отошел, видя, что его начальнику досадили.

— Случай простой, как ясный день, — сказал Рэглан. — И нет никакой надобности вмешиваться в это дело любителям. Подумай вы только, что любой дурак мог бы понять ход вчерашних событий, — сказал он, мстительно взглянув на бедного Дэвиса, — и мы бы не потеряли двенадцати часов времени!

Дэвис воспринял этот выпад совершенно бесстрастно.

— Семья мистера Экройда может, конечно, поступать, как ей угодно, — сказал полковник Мэлроуз. — Но мы не можем допустить, чтобы официальному расследованию чинились какие-либо препятствия. Я наслышан о прекрасной репутации месье Пуаро, конечно, — добавил он учтиво.

— К сожалению, полиция не может себя рекламировать, — сказал Рэглан.

Обстановку разрядил сам Пуаро.

— Сказать по правде, я оставил свою деятельность, — объяснил он. — Я совершенно не имел намерения браться за дело снова. Более того, я ужасно боюсь гласности. Я должен просить вас, если мне удастся привнести хоть какую-то долю в решение этой загадки, мое имя не должно упоминаться.

Выражение лица инспектора Рэглана слегка смягчилось.

— Я слышал о нескольких ваших замечательных удачах, — заметил полковник, оттаивая.

— У меня богатый опыт, — сказал Пуаро спокойно. — Но большинство моих удач достигнуто с помощью полиции. Я бесконечно уважаю вашу английскую полицию. Если инспектор Рэглан позволит мне помогать ему, это будет для меня большой честью, и я буду польщен.

Лицо инспектора подобрело еще заметней.

Полковник Мэлроуз отвел меня в сторону.

— Судя по тому, что я слышал, этот коротыш действительно сделал немало замечательного! — прошептал он. — Мы, конечно, не очень хотели бы обращаться в Скотланд Ярд. Рэглан, кажется, слишком самонадеян, но я не совсем уверен, что соглашусь с ним. Людей, имеющих отношение к этому делу, я знаю лучше, чем он. А этот собрат, несмотря на свою славу, кажется, не заносчив, не так ли? Как вы думаете, он не будет навязчив в работе с нами?

— Он будет приумножать славу инспектора Рэглана! — заявил я торжественно.

— Ну, ну, — ответил полковник Мэлроуз весело и громко, — мы должны ввести вас в курс дела, месье Пуаро!

— Благодарю вас. Мой друг доктор Шеппард сказал мне, что подозревают дворецкого?

— Чепуха, — сказал Рэглан тотчас. — Эти слуги из богатых домов настолько трусливы, что ведут себя подозрительно без всяких на то оснований.

— А отпечатки пальцев? — намекнул я.

— Ничего общего с Паркером.

Он слегка улыбнулся и добавил:

— И ваши, и мистера Реймонда тоже не подходят, доктор.

— А капитана Ральфа Пэтона? — спокойно спросил Пуаро.

Я внутренне восхитился тем, как он сразу взял быка за рога. Во взгляде инспектора появилось почтительное выражение.

— Я вижу, вы действуете быстро и энергично, месье Пуаро! Я уверен, что с вами будет приятно работать. Мы собираемся взять отпечатки пальцев этого молодого джентльмена, как только задержим его.

— Я не могу удержаться от мысли, что вы ошибаетесь, инспектор, — тихо сказал полковник Мэлроуз. — Я знаю Ральфа Пэтона с малых лет. Он никогда не унизится до убийства.

— Может быть, — ответил инспектор сухо.

— Что у вас имеется против него? — спросил я.

— Вышел из гостиницы вчера вечером ровно в девять. Около половины десятого его видели вблизи Фернли Парк. С тех пор его никто не встречал. Предполагается, что он испытывает серьезные денежные затруднения. У меня здесь пара его туфель — с поперечными резиновыми полосками на подошве. У него было две пары, почти одинаковые. Сейчас я собираюсь сравнить их с теми следами. Там констебль. Следит, чтобы ничто не изменилось на месте.

— Мы поедем туда немедленно, — заявил полковник Мэлроуз. — Вы и месье Пуаро поедете с нами, не так ли?

Мы согласились и все вместе поехали на машине полковника. Инспектору не терпелось добраться до следов, и он попросил высадить его у домика привратника. На полпути к дому, вправо от подъездной аллеи, ответвлялась дорожка, ведущая прямо к террасе, на которую и выходило окно кабинета Экройда.

— Вы пойдете с инспектором, месье Пуаро? — спросил начальник полиции. — Или желали бы сначала ознакомиться с кабинетом?

Пуаро выбрал последнее. Дверь открыл Паркер. Держался он почтительно и вместе с тем чопорно. Казалось, он оправился от вчерашнего испуга.

Полковник Мэлроуз достал из кармана ключ, открыл дверь в маленькую переднюю и провел нас в кабинет.

— Отсюда убрали только труп, месье Пуаро, в остальном в кабинете все так, как было вчера вечером.

— А где был обнаружен труп?

Как можно точнее я описал положение Экройда. Кресло попрежнему стояло у камина.

Пуаро подошел и сел в него.

— Голубой конверт с письмом, о котором вы говорили, — где он был, когда вы уходили?

— Мистер Зкройд положил его вот на этот стол справа.

Пуаро кивнул.

— За исключением письма все остальное на месте?

— Думаю, что да.

— Полковник Мэлроуз, не будете ли вы любезны сесть на минутку в это кресло? Благодарю вас! Теперь, месье доктор, будьте добры, покажите мне точно положение кинжала.

Когда я выполнил это, маленький детектив стал в дверном проеме.

— Значит, рукоятка была хорошо видна от двери. И вы и Паркер могли увидеть ее сразу?

— Да.

Затем Пуаро подошел к окну.

— Электрический свет был включен, когда вы обнаружили труп? — спросил он через плечо.

Я ответил утвердительно и стал рядом с ним. Он изучал следы на подоконнике.

Резиновые полосы того же рисунка, что и на туфлях капитана Пэтона, — сказал он спокойно.

Потом он снова вышел на середину комнаты. Быстрым, натренированным взглядом осмотрел все, что находилось в комнате.

— Вы наблюдательный человек, доктор Шеппард? — спросил он, наконец.

— Думаю, что да, — ответил я удивленно.

— Я вижу, что камин горел. Когда вы взломали дверь и обнаружили мистера Экройда мертвым, каким было пламя? Низким?

Я с досадой рассмеялся.

— Не могу сказать... я не заметил. Может быть, мистер Реймонд или майор Блант...

Маленький человечек, стоявший передо мной, с легкой улыбкой покачал головой.

— Ко всему нужно приступать, пользуясь определенным методом. Задавая вам этот вопрос, я допустил ошибку в суждении. Каждому — свое! Вы могли бы подробно описать внешность вашего пациента — ничто не избежало бы вашего внимания. Если бы мне потребовались сведения о бумагах на этом письменном столе, о них все, что нужно, рассказал бы мистер Реймонд. А чтобы узнать о пламени в камине, я должен обратиться к человеку, в чьи обязанности входит смотреть за ним. Разрешите…

Он быстро подошел к камину и позвонил в колокольчик.

Через минуту или две вошел Паркер.

— Звонили, сэр? — сказал он неуверенно.

— Войдите, Паркер, — приказал полковник Мэлроуз. — Этот джентльмен хочет спросить вас кое о чем.

Паркер почтительно повернулся в сторону Пуаро.

— Паркер, — сказал маленький человечек, — когда вы вчера вечером с доктором Шеппардом взломали дверь и обнаружили вашего хозяина мертвым, в каком состоянии был камин?

Паркер ответил, не задумываясь.

— Пламя было очень низким, его почти не было.

— А! — сказал Пуаро. Восклицание прозвучало почти победно. — Посмотрите вокруг, мой славный Паркер, — продолжал он. — Эта комната выглядит точно так, как и тогда?

Взгляд дворецкого скользнул по комнате и остановился на окне.

— Шторы были задернуты, сэр, и свет был включен.

Пуаро утвердительно кивнул.

— Что-нибудь еще?

— Да, сэр, это кресло было немного выдвинуто.

Он указал на большое кресло слева от двери. Оно стояло между дверью и окном. Я нарисовал план комнаты. А кресло, о котором идет речь, отметил на нем крестиком.

— Покажите! — попросил Пуаро.

Дворецкий отодвинул кресло от стенки на добрых два фута и повернул его сиденьем к двери.

— Voilà ce qui est curieux[1], — пробормотал Пуаро. — Пожалуй, никто не захотел бы сидеть в кресле в подобном положении! Интересно, кто отодвинул его на место? Вы, мой друг?

— Нет, сэр, — ответил Паркер. — Я очень растерялся, когда увидел хозяина и все остальное.

Пуаро посмотрел на меня.

— Вы, доктор?

Я отрицательно покачал головой.

— Оно было уже на месте, когда я вошел с полицией, сэр, — добавил Паркер. — Я в этом уверен.

— Странно, — снова произнес Пуаро.

— Должно быть, его отодвинул Реймонд или Блант, — подсказал я. — Это ведь не важно?

— Совершенно неважно, — сказал Пуаро. — Вот почему это так интересно, — добавил он мягко.

— Извините, я на минуту, — сказал полковник Мэлроуз.

Он вышел из комнаты вместе с Паркером.

— Вы считаете, что Паркер говорит правду? — спросил я.

— О кресле — да. В отношении другого — не знаю. Если бы вам часто пришлось иметь дело с подобными случаями, вы убедились бы, месье доктор, что все они имеют общую черту.

— Какую же? — спросил я с любопытством.

— Каждый, кто с ними связан, обязательно что-то скрывает!

— И я — тоже? — спросил я, улыбаясь.

Пуаро внимательно посмотрел на меня.

— И вы — тоже, — закончил он спокойно.

— Но…

---

[1] Странно.

— Разве вы рассказали мне все, что знаете, об этом молодом человеке Пэтоне? — он улыбнулся, а я покраснел. — О! Не бойтесь! Я не буду настаивать. Б свое время я все узнаю.

— Мне хотелось бы, чтоб вы рассказали что-нибудь о своих методах, — сказал я поспешно, стараясь скрыть свое смущение. — Например, почему вас интересует огонь в камине?

— О! Это очень просто. Вы уходите от мистера Экройда… без десяти минут девять, не так ли?

— Да, точно, я бы сказал.

— Окно в это время закрыто и замкнуто на шпингалет, а дверь не заперта. В четверть одиннадцатого, когда обнаружен труп, дверь заперта изнутри, а окно открыто. Кто открыл его? Ясно, что это мог сделать только сам мистер Экройд и по одной из двух причин. Либо потому, что в комнате стало нестерпимо жарко (но если учесть, что огонь почти погас, а температура вчера вечером резко понизилась, то эта причина отпадает), либо потому, что этим путем он кого-то впустил к себе в комнату. А если он впустил кого-то через окно, то этот человек был ему хорошо известен, если учесть, как беспокоило его окно накануне.

— Действительно, все выглядит очень просто, — согласился я.

— Все просто, если подойти к фактам методически. Сейчас нас интересует человек, который был у него в половине десятого. Все указывает на то, что это был человек, вошедший через окно, и хотя позже мисс Флора видела Экройда еще живым, мы не можем приблизиться к разгадке этой тайны, пока не узнаем, кто был этот посетитель. Окно могло оставаться открытым, когда тот ушел, и через него мог проникнуть убийца или вернуться тот же самый человек. А! Вот и полковник.

Полковник Мэлроуз вошел с оживленным видом.

— Мы, наконец, разобрались с этим телефонным вызовом, — сказал он. — Он был сделан не отсюда! Доктору Шеппарду позвонили вчера в десять пятнадцать с переговорной кабины вокзала Кингс Эббот. А в 10.23 ночной почтовый поезд отошел на Ливерпуль…

Глава 8. Инспектор Рэглан уверен

Мы переглянулись.

— Вы, конечно, наведете справки на вокзале? — спросил я.

— Разумеется, но я не очень рассчитываю на успех. Вы же знаете, какая у нас станция.

Я знал. Кингс Эббот обыкновенная деревня, но ее станция — важный железнодорожный узел. На ней останавливается большинство экспрессов, здесь маневрируют, сортируются и составляются поезда. На вокзале есть две или три телефонные кабины. В этот вечерний час местные поезда следуют один за другим, чтобы их пассажиры успели пересесть на северный экспресс, который прибывает в 10.19 и отправляется в 10.23.

На вокзале неуемная суматоха, и шансы заметить в ней отдельную личность, звонящую по телефону или входящую в экспресс, действительно очень малы.

— Но ради чего было звонить вообще? — сказал Мэлроуз. — Вот что самое необычное. Ни складу, ни ладу. Кажется, в этом нет никакого смысла.

Пуаро сосредоточенно поглаживал какой-то орнамент на одном из книжных шкафов.

— Будьте уверены, смысл был, — заметил он, не оборачиваясь.

— Но какой?

— Когда мы это узнаем, мы будем знать все. Дело очень тонко сработано и потому особенно интересное.

В том, как он произнес эти слова, было что-то не поддающееся описанию. Я чувствовал, что он рассматривает этот случай под каким-то особым, свойственным только ему одному, углом зрения. И то, что видел он, мне видеть было не дано.

Он подошел к окну, остановился и стал смотреть в сад.

— Вы говорите, что было девять часов, доктор Шеппард, когда вы встретили за воротами того незнакомца? — спросил он все так же через плечо, не оборачиваясь.

— Да, — ответил я. — Я слышал, как пробили церковные часы.

— Сколько времени потребовалось бы ему, чтобы дойти до дома? До этого окна, например?

— Самое большее — пять минут. И две или три минуты, если бы он пошел по дорожке справа от основной аллеи и пришел прямо сюда.

— Но, в таком случае, он должен был знать дорогу? Объяснить это можно только тем, что он бывал здесь раньше и знал местность.

— Это верно, — согласился полковник Мэлроуз.

— Мы могли бы, конечно, выяснить, принимал ли мистер Экройд кого-нибудь из посторонних за последнюю неделю.

— Об этом мог бы сообщить нам молодой Реймонд, — ответил я.

— Или Паркер, — сказал полковник.

— Ou tous les deux[1], — подытожил Пуаро, улыбаясь.

Полковник Мэлроуз пошел искать Реймонда, а я еще раз позвонил в колокольчик, вызывая Паркера.

Полковник Мэлроуз вернулся почти тотчас же в сопровождении молодого секретаря, которого он представил Пуаро. Джоффри Реймонд был свеж и жизнерадостен, как всегда. Знакомство с Пуаро, казалось, удивило и восхитило его.

— Кто бы подумал, что вы жили среди нас инкогнито, месье Пуаро! — воскликнул он. — Для меня будет исключительным удовольствием наблюдать, как вы работаете… О! Что это?

До сих пор Пуаро стоял слева от двери. Теперь он отошел вдруг в сторону, и я увидел, что пока я стоял спиной к нему, он быстро выдвинул кресло и установил его на место, о котором говорил Паркер.

— Хотите усадить меня в это кресло, чтобы взять кровь на анализ? — сказал добродушно Реймонд. — Что за фантазия?

---

[1] Или оба.

— Мистер Реймонд, кресло стояло на этом месте вчера вечером, когда обнаружили мистера Экройда убитым. Кто-то отодвинул его назад на прежнее место. Это вы сделали?

Секретарь ответил, не задумываясь ни на минуту.

— Нет, не я. Я даже не помню, стояло ли оно здесь, но если вы так говорите, значит, стояло. Во всяком случае, кто-то, должно быть, отодвинул его. И сделав это, вероятно, оборвал нить следствия. Какая жалость!

— Это несущественно, — сказал детектив. — Вовсе несущественно! О чем я действительно хочу спросить вас, так это вот о чем, мистер Реймонд: приходил ли на этой неделе к мистеру Экройду кто-нибудь вам неизвестный?

Нахмурив брови, секретарь с минуту или две вспоминал. В это время на звонок явился Паркер.

— Нет, — сказал наконец Реймонд. — Никого не могу припомнить. А вы, Паркер?

— Простите, сэр?..

— Какой-нибудь незнакомец приходил к мистеру Экройду на этой неделе?

Дворецкий немного подумал.

— Это был молодой человек, приходивший в среду, сэр, — сказал он. — Как я понял, он приходил от фирмы «Картис и Троут».

Реймонд сделал нетерпеливый жест рукой.

— О, да! Я вспомнил, но этот джентльмен не был незнакомцем, — он повернулся к Пуаро. — Мистеру Экройду пришла в голову мысль купить диктофон, — объяснил он. — Он полагал, что с его помощью мы сможем сделать больше за меньшее время. Фирма прислала своего представителя, но из этого ничего не вышло. Мистер Экройд так и не решился на покупку.

Пуаро повернулся к дворецкому.

— Вы можете описать мне этого молодого человека, мой славный Паркер?

— Светлые волосы, низкого роста, очень опрятный синий костюм из саржи. Очень приличный молодой человек для своей должности.

Пуаро повернулся ко мне.

— Человек, которого вы встретили за воротами, был высоким, не так ли?

— Да. Я бы сказал… где-то около шести футов.

— Тогда не подходит, — заявил бельгиец. — Благодарю вас, Паркер.

Дворецкий обратился к Реймонду.

— Только что приехал мистер Хэммонд, сэр! Он спрашивает, не может ли он быть чем-нибудь полезен, он был бы рад поговорить с вами.

— Я сейчас к нему выйду, — поспешно сказал молодой человек и вышел.

Пуаро вопросительно посмотрел на начальника полиции.

— Адвокат семьи, месье Пуаро, — объяснил тот.

— Занятный молодой человек этот мистер Реймонд, — пробормотал Пуаро. — У него вид очень умного человека.

— Я думаю, что мистер Экройд считал его очень способным секретарем.

— Сколько он здесь служит?

— Полагаю, как раз два года.

— Свои обязанности он выполняет педантично. В этом я уверен. А как он развлекается? Он увлекается le sport?[1]

— У личных секретарей для подобных занятий не хватает времени, — сказал полковник Мэлроуз, улыбаясь. — Полагаю, что он играет в гольф. А летом — в теннис.

— Он не посещает скаковые круги… я имею в виду лошадиные гонки?

— Конные скачки? Нет, не думаю, что он интересуется скачками.

---

[1] Спортом.

Пуаро кивнул и, казалось, утратил к этому интерес. Медленным взглядом он обвел весь кабинет.

— Что ж, пожалуй, я увидел все, что здесь можно было увидеть.

Я посмотрел вокруг тоже.

— Если бы эти стены могли говорить…

Пуаро покачал головой.

— Говорить мало, — сказал он. — Им бы иметь глаза и уши. Но не думайте, что эти неживые предметы, — он коснулся рукой верха книжного шкафа, — всегда молчат. Мне они иногда говорят — эти кресла, столы. У них есть свой язык!

Он повернулся и пошел к двери.

— Какой язык? — крикнул я. — Что они вам сегодня сказали?

Он посмотрел через плечо и лукаво поднял бровь.

— Открытое окно, — сказал он. — Замкнутая дверь. Кресло, которое, по-видимому, передвинулось само. Всем трем я говорю «почему?» и не нахожу ответа.

Он вскинул голову, выпятил грудь и стоял, глядя на нас горящими глазами. Исполненный собственного достоинства, он выглядел удивительно нелепо. И в голову мне вдруг пришла мысль, а был ли он на самом деле хорошим детективом. Не была ли его огромная слава построена просто на нескольких счастливых случаях?

И по тому, как нахмурился полковник Мэлроуз, я понял, что и он, должно быть, подумал нечто подобное.

— Хотите осмотреть еще что-нибудь, месье Пуаро? — спросил он резко.

— Вы, вероятно, не откажете в любезности показать мне этот серебряный стол, из которого было взято оружие? И я больше не буду злоупотреблять вашей добротой.

Мы пошли в гостиную, но по пути полковника перехватил констебль. Они о чем-то тихо и невнятно поговорили, после чего полковник извинился и оставил нас одних. Я показал Пуаро серебряный стол, он несколько раз поднял и опустил крышку, затем толчком открыл окно и перешагнул на террасу. Я последовал за ним.

К нам шел появившийся из-за угла дома инспектор Рэглан. Лицо его было зловещим, но довольным.

— Вот где вы месье Пуаро, — сказал он. — Ну, дела здесь осталось немного. Очень жаль, но этот прекрасный молодой человек согрешил.

У Пуаро вытянулось лицо.

— Боюсь, что в таком случае моя помощь вам не потребуется, — сказал он мягко.

— Тогда, вероятно, в следующий раз, — успокоил его инспектор. — Хотя в этом мирном уголке убийства бывают не каждый день.

В пристальном взгляде Пуаро появился оттенок восхищения.

— Вы человек удивительной предприимчивости и натиска, — заметил он. — А позвольте спросить, каким образом вы действовали?

— Пожалуйста, — сказал инспектор. — Прежде всего — метод!

— А! — воскликнул Пуаро. — Это и мой девиз. Метод, порядок и маленькие серые клеточки.

— Клеточки? — спросил удивленно инспектор.

— Крошечные серые клеточки мозга, — объяснил бельгиец.

— О, конечно! Я полагаю, что мы все ими пользуемся.

— В большей или в меньшей степени, — пробормотал Пуаро. — Бывает и различие в качестве. Затем существует еще и психология преступления. Но это уже надо изучать.

— А! — скривился инспектор. — Вы набиты всеми этими психоанализами? А я человек обыкновенный...

— Я уверен, что миссис Рэглан не согласилась бы с этим, — ответствовал Пуаро, слегка поклонившись.

Застигнутый немного врасплох, инспектор Рэглан поклонился тоже.

— Вы не поняли, — возразил он, обнажая зубы в широкой улыбке. — Боже мой, как многозначен язык! Я поясняю вам, как я принимаюсь за работу. Прежде всего — метод. Последний раз живым мистера Экройда видела его племянница мисс Флора Экройд без четверти десять. Это факт номер один, не так ли?

— Допустим.

— Так. В половине одиннадцатого, свидетельствует доктор, он был уже мертв по меньшей мере с полчаса. Вы по-прежнему утверждаете это, доктор?

— Разумеется, — ответил я. — С полчаса или немного больше.

— Очень хорошо. Таким образом, мы точно определяем те пятнадцать минут, во время которых должно было совершиться преступление. Я составил список всех, кто находился в доме. Против имени каждого я записал, где он был и что делал между 9.45 и 10 часами вечера.

Он передал лист бумаги Пуаро. Я через плечо прочитал его. Аккуратным почерком там было написано:

Майор Блант — в бильярдной с мистером Реймондом (последний подтверждает).

Мистер Реймонд — в бильярдной (см. выше).

Миссис Экройд — в 9.45 смотрит бильярдную игру. Ушла спать в 9.55 (Реймонд и Блант видели, как она поднималась наверх).

Мисс Экройд — из кабинета дяди ушла сразу наверх (подтверждают Паркер и горничная Элзи Дейл).

Слуги:

Паркер — ушел сразу в буфетную (подтверждает экономка мисс Рассел, которая заходила в буфетную поговорить о чем-то с Паркером в 9.47 и была там минут десять).

Мисс Рассел — как указано выше. Разговаривала с горничной Элзи Дейл наверху в 9.45.

Урсула Борн (горничная) — у себя в комнате до 9.55. Потом — в помещении для слуг.

Миссис Купер (кухарка) — в помещении для слуг. Гладис Джонс (вторая горничная) — в помещении для слуг.

Элзи Дейл — наверху в спальне. Ее видели мисс Рассел и мисс Флора Экройд.

Мэри Трипп (помощница кухарки) — в помещении для слуг.

— Кухарка служит здесь уже семь лет, горничная полтора года, Паркер — немногим больше года. Остальные здесь недавно. Что-то неясное есть лишь в поведении Паркера, другие подозрений не вызывают.

— Содержательный список, — сказал Пуаро, возвращая его обратно. — Я абсолютно уверен, что Паркер не совершал убийства, — добавил он серьезно.

— И моя сестра — тоже, — вмешался я. — Обычно она бывает права.

На мои слова никто не обратил внимания..

— Это еще больше наводит на мысль о членах семьи, — продолжал инспектор. — А теперь мы подходим к очень важному моменту. Мэри Блэк, женщина из домика привратника, вчера вечером задергивала занавески, как вдруг увидела, что через ворота прошел Ральф Пэтон и направился к дому.

— Она в этом уверена? — спросил я резко.

— Совершенно уверена. Она хорошо знает его. Он прошел очень быстро и повернул направо, на дорожку, что служит кратчайшим путем к террасе.

— А в котором часу это было? — спросил с невозмутимым видом Пуаро.

— Точно в двадцать пять минут десятого, — важно сказал инспектор.

Наступила тишина. Потом инспектор заговорил снова.

— Все достаточно ясно. Все очень четко совпадает. В двадцать пять минут десятого капитана Пэтона видят проходящим мимо домика привратника; в девять тридцать или около этого мистер

Джоффри Реймонд слышит, как кто-то в кабинете требует денег, а мистер Экройд отказывает. Что же происходит дальше? Капитан Пэтон уходит тем же путем — через окно. Он ходит по террасе злой и расстроенный. Он подходит к открытому окну гостиной. Скажем, тогда было без четверти десять. Мисс Флора желает спокойной ночи своему дяде и уходит. Майор Блант, мистер Реймонд и миссис Экройд в бильярдной. В гостиной — никого. Он проникает туда, берет кинжал из серебряного стола и возвращается к окну кабинета. Снимает свои туфли, забирается в кабинет и... думаю, нет смысла вдаваться в подробности. Потом он выбирается из кабинета и уходит. Нервы его подводят, и он не решается вернуться сразу в гостиницу. Он сворачивает на вокзал, звонит оттуда по телефону...

— Зачем? — мягко спросил Пуаро.

От его неожиданного вмешательства я вздрогнул. Маленький человечек подался вперед. Глаза его светились странными зелеными огоньками.

На какой-то момент вопрос застиг инспектора Рэглана врасплох.

— Трудно сказать точно, для чего он это сделал!

— ответил он наконец. — Но убийцы доходят до смешного! Вы бы знали об этом, если бы служили в полиции. Иногда самые умные из них допускают глупейшие ошибки. Но пойдемте, я покажу вам эти следы.

Мы завернули за угол террасы и подошли к окну кабинета. По требованию Рэглана полицейский подал ему туфли, взятые в гостинице. Инспектор наложил их на следы.

— Те же самые, — сказал он уверенно, — то есть это не та самая пара, следы которой мы здесь видим. В тех он ушел. Эта пара только похожа на ту, — она больше сношена. Посмотрите, как стерлись полосы.

— Наверное, многие носят туфли с полосками на подошвах? — спросил Пуаро.

— Конечно, — ответил инспектор. — Я не придавал бы такого большого значения следам, если б не остальное.

— Очень глупый молодой человек капитан Ральф Пэтон, — сказал задумчиво Пуаро. — Оставить после себя столько улик!

— А! Да, — сказал инспектор, — вы же знаете, ночью была прекрасная сухая погода. На террасе и на дорожке, усыпанной гравием, следов он не оставил. Но, к несчастью для него, в конце дорожки недавно, должно быть, протекал ручей от родника. Посмотрите.

В нескольких футах от террасы заканчивалась узкая, усыпанная гравием, дорожка. В одном месте, за несколько ярдов до ее окончания, почва была влажная и болотистая. Это сырое место пересекали следы от обуви, и среди них были следы от туфель с поперечными полосами на подошвах.

Пуаро немного прошел по дорожке, рядом с ним — инспектор.

— Вы заметили женские следы? — спросил вдруг Пуаро.

Инспектор засмеялся.

— Конечно, здесь прошло несколько женщин. И мужчин — тоже. Это кратчайший путь к дому. Разобраться во всех этих следах было бы невозможно. В конце концов, нас интересуют только те, что оставлены на подоконнике.

Пуаро кивнул.

— Дальше идти нет смысла, — сказал инспектор, когда показалась подъездная аллея. — Здесь все снова усыпано гравием и очень твердо.

Пуаро кивнул снова, но взгляд его был прикован к небольшому садовому домику, построенному в виде красивой беседки. Он был впереди нас, немного слева от дорожки, и к нему тоже вела дорожка из гравия.

Пуаро задержался, пока инспектор не ушел к дому. Потом посмотрел на меня.

— Вас, должно быть, послал ко мне сам бог вместо моего друга Гастингса, — сказал он, подмигнув. — Я вижу, что вы меня не оставите. Как вы думаете, доктор Шеппард, стоит ли нам осмотреть эту беседку? Она меня интересует.

Он подошел к двери и открыл ее. Внутри было почти темно. Там было два-три грубых стула, крокетный набор и несколько складных шезлонгов.

Я вздрогнул, взглянув на своего нового друга. Он упал вдруг на колени и начал ползать по полу. Время от времени он покачивал головой, словно был недоволен. Наконец, он сел на корточки.

— Ничего нет, — пробормотал он. — Тогда, по-видимому, не следовало и строить предположений. Но это бы так много значило...

Он внезапно прекратил свои поиски, став совершенно негибким. Потом протянул руку к одному из стульев и отцепил что-то от края сидения.

— Что это? — крикнул я. — Что вы нашли?

Он улыбнулся, разжимая руку, чтобы я мог увидеть. Это был лоскуток жесткого белого батиста.

Я взял его в руку, с любопытством посмотрел на него и вернул назад.

— Что вы об этом думаете, мой друг? — спросил он, глядя на меня проницательно.

— Лоскуток, оторванный от носового платка, — ответил я, пожимая плечами.

Он сделал другое быстрое, как молния, движение и поднял маленький кусочек от ствола гусиного пера, кусочек, похожий на зубочистку.

— И это! — крикнул он победно. — А что вы думаете об этом?

Я только удивленно смотрел.

Он опустил перо в карман и посмотрел снова на кусочек белой материи.

— Лоскуток от носового платка? — проговорил он задумчиво. — Может быть, вы и правы. Но запомните: в хорошей прачечной носовых платков не крахмалят.

Он победно кивнул мне и осторожно вложил лоскуток в свой бумажник.

Глава 9. Бассейн с золотой рыбкой

Мы вернулись к дому. Признаков присутствия инспектора не было. На террасе Пуаро задержался. Он стоял, прислонившись спиной к стене и медленно поворачивал голову то в одну, то в другую сторону.

— Une belle propriété[1], — произнес он, наконец, оценивающе. — Кому оно достанется?

Его слова почти потрясли меня. Странно, но до сих пор вопрос о наследстве не приходил мне в голову.

Пуаро проницательно посмотрел на меня.

— Значит, это для вас новая мысль, — сказал он. — Вы об этом раньше не думали?

— Нет, — признался я откровенно. — А следовало бы.

Теперь он посмотрел на меня с любопытством.

— Интересно, что вы имеете в виду, говоря это, — сказал он задумчиво. — А! Нет, — остановил он меня, видя, что я собираюсь ответить, — Inutile[2]! Вы все равно не откроете мне своих настоящих мыслей.

— «Каждый обязательно что-то скрывает», — процитировал я, улыбаясь.

— Точно.

— Вы все еще так думаете?

— Больше, чем когда бы то ни было, мой друг. Но от Эркюля Пуаро утаивать что-либо нелегко. Он умеет разгадать все.

Произнося эти слова, он спускался по ступенькам в голландский сад.

---

[1] Прекрасное имение

[2] Бесполезно.

— Давайте, немного прогуляемся, — сказал он через плечо. — Сегодня такой чудесный воздух.

Я пошел за ним. Он повел меня налево по дорожке, обсаженной по краям тисовым кустарником. Потом мы дошли до середины аллеи, по обе стороны которой были строгие английские клумбы, а в конце — мощеное плитами уединенное место в виде круга со скамьей и бассейном с золотыми рыбками. Пуаро не пошел до конца, а свернул на тропу, что вилась вверх по лесистому склону. В одном месте деревья вырубили и поставили скамью. Сидя на ней, можно было любоваться великолепной панорамой сельской округи, а рядом, внизу, была мощеная площадка и бассейн с золотыми рыбками.

— Англия очень красива, — произнес Пуаро, любуясь открывшимся видом.

Он улыбнулся.

— И английские девушки — тоже, — добавил он, понизив голос. — Тише, мой друг, и посмотрите вниз.

Я посмотрел и увидел Флору. Она шла по аллее, с которой мы только что свернули и, не раскрывая рта, напевала отрывок мелодии из какой-то песни. Она скорее танцевала, чем шла, и, несмотря на черное платье, весь ее вид выражал не что иное, как радость. Она вдруг сделала пируэт на носках, и ее черная одежда развеялась колоколом. Откинув назад голову, она радостно засмеялась.

В это время из-за деревьев вышел мужчина. То был Гектор Блант. Девушка вздрогнула. Выражение ее лица немного изменилось.

— Как вы меня напугали! Я вас не заметила.

Блант ничего не ответил и молча смотрел на нее одну-две минуты.

— Что мне в вас нравится, — сказала она с чуть заметной злостью, — так это ваш веселый разговор.

Мне показалось, что Блант покраснел под своим загаром. Его голос, когда он заговорил, прозвучал по-другому — в нем слышалась какая-то странная покорность.

— Никогда не был слишком разговорчивым. Даже когда был молодым.

— Я думала, что это было очень давно, — сказала Флора серьезно.

В ее тоне слышалась насмешка. Но Блант ее не заметил.

— Да, — сказал он просто, — это было давно.

— Наверное, интересно чувствовать себя Мафусаилом? — спросила Флора.

На этот раз насмешка была заметнее, но Блант развивал свою мысль дальше.

— Помните историю, как тот парень продал свою душу дьяволу? Чтобы снова стать молодым? Об этом есть даже опера.

— Вы имеете в виду «Фауста»?

— Да, да! Именно этого парня! Удивительная история. Многие пошли бы на это, если было бы можно.

— Послушать, как вы говорите, можно подумать, что вы скрипите суставами, — крикнула Флора, не то сердясь, не то забавляясь.

Блант замолчал. Он отвел взгляд от Флоры и сообщил стволу стоящего рядом дерева, что ему пора возвращаться в Африку.

— Вы уезжаете в новую экспедицию стрелять зверей?

— Пожалуй. Вы же знаете, это мое обычное занятие. Отстреливать животных, я имею в виду.

— Это вы убили то животное, голова которого висит в холле на стене, не так ли?

Блант молча кивнул. Потом, краснея, вдруг выпалил:

— Интересовались когда-нибудь красивыми шкурами? Если да, я мог бы добыть их для вас.

— О! Пожалуйста, — воскликнула Флора. — В самом деле? Вы не забудете?

— Не забуду, — ответил Гектор Блант. И добавил во внезапном порыве разговорчивости:

— Пора ехать! Я не гожусь для такой жизни. Не те манеры. Я человек грубый и неинтересный для общества. Нет, пора уезжать.

— Но вы ведь уезжаете не тотчас? — воскликнула Флора, — Нет... не сейчас, когда на нас свалилось столько горя. О! Пожалуйста. Если вы уедете...

Она немного отвернулась.

— Вы хотите, чтобы я остался? — спросил Блант.

Он сказал это преднамеренно, но совершенно спокойно.

— Все мы...

— Я имею в виду только вас лично, — сказал Блант прямо.

Флора медленно повернулась к нему снова и встретила его взгляд.

— Я хочу, чтобы вы остались, — сказала она, — если... если это не все равно.

— Это не все равно, — подтвердил Блант.

Наступило молчание. Они сели на каменную скамью у бассейна и, казалось, не знали, о чем говорить.

— Прекрасное утро, — наконец, проговорила Флора. — Вы знаете, я не могу не чувствовать себя счастливой, несмотря... Несмотря на все! Наверное, это ужасно?

— Вполне естественно, — сказал Блант. — Вы водь никогда раньше не видели своего дядю до того, как приехали сюда два года назад, не так ли? Поэтому вы и не можете горевать слишком долго. Сейчас важнее всего, чтобы не было никакого вздора вокруг этой истории.

— Вы способны утешить, — сказала Флора. — Вы так просто смотрите на вещи.

— Как правило, все очень просто, — ответил охотник.

— Не всегда, — ответила Флора.

Она произнесла это тихим голосом, и я видел, как Блант повернулся и посмотрел на нее, явно прогнав от себя миражи далеких африканских берегов. Перемену в ее тоне он, очевидно, понял по-своему, потому что, помолчав с минуту, он вдруг заговорил в весьма неожиданной манере.

— Послушайте, — сказал он, — вы же знаете, что нельзя так мучить себя. Я говорю об этом молодом человеке. Инспектор — осел! Каждому ясно, что он не мог этого сделать. Полнейший абсурд. Это был посторонний человек. Взломщик. Это единственно возможное объяснение.

Флора посмотрела на него.

— Вы действительно так думаете?

— А вы — нет?

— Я... о да, конечно.

И снова молчание.

— Я скажу вам, почему я чувствовала себя сегодня такой счастливой, — вновь заговорила Флора. — Вы можете счесть меня бессердечной, но я все же скажу. Потому что был адвокат мистер Хэммонд. Он сообщил нам о завещании. Дядя Роджер оставил мне двадцать тысяч фунтов. Подумать только — двадцать тысяч прекрасных фунтов.

Блант удивленно посмотрел на нее.

— Это для вас так важно?

— Так важно для меня! Это для меня все — свобода, жизнь! Не будет больше расчетов, выкраивания, лжи...

— Лжи? — резко перебил ее Блант.

Флора, казалось, на минуту растерялась.

— Вы знаете, что я имею в виду, — сказала она неуверенно. — Притворяться быть благодарной за вct эти противные подачки, которые дают вам богатые родственники. Прошлогодние пальто, юбки, шляпки...

— Я не разбираюсь в женской одежде, но должен сказать, вы всегда были очень хорошо одеты.

— Это мне кое-чего стоило, — сказала Флора тихо. — Но не станем говорить о неприятных вещах. Я так счастлива, что свободна. Свободна делать всt, что захочу. Свободна, чтобы не...

Она вдруг замолчала.

— Что — не?.. — спросил быстро Блант.

— Я уже забыла. Ничего особенного.

У Бланта в руке был прутик, он погружал его в воду, стараясь попасть его концом во что-то на дне.

— Что вы делаете, майор Блант?

— Там на дне что-то блестящее. Интересно, что это. Похоже на золотую брошь. Но я потревожил ил, и вода замутилась.

— Наверное, это корона, — сказала Флора. — Как та, которую в воде увидела Мелисанда.

— Мелисанда, — повторил Блант, вспоминая, — она из оперы, не так ли?

— Да, оказывается, вы многое знаете об операх.

— Меня туда иногда водят, — сказал грустно Блант. — Смешное развлечение! Шумят больше, чем туземцы своими там-тамами.

Флора засмеялась.

— Я помню Мелисанду, — продолжал Блант, — она вышла замуж за старика, который годился ей в отцы.

Он бросил камушек в воду. Потом, переменив тон, повернулся к Флоре.

— Мисс Экройд, могу ли я быть вам полезен? Я говорю о Пэтоне. Я понимаю, как сильно это вас тревожит.

— Благодарю вас, — ответила Флора холодно. — Ничего не нужно. С ним будет все хорошо. Я наняла лучшего детектива в мире, и он намерен раскрыть это дело.

Уже несколько минут я чувствовал щекотливость нашего положения. Строго говоря, нас нельзя было обвинить в подслушивании, если учесть, что стоило тем двоим внизу поднять лишь головы, чтобы увидеть нас. И, тем не менее, я бы давно привлек к себе внимание, если бы мой компаньон не тронул предостерегающе меня за локоть. Было ясно: он хотел, чтобы я молчал.

Но теперь он проворно встал, откашливаясь.

— Прошу прощения, — крикнул он, — но я не могу позволить мадемуазель так непомерно хвалить меня и не замечать моего присутствия. Говорят, кто подслушивает, не услышит о себе ничего хорошего, но сейчас это, по-видимому, не тот случай. Чтобы не краснеть от смущения, я должен подойти к вам и извиниться.

Он поспешил вниз по тропинке и присоединился к ним у бассейна. Я подошел следом.

— Это месье Эркюль Пуаро, — сказала Флора. — Надеюсь, вы о нем слышали.

Пуаро поклонился.

— Я знаю майора Бланта по его славе, — сказал он вежливо. — Я рад, что встретил вас, месье. Мне нужно получить от вас некоторые сведения.

Блант вопросительно посмотрел на него.

— Когда вы видели последний раз мистера Экройда живым?

— Во время обеда.

— И вы не видели и не слышали его после этого?

— Не видел. Слышал его голос.

— Как это было?

— Я прогуливался по террасе...

— Простите, в котором часу это было?

— Около половины десятого. Прогуливаясь с сигарой перед окном гостиной, я услышал, как Экройд разговаривал в кабинете...

Пуаро прервал его и снял с пиджака невидимую соринку.

— Вы ведь не могли слышать голосов с той части террасы, — сказал он тихо.

Он не смотрел на Бланта. Смотрел я и, к своему величайшему удивлению, увидел, как тот покраснел.

— Я доходил до самого угла, — объяснил он неохотно.

— А! В самом деле? — сказал Пуаро и очень деликатно выразил своим видом, что хотел бы услышать больше.

— Мне показалось, что я увидел... женщину, скрывшуюся в кустах. Всего только неясное белое пятно. Должно быть, ошибся. В тот момент, когда я стоял на углу террасы, я услышал, как Экройд разговаривал со своим секретарем.

— С Джоффри Реймондом?

— Да... Я тогда так думал. Но, кажется, я ошибся.

— Мистер Экройд не обращался к нему по имени?

— О, нет.

— Тогда позвольте спросить, почему вы думаете?..

— Я просто допустил, что это был Реймонд, потому что перед тем, как я вышел, он сказал, что несет какие-то бумаги мистеру Экройду, — старательно объяснил Блант. — Никогда бы не подумал, что это был кто-то другой.

— Не можете ли вы вспомнить, какие слова вы слышали?

— Боюсь, что нет. Что-то совсем обычное и незначительное. Это был всего лишь отрывок. В то время я думал о чем-то другом.

— Это не имеет значения, — пробормотал Пуаро.

— Вы отодвигали кресло назад, к стенке, когда вошли в кабинет после того, как был обнаружен труп?

— Кресло? Нет. С какой стати?

Пуаро пожал плечами, но не ответил. Он повернулся к Флоре.

— Я хотел бы узнать от вас об одной вещи, мадемуазель. Когда вы рассматривали содержимое серебряного стола с доктором Шеппардом, был ли кинжал на своем месте или его там не было?

Подбородок Флоры вздернулся кверху.

— Об этом меня уже спрашивал инспектор Рэглан, — сказала она возмущенно. — Я ответила ему и отвечу вам. Я абсолютно уверена, что кинжала там не было. А он думает, что был и что его стащил

Ральф позже, вечером. И... и он не верит мне. Он думает, что я говорю это для того, чтобы защитить Ральфа.

— А разве нет? — спросил я мрачно.

Флора притопнула ногой.

— И вы тоже, доктор Шеппард! О! Это уж слишком.

Пуаро тактично разрядил обстановку.

— А вы были правы, майор Блант. В бассейне действительно лежит что-то блестящее. Давайте взглянем, если мне удастся достать его.

Он стал на колени, обнажил до локтя руку и очень медленно, так, чтобы не взбудоражить дно, опустил ее в воду. Но, несмотря на все предосторожности, вода замутилась, и Пуаро вынужден был вытащить руку, ничего не достав.

Он стоял и разочарованно смотрел на испачканную илом руку. Я предложил ему свой платок, он взял его с пылким выражением благодарности.

Блант посмотрел на свои часы.

— Скоро ленч, — сказал он, — нужно возвращаться.

— Позавтракайте с нами, месье Пуаро, — пригласила Флора. — Я хотела бы, чтобы вы познакомились с моей мамой. Она... очень любит Ральфа.

Маленький человечек поклонился.

— Мне будет очень приятно, мадемуазель.

— Вы ведь тоже останетесь, доктор Шеппард, не так ли?

Я колебался.

— О, пожалуйста, оставайтесь!

Остаться я хотел. И потому принял приглашение без дальнейших церемоний.

Мы направились к дому. Флора и Блант шли впереди.

— Какие волосы, — шепотом сказал Пуаро, показав головой в сторону Флоры. — Настоящее золото! Они составят прекрасную пару. Она и темноволосый красавец капитан Пэтон, не так ли?

Я посмотрел на него вопросительно, но он занялся микроскопической капелькой воды на рукаве своего пальто. Своими зелеными глазами и жеманными движениями он в какой-то степени напоминал мне кота.

— И все зря, — заметил я сочувственно. — Интересно, что было на дне бассейна?

— Хотите посмотреть? — спросил Пуаро.

Я молча уставился на него. Он кивнул.

— Мой дорогой друг, — сказал он с мягким упреком, — Эркюль Пуаро не станет рисковать своим костюмом, не будучи уверенным, что достигнет цели. Поступать так было бы смешно и глупо. А я никогда не бываю смешным.

— Но вы ведь ничего не достали, — возразил я.

— Бывают случаи, когда нужно проявить осторожность. Разве вы все рассказывали своим родителям, все, доктор? Думаю, что нет. И своей замечательной сестре вы тоже не все рассказываете. Разве не так? Прежде, чем показать, что у меня в руке ничего не было, я переложил то, что в ней было, в другую руку. Вот что это было.

Он протянул левую руку и открыл ладонь. На ней лежало маленькое золотое колечко. Это было женское обручальное кольцо. Я взял его в руку.

— Посмотрите внутрь, — сказал Пуаро.

Я посмотрел. Внутри красивыми буквами было выгравировано: «от Р., март, 13». Я посмотрел на Пуаро, но он был занят рассматриванием своей внешности в крошечном карманном зеркале. Особое внимание он уделял усам. На меня он не смотрел вовсе, и я понял, что никаких объяснений давать он не намерен.

Глава 10. Горничная

Миссис Экройд была в холле. С ней был сухой, небольшого роста человек с упрямым подбородком и колючими серыми глазами. Весь его облик говорил о том, что он юрист.

— Мистер Хэммонд остается с нами завтракать, — сказала миссис Экройд. — Вы знакомы с майором Блантом, мистер Хэммонд? И дорогой доктор Шеппард тоже близкий друг бедного Роджера. И...

Она умолкла, с некоторым недоумением разглядывая Эркюля Пуаро.

— Это месье Пуаро, мама, — сказала Флора. — Я тебе сегодня о нем говорила.

— О! Да, — неопределенно произнесла миссис Экройд. — Конечно, моя дорогая, конечно. Он должен найти Ральфа, не так ли?

— Он должен найти убийцу дяди, — уточнила Флора.

— О! Моя дорогая, — воскликнула ее мать. — Пожалуйста! Мои бедные нервы. Сегодня утром я разбита. Какой ужас! Я не могу отделаться от чувства, что это какой-то несчастный случай. Роджер так любил держать в руках какую-нибудь редкую вещь. Его рука, должно быть, соскользнула или что-нибудь еще...

Эта теория была воспринята вежливым молчанием. Я видел, как Пуаро осторожно продвинулся боком к поверенному и в доверительной манере негромко с ним разговаривал. Они отошли в сторону и стояли против окна. Я подошел к ним, но тут же смутился.

— Может быть, я помешал?

— Нисколько, — сердечно воскликнул Пуаро. — Вы и я, месье доктор, бок о бок раскрываем это дело. Без вас я бы потерялся. Еще нужна небольшая информация от мистера Хэммонда.

— Вы действуете от имени капитана Ральфа Пэтона, как я понимаю, — сказал осторожно адвокат.

Пуаро покачал головой.

— Не совсем так. Я действую в интересах правосудия. Мисс Экройд попросила меня раскрыть тайну убийства ее дяди.

Казалось, мистер Хэммонд слегда растерялся.

— Я не могу серьезно думать, что капитан Пэтон связан с этим преступлением, — сказал он, — однако некоторые обстоятельства могут быть истолкованы против него как улики. Сам факт, что он очень нуждался в деньгах…

— Он очень нуждался в деньгах? — вставил вопрос Пуаро.

Юрист пожал плечами.

— У Ральфа это было хроническим состоянием, — сказал он сухо. — Деньги текли у него сквозь пальцы, как вода. Он всегда обращался за ними к своему отчиму.

— Он делал это в последнее время? Ну, скажем, за последний год?

— Не могу сказать. Мистер Экройд ничего мне не говорил об этом.

— Понятно. Мистер Хэммонд, как я понимаю, вам известно содержание завещания мистера Экройда?

— Разумеется. Именно по этому делу я здесь.

— В таком случае, учитывая, что я действую в интересах мисс Экройд, вы не станете возражать, чтобы сообщить мне условия этого завещания?

— Они очень просты. Отбрасывая юридическую терминологию и пункты с посмертными дарами…

— Такими, как?.. — перебил Пуаро.

Мистер Хэммонд, казалось, немного удивился.

— Тысяча фунтов своей экономке мисс Рассел, пятьдесят фунтов повару Эмме Купер, пятьсот фунтов секретарю мистеру Реймонду. Затем разным больницам…

Пуаро поднял руку.

— А! Благотворительные дары, они меня не интересуют.

— Совершенно верно. Сумма в десять тысяч фунтов частями выплачивается миссис Экройд пожизненно. Мисс Флора получает двадцать тысяч фунтов единовременно. Остальное, включая это поместье и все, что связано с фирмой «Экройд и сын», остается его приемному сыну Ральфу Пэтону.

— У мистера Экройда было большое состояние?

— Очень большое. Капитан Пэтон будет очень богатым молодым человеком.

Наступило молчание. Пуаро и стряпчий посмотрели друг на друга.

— Мистер Хэммонд, — донесся от камина жалобный голос миссис Экройд.

Юрист ушел на зов. Пуаро взял меня под руку и почти втянул в нишу окна.

— Обратите внимание на ирисы, — заметил он довольно громко. — Великолепны, не правда ли? Очень приятно и эффектно выглядят.

Я почувствовал, как он сдавил мне руку повыше локтя.

— Вы на самом деле хотите помочь мне? Хотите принять участие в этом расследовании?

— Да, конечно! — ответил я с пылом. — С огромным желанием. Вы себе не представляете, как скучно и по-старомодному я живу. Никогда ничего необычного.

— Хорошо. Тогда будем коллегами. Я полагаю, через минуту-две к нам подойдет Блант. Он не очень счастлив с доброй мамашей. Мне нужно кое-что узнать, но я не хочу, чтобы это заметили. Улавливаете? Так что задавать вопросы будете вы.

— Какие вопросы вы хотите, чтобы я задавал? — спросил я, с некоторым опасением.

— Я хочу, чтобы вы затронули имя миссис Феррарс. — В каком смысле?

— Говорите о ней в естественном плане. Спросите, был ли он здесь, когда умер ее муж. Вы понимаете, что я имею в виду. Когда он будет отвечать, незаметно следите за выражением его лица. C'est compris[1]?

Времени больше не было, так как в эту минуту Блант в своей обычной манере внезапно покинул тех, с кем стоял, и подошел прямо к нам. Я предложил прогуляться по террасе, и он молча согласился. Пуаро остался.

Я остановился, чтобы посмотреть на поздние розы.

— Как все меняется даже за сутки, — заметил я.

— Я был здесь в среду и помню, как прогуливался по этой самой террасе. Со мной был Экройд. Он был полон сил. А сегодня, через три дня, Экройда больше нет, миссис Феррарс умерла тоже, вы знали ее, не так ли? Да, конечно, вы ее знали.

Блант кивнул.

— Вы с ней встречались в этот свой приезд?

— Ходил с Экройдом по приглашению. Кажется, это было во вторник. Очаровательная женщина, но какая-то странная. Таинственная. Не поймешь, что у нее на уме.

Я посмотрел в его спокойные серые глаза. В них не было ничего подозрительного. Я продолжал:

— Полагаю, вы с ней встречались и раньше.

— Когда я был здесь прошлый раз, она с мужем только что приехала сюда жить.

С минуту помолчав, он добавил:

— Удивительно, она с тех пор так изменилась.

— Как — изменилась? — спросил я.

— Выглядела на десять лет старше.

— Вы были здесь, когда умер ее муж? — спросил я, стараясь задавать вопросы по возможности небрежно.

— Нет. Насколько я слышал, это было для нее счастливым избавлением. Может быть, так говорить немилосердно, но это правда.

---

[1] Понятно.

Я согласился.

— Эшли Феррарс ни в коем случае нельзя было назвать примерным мужем, — сказал я осторожно.

— Я назвал бы его мерзавцем, — отрезал Блант.

— Нет, — возразил я, — это всего-навсего был человек, у которого денег было больше, чем ему следовало бы иметь.

— О! Деньги! Все заботы на земле можно свести к одному — к деньгам. Или к тому, что их нет.

— Какого же рода ваши личные заботы?

— По моим потребностям денег мне хватает. Я один из счастливчиков.

— В самом деле?

— На самом деле, их у меня сейчас не так много. Год назад я получил наследство и, как глупец, позволил втянуть себя в одну сумасбродную затею.

Я посочувствовал и рассказал о своей собственной такой же беде.

Прозвучал гонг, и мы вместе со всеми пошли завтракать.

Пуаро немного задержал меня.

— Ну, как?

— С ним все в порядке, — ответил я. — Я уверен.

— Ничего настораживающего?

— Только то, что год назад он получил наследство, — сказал я. — Но почему бы и нет? Я могу поклясться, что это совершенно честный и достойный человек.

— Несомненно, несомненно, — успокаивал меня Пуаро. — Не огорчайтесь.

Он разговаривал со мной так, словно я был капризным ребенком.

Мы вошли в столовую. Казалось невероятным, что не прошло еще и двадцати четырех часов с тех пор, как я сидел за этим столом.

Позже миссис Экройд отвела меня в сторону и усадила на диван.

— Я не могу не чувствовать некоторой обиды, — сказала она приглушенным голосом, доставая платок и явно не собираясь в него плакать. — Обиды за то, что Роджер не доверял мне. Эти двадцать тысяч фунтов следовало оставить мне, а не Флоре. Матери можно верить в том, что она будет охранять интересы своего ребенка. Я называю это недоверием.

— Вы забываете, миссис Экройд, — сказал я, — что Флора родная племянница Экройда, то есть кровная родственница. Было бы совсем иначе, если бы вы были его сестрой, а не невесткой.

— Как вдова бедного Сесила, я полагаю, что следовало бы считаться с моими чувствами, — сказала обиженная леди, осторожно касаясь платком своих ресниц. — Но Роджер всегда был очень странным, чтобы не сказать скаредным в денежных делах. И у Флоры, и у меня было очень трудное положение. Он даже не давал бедному ребенку карманных денег. Он оплачивал ее счета, да и то с большой неохотой, каждый раз спрашивая, зачем ей все эти украшения, как человек.... но я забыла, что я хотела сказать! Ах, да, у нас не было ни гроша, чтобы тратить по своему усмотрению. Флору это возмущало, очень возмущало, должна сказать вам. Хотя, конечно, она была предана своему дяде. Но это возмущало бы любую девушку. Да, скажу вам, что у Роджера были очень странные понятия о деньгах. Мы даже не покупали новых полотенец, хотя я говорила ему, что все старые — в дырах. А потом, — продолжала миссис Экройд с внезапным подъемом, — отдать все эти деньги — тысячу фунтов, вы представляете — тысячу фунтов! — этой женщине.

— Какой женщине?

— Этой Рассел. Вот какой. Уж очень все это подозрительно. Я всегда так говорила. Но Роджер и слышать не хотел ничего плохого о ней. Он говорил, что это женщина сильного характера, и что он восхищается и уважает ее. Он всегда рассуждал о ее высокой нравственности, независимости и прямоте. А я думаю, здесь что-то нечистое. Она, конечно, делала все возможное, чтобы выйти за

Роджера замуж. Но я быстро положила этому конец. Она всегда ненавидела меня. Еще бы! Я видела ее насквозь.

Я начал подумывать, каким бы способом приостановить поток красноречия миссис Экройд и уйти. Мистер Хэммонд подошел прощаться как нельзя кстати. Я воспользовался случаем и встал.

— Насчет дознания, — сказал я. — Где бы вы предпочли, чтобы оно проводилось? Здесь или в «Трех вепрях?»

Миссис Экройд уставилась на меня с отвисшей челюстью.

— Дознание? — спросила она в оцепенении. — Но в самом деле, зачем нужно какое-то дознание?

Мистер Хэммонд коротко и сухо кашлянул.

— Это неминуемо, — сказал он тихо. — В силу обстоятельств.

— Но доктор Шеппард может все уладить...

— Моим возможностям есть пределы, — сказал я сухо.

— Если его смерть произошла от несчастного случая...

— Он был убит, миссис Экройд, — сказал я жестко.

Она слегка вскрикнула.

— О несчастном случае не может быть и речи.

Миссис Экройд смотрела на меня страдальчески.

У меня не было жалости к ней из-за ее, как я думал, неразумной боязни неприятностей.

— Если будет следствие, я ведь не должна буду отвечать на вопросы и все такое? — спросила она.

— Не знаю, — ответил я. — Полагаю, что мистер Реймонд отведет от вас главный удар на себя. Он знает все обстоятельства и может дать официальные показания.

Юрист согласился с легким поклоном.

— Я уверен, вам нечего опасаться, миссис Экройд, — сказал он. — У вас не будет никаких неприятностей. А теперь относительно денег. У вас их пока хватит? Я имею в виду, — добавил он, отвечая на ее вопросительный взгляд, — наличные деньги. Если нет, я могу выполнить все формальности, и вы получите, сколько вам нужно.

— В этом отношении должно быть все в порядке, — сказал стоявший возле Реймонд. — Вчера мистер Экройд получил по чеку сто фунтов.

— Сто фунтов?

— Да. На жалованье и на другие сегодняшние расходы. Сейчас они еще целы.

— Где эти деньги? В его письменном столе?

— Нет. Он всегда хранил наличные деньги в спальне. В футляре для воротничков. Для верности. Смешно, не правда ли?

— Я полагаю, что прежде чем мне уйти, мы должны убедиться, что деньги на месте.

— Разумеется, — согласился секретарь. — Я провожу вас наверх... О! Я забыл. Дверь заперта.

С помощью Паркера было установлено, что инспектор Рэглан находится в комнате экономки, где он выяснял некоторые дополнительные вопросы. Через несколько минут он пришел в холл. Он открыл дверь, мы вошли в маленький коридорчик и поднялись по лестнице. Наверху дверь в спальню Экройда была открыта. В комнате было темно, шторы задернуты, кровать убрана, как и вчера вечером. Инспектор отдернул шторы, комната озарилась солнечным светом. Джоффри Реймонд подошел к бюро из палисандрового дерева и выдвинул верхний ящик...

— Подумать только, он хранил деньги в открытом ящике, — заметил инспектор.

Лицо секретаря слегка вспыхнуло.

— Мистер Экройд полностью доверял своим слугам, — сказал он с жаром.

— О! Конечно, конечно, — поспешил ответить инспектор.

Из задней части ящика Реймонд вытащил круглый кожаный футляр для воротничков и, открыв его, достал толстый бумажник.

— Вот деньги, — сказал он, извлекая из него плотную пачку банкнот. — Здесь нетронутая сотня, я знаю, потому что мистер Экройд положил ее в футляр при мне вчера вечером, когда одевался к обеду, и, конечно, с тех пор ее не трогали.

Мистер Хэммонд взял пачку и пересчитал деньги. Он резко вскинул голову.

— Вы сказали — сто фунтов. Но здесь только шестьдесят.

Реймонд молча смотрел на него.

— Не может быть, — крикнул он, подавшись вперед. Взяв деньги, он пересчитал их вслух. Мистер Хэммонд был прав. Их было шестьдесят фунтов.

— Но... Я не понимаю, — крикнул секретарь в замешательстве.

— Вы видели, как мистер Экройд положил эти деньги вчера вечером, когда одевался к обеду? — спросил Пуаро. — А вы уверены, что он не истратил часть из них раньше?

— Уверен, что нет. Он даже сказал: «Не хочу брать сотню фунтов с собой к обеду. Слишком оттопыривается карман».

— Тогда все очень просто, — заметил Пуаро. — Либо он отдал эти сорок фунтов кому-нибудь вчера вечером, либо их украли.

— Дело ясное, — согласился инспектор.

Он обратился к миссис Экройд:

— Кто из слуг мог входить сюда вчера вечером?

— Полагаю, что горничная... приготовить постель.

— Кто она? Что вы о ней знаете?

— Она здесь недавно, — ответила миссис Экройд. — Но она хорошая простая сельская девушка.

— Я думаю, нам нужно выяснить это дело, — сказал инспектор. — Если мистер Экройд отдал деньги сам, это может иметь отношение к тайне преступления. С другими слугами все в порядке?

— О, думаю, что да.

— Раньше, ничего не пропадало?

— Нет.

— Никто не уходит или что-нибудь в этом роде?

— Уходит старшая горничная.

— Когда?

— Кажется, она заявила об уходе вчера.

— Вам?

— О, нет. Я не имею к слугам никакого отношения. Этими делами ведает мисс Рассел.

Минуты две инспектор соображал.

— Пожалуй, мне лучше переговорить с мисс Рассел, — сказал он, тряхнув головой. — И с этой девушкой Дэйл — тоже.

Пуаро и я пошли вместе с ним в комнату экономки. Мисс Рассел приняла нас в своей обычной манере.

— Элзи Дэйл служила в Фернли пять месяцев. Прекрасная девушка, расторопна в работе и очень порядочная. Хорошие рекомендации. А взять что-нибудь чужое может только самая последняя.

— А как старшая горничная?

— Она тоже превосходная девушка. Очень спокойная и благородная. Как настоящая леди. Отличная работница.

— Тогда почему же она уходит? — спросил инспектор.

Мисс Рассел поджала губы.

— Я ее не увольняла. Как я поняла, вчера днем она провинилась перед мистером Экройдом. В ее обязанности входило убирать кабинет, и она, кажется, смешала какие-то бумаги на его столе. Мистер Экройд проявил сильное раздражение, и она заявила об уходе. Это все, что я смогла понять из ее объяснений. Но, может быть, вы хотели бы поговорить с ней самой?

Инспектор согласился. Я заметил девушку еще раньше, когда она подавала во время ленча. Высокая, с густыми каштановыми волосами, стянутыми в тугой узел на затылке, и с очень спокойными серыми глазами. Она вошла по вызову экономки и стояла очень прямо, глядя на нас своими серыми глазами.

— Вы Урсула Борн? — спросил инспектор.

— Да, сэр.

— Как я понял, вы оставляете свое место?

— Да, сэр.

— Почему?

— Я смешала бумаги на столе мистера Экройда. Это его очень разозлило, и я сказала, что лучше уйду. Он ответил, чтобы я уходила как можно скорее.

— Вы были в спальне мистера Экройда вчера вечером? Убирали или еще что там?

— Нет, сэр. Это работа Элзи. Я никогда не ходила в ту часть дома.

— Должен сообщить вам, моя милая, что из комнаты мистера Экройда исчезла крупная сумма денег.

Наконец, спокойствие изменило ей. Волна румянца залила ее лицо.

— Ни о каких деньгах я ничего не знаю. Если вы думаете, что взяла их я, и поэтому мистер Экройд меня уволил, вы ошибаетесь.

— Я не обвиняю вас в том, что вы их взяли, милая девушка! — сказал инспектор. — Не нужно так краснеть.

Девушка смерила его холодным взглядом.

— Вы можете осмотреть мои вещи, — сказала она с презрением. — Но вы ничего не найдете.

Вдруг вмешался Пуаро.

— Мистер Экройд уволил вас вчера днем, или, точнее, вы уволили себя сами, не так ли? — спросил он.

Девушка кивнула.

— Сколько времени длился ваш разговор?

— Разговор?

— Да, разговор между вами и мистером Экрой-дом в кабинете?

— Я... я не знаю.

— Двадцать минут? Полчаса?

— Около этого приблизительно.

— Не дольше?

— Не дольше получаса.

— Благодарю вас, мадемуазель.

— Я с любопытством посмотрел на него. Он точными движениями пальцев переставлял несколько предметов на столе, располагая их в ряд. Глаза его сияли.

— Достаточно, — сказал инспектор.

Урсула Борн вышла.

— Сколько времени она здесь служит? — обратился инспектор к мисс Рассел. — У вас есть ее рекомендации?

Не отвечая на первый вопрос, мисс Рассел подошла к бюро, открыла один из ящиков и достала оттуда связку писем, скрепленных патентованным зажимом. Она выбрала одно из них и передала инспектору.

— Хм, рекомендация хорошая. Миссис Ричард Фоллиот из Марби Грейндж, Марби. Кто эта женщина?

— Вполне приличные провинциалы, — ответила мисс Рассел.

— Хорошо, — сказал инспектор, возвращая рекомендацию, — давайте взглянем на другую, Элзи Дейл.

Элзи Дейл, крупная красивая девушка с приятным, но немного глуповатым лицом, на наши вопросы отвечала с готовностью и сильно сокрушалась по поводу пропажи денег.

— Думаю, что здесь все в порядке, — сказал инспектор, отпустив девушку. А как насчет Паркера?

Мисс Рассел поджала губы и не ответила.

— Я чувствую, что с этим человеком не все ладно, — продолжал задумчиво инспектор. — Но беда в том, что я не вполне себе представляю, когда бы он мог воспользоваться случаем. Сразу после обеда он был занят выполнением своих обязанностей, у него достаточно хорошее алиби на весь вечер. Я знаю, так как уделил ему особое внимание. Очень вам благодарен, мисс Рассел. Пока оставим все, как есть. Вполне возможно, что мистер Экройд отдал деньги сам.

Экономка сухо попрощалась, и мы ушли. Я ушел с Пуаро.

— Интересно, — сказал я, нарушая молчание, — какие бумаги могла тронуть девушка, из-за которых так рассердился Экройд? Не может ли здесь быть какой-нибудь нити к разгадке тайны?

— Секретарь сказал, что на столе не было документов особой важности, — спокойно ответил Пуаро.

— Да, но… — я замялся.

— Вас поражает и кажется странным, что Экройд мог впасть в ярость из-за такой мелочи?

— Да, конечно.

— Но была ли это мелочь?

— Конечно, — ответил я, — мы не знаем, что это были за бумаги. Но если Реймонд сказал…

— Оставим пока мистера Реймонда в покое. Что вы думаете об этой девушке?

— О какой девушке? О служанке?

— Да, о служанке. Об Урсуле Борн.

— Она, кажется, славная девушка, — сказал я неуверенно.

Пуаро повторил мои слова, но я сделал легкое ударение на последнем слове, а он его сделал на втором.

— Она, *кажется,* славная девушка… да.

Потом, с минуту помолчав, он вынул что-то из кармана и дал мне.

— Посмотрите, друг мой, я вам что-то покажу. Взгляните сюда.

Он дал мне тот самый список, который утром был составлен инспектором и передан Пуаро. Следя за указательным пальцем, я увидел маленький крестик, поставленный карандашом против имени Урсулы Борн.

— Не думаете ли вы…

— Доктор Шеппард, я осмеливаюсь думать все. Может быть, Экройда убила Урсула Борн, но, признаюсь, я не вижу для этого никаких мотивов с ее стороны. А вы их видите?

Он посмотрел на меня тяжелым взглядом, таким тяжелым, что мне стало не по себе.

— Вы их видите? — повторил он.

— Никаких мотивов абсолютно, — сказал я твердо.

Взгляд его смягчился. Он нахмурился.

— Поскольку шантажист был мужчина, — бормотал он невнятно и тихо сам себе, — из этого следует, что шантажист не она. Тогда…

Я кашлянул.

— Поскольку… — начал я с сомнением.

— Что? — он стал описывать возле меня круги. — Что вы хотите сказать?

— Ничего, ничего. Только то, что, говоря прямо, миссис Феррарс в своем письме упомянула личность, человека. Она не подчеркивала, что это был мужчина. Но мы с Экройдом допустили, что это был именно мужчина.

Казалось, Пуаро меня не слышал. Он снова бормотал сам себе.

— Но тогда после всего вполне возможно что… да, конечно, вполне возможно… но тогда… А! Я должен привести в порядок свои мысли. Метод, порядок — они нужны мне сейчас, как никогда. Все должно сходиться, иначе я на ложном пути.

Он внезапно замолчал и снова забегал вокруг меня.

— Где находится Марби?

— По ту сторону Кранчестера.

— Далеко?

— О! Вероятно, милях в четырнадцати.

— Не смогли бы вы туда съездить? Скажем, завтра?

— Завтра? Позвольте… завтра воскресенье. Да, я мог бы это сделать. Что вы хотите, чтобы я там сделал?

— Повидать эту миссис Фоллиот. Узнайте все, что можно, об Урсуле Борн.

— Хорошо. Но... мне не очень нравится эта работа.

— Сейчас не время создавать трудности. От этого может зависеть человеческая жизнь.

— Бедный Ральф, — сказал я со вздохом. — Но вы сами верите в то, что он невиновен?

Пуаро посмотрел на меня очень серьезно.

— Вы хотите знать правду?

— Конечно.

— Тогда я скажу вам ее. Все, мой друг, указывает на предположение, что он виновен.

— Как?! — воскликнул я.

Пуаро кивнул.

— Да, у этого глупого инспектора (а он-таки глуп) все указывает на Ральфа, Я ищу правду, а правда каждый раз приводит меня опять-таки к Ральфу Пэтону. Мотивы, представившийся случай, средства. Но я переверну все камни. Я обещал мадемуазель Флоре. Она была так уверена, малютка. Так уверена.

Глава 11. Визит Пуаро

Я немного нервничал, когда на следующий день звонил в парадное Марби Грейндж. Мне было очень интересно, чего добивался Пуаро. Он доверил эту работу мне. Почему? Хотел ли он, как в случае с майором Блантом, остаться в тени? Желание, вполне понятное в первом случае, теперь казалось лишенным всякого смысла.

Мои размышления были прерваны появлением проворной служанки. Да, миссис Фоллиот была дома. Она проводила меня в большую гостиную. Ожидая хозяйку дома, я с любопытством осматривался вокруг. Это была просторная, небогато обставленная комната: несколько прекрасных гравюр и старинных фарфоровых изделий, потертые чехлы и шторы — все говорило о том, что ее хозяйка была леди.

Я рассматривал одну из гравюр Бартолоччи, висевшую на стене, когда в комнату вошла миссис Фоллиот. Это была высокая женщина с небрежно уложенными каштановыми волосами и обаятельной улыбкой.

— Доктор Шеппард? — произнесла она неуверенно.

— Да, мадам, — ответил я. — Прошу прощения за свой визит, но я хотел бы узнать что-нибудь об Урсуле Борн, горничной, которая раньше у вас работала.

При упоминании этого имени улыбка исчезла с ее лица, а радушие словно заморозило. Казалось, она почувствовала себя неловко.

— Урсула Борн? — произнесла она, колеблясь.

— Да. Может быть, вы забыли имя?

— О, нет, конечно. Я отлично помню.

— Она ушла от вас немногим больше года, как мне помнится.

— Да, да. Совершенно верно.

— Вы были довольны ею? Сколько она у вас служила, между прочим?

— А! Год или два... Я не могу точно припомнить. Она... она очень способна. Я уверена, вы будете очень довольны ею. Я не знала, что она уходит из Фернли. Не имела никакого представления.

— Вы можете рассказать о ней что-нибудь?

— Что-нибудь рассказать?

— Да. Откуда она, кто ее близкие... в этом роде?

Выражение лица миссис Фоллиот стало еще холоднее.

— Я ничего этого не знаю.

— У кого она работала до того, как пришла к вам?

— Боюсь, что не помню.

Во взгляде женщины сверкнула искра гнева — явный признак того, что она нервничала. Она вскинула голову движением, которое мне было смутно знакомо.

— Неужели нужно задавать все эти вопросы?

— Конечно, нет, — ответил я с некоторым удивлением и с оттенком извинения в голосе. — Я даже не представлял себе, что вы не захотите отвечать на них. Прошу прощения.

Гнев ее сразу прошел, и она снова смутилась.

— О! Я не против ответить на них. Уверяю вас. Почему бы не ответить? Просто... Просто это кажется немного странным. Только и всего. Немного странно.

Одним из преимуществ практикующего врача является то, что он обычно может легко понять, когда ему лгут. О том, что миссис Фоллиот не хотела отвечать на мои вопросы, я мог бы узнать, кроме других признаков, по ее поведению. А отвечать она не хотела. Она была огорчена и очень смущена, и за этим скрывалась какая-то загадка. Я видел, что передо мной была женщина, которой никогда не приходилось лгать, и теперь, будучи вынужденной делать это, она чувствовала себя очень неловко. Ее мог бы понять и ребенок. Но было ясно и то, что она не намеревалась рассказывать мне что-либо еще.

Какая бы тайна ни была связана с Урсулой Борн, теперь я никоим образом не собирался узнавать о ней от миссис Фоллиот. Потерпев неудачу, я еще раз извинился за беспокойство, взял шляпу и ушел.

Я навестил пару больных и часам к шести вернулся домой. Каролина сидела возле неубранного чайного прибора. На лице ее было выражение сдержанного ликования. Я слишком хорошо знаю это выражение. Оно верный признак того, что она либо получила информацию, либо дала ее сама. Мне было любопытно узнать, что же это было.

— У меня сегодня был очень интересный день, — начала Каролина, когда я опустился в свое особое кресло и протянул ноги к манящему пламени камина.

— Да? Наверное, мисс Ганетт заглянула на огонек?

Мисс Ганетт является одним из главарей местных сплетниц.

— Угадай, — сказала Каролина с некоторым самодовольством.

Я угадывал, медленно перечисляя одного за другим всех членов разведывательного корпуса Каролины. На каждое названное мною имя Каролина отвечала победным потряхиванием головы. Под конец она добровольно вызвалась назвать имя гостя сама.

— Месье Пуаро, — заявила она. — Ну, что ты скажешь теперь?

Я думал многое, но из осторожности ничего не сказал.

— Зачем он приходил?

— Повидать меня, конечно. Он сказал, что, зная так хорошо моего брата, надеется, что ему будет позволено познакомиться с его очаровательной сестрой, то есть, с твоей очаровательной сестрой, я все перепутала, но ты меня понимаешь, конечно.

— О чем он говорил?

— Он рассказал многое о себе и о случаях из своей практики. Ты знаешь, мавританский принц Павел женился на танцовщице?

— Да?

— Недавно я прочла о ней очень интригующую статью в «Светских новостях». Там намекают, что эта танцовщица на самом деле русская великая княжна, одна из дочерей царя, которой удалось бежать от большевиков. Так вот месье Пуаро, кажется, раскрыл запутанную историю о загадочном убийстве, в которую чуть было не вовлекли их обоих. Принц Павел приходил благодарить Пуаро лично...

— Он подарил ему булавку для галстука с изумрудом величиной с перепелиное яйцо? — спросил я с насмешкой.

— Он не упоминал об этом. А что?

— Ничего, — ответил я. — Я думал, что так всегда поступают. По крайней мере, так пишут в детективных романах. У сверхдетективов комнаты всегда усыпаны рубинами, жемчугом и изумрудами, полученными от благодарных клиентов из числа августейших особ.

— Очень интересно узнавать обо всем от них самих, — с готовностью ответила Каролина.

Это было в ее вкусе. Мне оставалось только восхищаться способностями месье Эркюля Пуаро, так безошибочно сумевшего выбрать самый верный подход к пожилой старой деве из небольшой деревни.

— Он не сказал, была ли та танцовщица действительно великой княжной? — спросил я.

— Профессиональный долг не позволяет ему говорить об этом, — сказала Каролина важно.

Мне было интересно, насколько он был правдив в разговоре с Каролиной. Вероятно, он вовсе не говорил правды. Свои косвенные намеки он передавал с помощью бровей и плеч.

— И после этого, — заметил я, — ты, наверное, была готова клевать с его ладони.

— Не будь таким грубым, Джеймс. Не знаю, откуда у тебя эти вульгарные выражения.

— Вероятно, от моей единственной связи с внешним миром — от моих больных. К сожалению, я практикую не среди августейших принцев и интересных русских эмигранток.

Каролина подняла свои очки на лоб и посмотрела на меня.

— Ты, кажется, очень раздражен, Джеймс. Это, должно быть, от печени. Тебе нужно принять на ночь голубую таблетку.

Если бы меня увидели в моем собственном доме, трудно было бы представить, что я врач. Дома лечение прописывает и себе, и мне Каролина.

— К черту печень, — вспылил я. — А об убийстве вы говорили?

— Ну, конечно же, Джеймс. А о чем же еще здесь говорить? Я смогла обратить внимание месье Пуаро на некоторые детали. Он был мне очень благодарен. Он сказал, что у меня есть задатки врожденного детектива и чудесное психологическое чутье человеческой натуры.

В этот момент Каролина была очень похожа на кошку, объевшуюся жирной сметаной. Казалось, она даже мурлыкала.

— Он очень много говорил о крошечных серых клеточках мозга и об их функциях. Он говорит, что клетки его мозга самого высокого качества.

— И он это сказал, — заметил я с горечью. — Скромность — явно черта не его характера.

— Джеймс, я не хотела бы, чтобы ты так страшно был похож на американца. Он считает очень важным. как можно скорее найти Ральфа, убедить его явиться в полицию и рассказать о себе. Он говорит, что его исчезновение производит очень неблагоприятное влияние на ход следствия.

— А что ты на это ответила?

— Я с ним согласилась, — сказала Каролина важно. — И рассказала ему, что уже сейчас говорят об этом.

— Каролина, — спросил я резко, — ты рассказала месье Пуаро о подслушанном разговоре в лесу?

— Рассказала, — охотно ответила Каролина.

Я встал и начал ходить по комнате.

— Надеюсь, ты понимаешь, что ты делаешь, — проговорил я отрывисто. — Ты набрасываешь петлю на шею Ральфа Пэтона — это верно, как то, что ты сидишь в этом кресле.

— Нисколько, — совершенно спокойно ответила Каролина. — Я была удивлена тем, что ты сам не сказал ему об этом.

— Я был достаточно благоразумен, — ответил я. — Мне очень нравится этот парень.

— Мне тоже. Вот почему я считаю, что ты говоришь глупости. Я не верю, что Ральф сделал это, так что правда не может повредить ему, а мы чем можем должны помочь месье Пуаро. Вполне возможно, что в ночь, когда совершалось убийство, Ральф был с той самой девушкой, а если так, то у него есть полное алиби.

— Если у него есть полное алиби, — парировал я, — почему он не придет и не скажет об этом?

— Возможно, чтобы не причинить неприятностей девушке, — разумно рассудила Каролина. — Но если месье Пуаро узнает, кто она и разъяснит ей о ее долге, она придет добровольно, чтобы снять с Ральфа подозрения.

— Кажется, ты выдумала свою собственную романтическую историю, — сказал я. — Ты слишком много читаешь дрянных романов, Каролина. Я всегда говорил тебе об этом.

Я снова упал в свое кресло.

— Пуаро задавал тебе еще какие-нибудь вопросы? — спросил я. — Только о больных, которых ты принимал в то утро.

— О больных? — переспросил я, не веря.

— Да, о твоих амбулаторных больных. Сколько их было и кто они такие?

— Ты хочешь сказать, что смогла ответить на этот вопрос?

Каролина удивилась.

— А почему бы нет? — спросила она победно. — Из этого окна мне прекрасно видна дорожка, ведущая к двери твоей приемной. А память у меня прекрасная, Джеймс. Намного лучше твоей, должна тебе сказать.

— Я в этом уверен, — пробормотал я невольно.

Загибая пальцы, моя сестра стала перечислять имена.

— Старая миссис Беннет и тот мальчишка с фермы со своим больным пальцем, Долли Грайс с иголкой в пальце; потом этот американец, стюард с лайнера. Так, значит, четыре... Да, старик Джордж Эванс со своей язвой. И, наконец...

Она сделала значительную паузу.

— Кто же?

Кульминационную часть своего заявления Каролина торжествующе прошипела, чему также способствовало и случайное скопление буквы «с» в произнесенном имени.

— Мисс Рассел!

Она откинулась назад в своем кресле и посмотрела на меня очень значительно, а когда Каролина смотрела на вас значительно, не заметить этого невозможно.

— Не понимаю, что ты хочешь сказать, — солгал я. — Разве мисс Рассел не может проконсультироваться у меня о своей больной коленке?

— Больная коленка, — съязвила Каролина. — Вздор! У нее болит коленка не больше, чем у тебя или у меня. Она приходила за чем-то другим.

— За чем же?

Каролина вынуждена была признать, что не знает.

— Но будьте уверены, именно об этом он старался узнать, месье Пуаро, я имею в виду. Здесь что-то нечисто с этой женщиной, и он об этом знает.

— Точно такое же замечание вчера высказала миссис Экройд, — сказал я. — Что с мисс Рассел что-то нечисто.

— А! — произнесла Каролина загадочно, — миссис Экройд! Здесь другое!

— Что другое?

Каролина не стала объяснять. Она только покачала головой, свернула свое вязанье и поднялась наверх, чтобы надеть старомодную розово-лиловую шелковую блузку и золотой медальон. Это у нее считается переодеться к обеду.

Я остался сидеть. Пристально глядя на пламя камина, я думал о словах Каролины. На самом ли деле Пуаро приходил, чтобы получить сведения о мисс Рассел, или изобретательный ум Каролины истолковал все в соответствии с ее собственными представлениями?

В поведении мисс Рассел в то утро решительно не было ничего такого, что могло бы вызвать подозрения. По крайней мере...

Я вспомнил ее настойчивый разговор об употреблении наркотиков и как затем она повела беседу о ядах и отравлении. Но в этом нет ничего особенного. Экройд не был отравлен. И все же это было странно...

Сверху я услышал недовольный голос Каролины:

— Джеймс, ты опоздаешь к обеду!

Я положил в камин немного угля и послушно поднялся наверх. Мир в доме дороже всего.

Глава 12. За столом

Совместное дознание проводилось в понедельник.

Я не собираюсь излагать ход следствия подробно, так как это означало бы повторять одно и то же снова и снова. По уговору с полицией разглашать почти ничего не разрешалось. Я дал показания относительно смерти Экройда и вероятного времени ее наступления. Объяснение отсутствию Ральфа Пэгона дал следователь по особым делам, но толковалось оно без особого акцента.

Несколько позднее у Пуаро и у меня был небольшой разговор с инспектором Рэгланом. Инспектор был очень серьезен.

— Дело выглядит скверно, месье Пуаро, — сказал он. — Я стараюсь разобраться во всем честно и справедливо. Я человек здешний и видел капитана Пэтона много раз в Красчестере. Я не хочу, чтобы он оказался виновным, но дело выглядит плохо с какой стороны на него ни посмотришь. Если он невиновен, почему его нет? У нас есть против него улики, и сейчас еще есть возможность опровергнуть их. Почему же он их не опровергает?

За словами инспектора было многое, чего я тогда еще не знал. Описание внешности Ральфа было разослано по телеграфу во все порты и на все железнодорожные станции Англии. Полиция на местах была начеку. Его городская квартира и дома, о которых было известно, что он их часто посещал, были под наблюдением. При таком заслоне казалось невозможным, что Ральф сможет избежать ареста. Багажа при нем не было и, насколько было известно, денег — тоже.

— Я никого не могу найти, кто бы видел его в тот вечер на вокзале, — продолжал инспектор. — А его ведь хорошо здесь знают, и можно предполагать, что кто-нибудь мог бы его заметить. Из Ливерпуля тоже ничего нет.

— Вы полагаете, что он уехал в Ливерпуль? — спросил Пуаро.

— Вполне возможно. Вспомните телефонный звонок с вокзала за три минуты до отправления ливерпульского экспресса. Должно же это что-то означать.

— Если не умышленное намерение сбить вас со следа. Смысл этого телефонного звонка может состоять именно в этом.

— Это идея, — сказал инспектор пылко. — Вы действительно думаете, что в этом состоит объяснение телефонного вызова?

— Мой друг, — сказал серьезно Пуаро, — я не знаю. Но скажу вот что: я уверен, что когда мы найдем объяснение этому телефонному вызову, мы найдем объяснение убийству.

— Мне помнится, вы уже говорили что-то в этом роде раньше, — заметил я, глядя на него с любопытством.

Пуаро кивнул.

— Я всегда возвращаюсь к этому, — сказал он серьезно.

— А мне кажется, это совершенно не относится к делу, — заявил я.

— Я бы так не сказал, — возразил инспектор. — Но должен признать, что месье Пуаро завел здесь волынку и слишком много толкует об одном и том же. У нас есть нити понадежнее. Например, отпечатки пальцев на кинжале.

В поведении Пуаро вдруг появилось много иностранного, как это часто с ним случается, когда его что-нибудь волнует.

— Месье инспектор, — сказал он по-французски, — остерегайтесь… остерегайтесь… Comment dire[1]?.. маленькой улочки, у которой нет выхода.

Инспектор смотрел на него непонимающе, а я сообразил.

— Вы хотите сказать — тупика?

— Вот именно — тупика, который никуда не ведет. Так может случиться и с теми отпечатками пальцев. Они могут ни к чему вас не привести.

---

[1] Как вы это называете.

— Не понимаю, как это может случиться, — сказал полицейский офицер, — по-видимому, вы намекаете на то, что они фальшивые? Я читал, что такое делают, хотя не могу сказать, что встречал подобное в своей практике. Но все равно — фальшивые или настоящие — они должны куда-то привести.

Пуаро только пожал плечами и широко расставил руки.

Инспектор показал нам множество увеличенных фотографий отпечатков пальцев, и чтобы убедить нас в своей компетентности в этой области, стал объяснять всякие особенности, относящиеся к петлям, кольцам и завиткам.

— Ну, теперь вы должны признать, что эти отпечатки были сделаны кем-то, кто в тот вечер был в доме, — сказал он наконец.

Независимое поведение Пуаро его злило.

— Bien entendu[1], — кивнув головой, сказал Пуаро.

— Так вот, я взял отпечатки пальцев у каждого, кто находится в этом доме, заметьте, у каждого, начиная от судомойки и кончая старой леди.

— Я не думаю, чтобы миссис Экройд понравилось то, что ее считают старой. Она, должно быть, немало тратится на косметику.

— У каждого, — раздраженно повторил инспектор.

— Включая и меня, — сказал я сухо.

— Очень хорошо. Ничьи не подошли. У нас остается единственный выбор; либо Ральф Пэтон, либо загадочный незнакомец, о котором нам рассказал доктор. Когда мы их задержим...

— Будет потеряно, по-видимому, много драгоценного времени, — вставил Пуаро.

— Я не совсем вас понимаю, месье Пуаро.

— Вы сказали, что взяли отпечатки у каждого, кто находился в этом доме, — тихо сказал Пуаро. — Так ли это, месье инспектор?

— Конечно.

---

[1] Конечно.

— Никого не проглядели?

— Никого.

— Ни живого, ни мертвого?

На какой-то момент у инспектора был вид сбитого с толку человека. Стараясь выдать его за добросовестное соображение, он, наконец, медленно проговорил:

— Вы имеете в виду...

— Мертвого, месье инспектор.

Инспектору и теперь еще понадобилась минута или две, чтобы понять.

— Я считаю, — сказал спокойно Пуаро, — что на рукоятке кинжала отпечатки пальцев самого мистера Экройда. Это очень легко проверить. Тело еще не похоронено.

— Но для чего? Какой в этом смысл? Вы ведь не предполагаете самоубийства, месье Пуаро?

— А! Нет. Моя теория состоит в том, что убийца был в перчатках или что его рука была чем-то обвернута. После того, как удар был нанесен, он взял руку жертвы и обжал ею рукоятку кинжала.

— Но для чего?

Пуаро снова пожал плечами.

— Чтобы запутанное дело сделать еще больше запутанным.

— Хорошо, — сказал инспектор, — я проверю. Но когда впервые вам пришла эта мысль?

— Когда вы были так любезны показать мне кинжал и обратили мое внимание на отпечатки пальцев. Я очень мало разбираюсь в петлях и завитках... видите, я признаю свое невежество открыто. Но мне показалось, что отпечатки расположены как-то неуклюже. Не так бы я держал кинжал, чтобы нанести удар. Впрочем, что естественно, так как трудно придать нужное положение правой руке, если занести ее назад через плечо.

Инспектор пристально смотрел на маленького человечка. А Пуаро с видом величайшего равнодушия стряхивал невидимую пылинку с рукава своего паль-, то.

— Хорошо, — сказал инспектор, уходя, — это мысль. Я все проверю, но не разочаровывайтесь, если ничего из этого не выйдет.

Он старался придать своему голосу мягкий и снисходительный тон. Пуаро посмотрел ему вслед. Потом с насмешливым взглядом повернулся ко мне.

В другой раз, — заметил он, — нужно быть осторожнее с его amour propre[1]. А теперь, поскольку мы предоставлены самим себе, что бы вы сказали, мой добрый друг, если бы мы устроили небольшое семейное собрание?

«Небольшое собрание» состоялось примерно через полчаса. Мы сидели в столовой Фернли. Пуаро был во главе стола подобно председателю какого-нибудь неприятного заседания правления. Слуг не было, так что нас было всего шестеро: миссис Экройд, Флора, майор Блант, юный Реймонд, Пуаро и я.

Когда все собрались, Пуаро встал и поклонился.

— Messieurs, mesdames[2], я собрал вас с определенной целью, — он сделал паузу. — Начну с того, что хочу обратиться с очень большой просьбой к мадемуазель.

— Ко мне? — удивилась Флора.

— Мадемуазель, вы помолвлены с капитаном Ральфом Пэтоном. Если кто-либо пользуется его доверием, так это вы. Я прошу вас самым серьезным образом, если вы знаете, где он находится, убедить его выйти из укрытия. Одну минутку, — сказал Пуаро, видя, как Флора поднялась, чтобы говорить, — ничего не говорите до тех пор, пока хорошенько всего не вспомните. Мадемуазель, его положение с каждым днем становится для него опаснее. Если бы он явился сразу, у

---

[1] Самолюбием.

[2] Господа, дамы

него была бы возможность объяснить и опровергнуть выдвинутые против него улики, какими бы убийственными они ни были. Но это молчание... это исчезновение... о чем оно говорит? Конечно же, только об одном — о признании своей вины. Мадемуазель, если вы действительно верите в его невиновность, убедите его явиться, пока не слишком поздно.

Флора сильно побледнела.

— Слишком поздно, — повторила она тихо.

Пуаро наклонился вперед, глядя на нее.

— Послушайте, мадемуазель, — сказал он мягко, — вас просит сам папа Пуаро, папа Пуаро, который много знает и у которого огромный опыт. Я не собираюсь заманивать вас в ловушку. Неужели вы не поверите мне и не скажете, где скрывается Ральф Пэтон?

Девушка встала и посмотрела ему прямо в глаза.

— Месье Пуаро, — сказала она чистым голосом, — клянусь вам, торжественно клянусь, что я не имею никакого представления, где находится Ральф, и что я на видела его и не получала от него никаких известий ни в день... убийства, ни после.

Она села. В наступившем молчании Пуаро с минуту пристально смотрел на нее, потом с резким стуком опустил руку на стол.

— Bien[1]! Ничего не поделаешь, — сказал он. Его лицо сделалось жестким.

— Теперь я обращаюсь ко всем вам, сидящим за этим столом, к вам, миссис Экройд, к вам, майор Блант, к вам, доктор Шеппард, к вам, мистер Реймонд. Вы все друзья и близкие отсутствующего молодого человека. Если вы знаете, где скрывается Ральф Пэтон — скажите.

Снова наступило молчание. Оно было нарушено миссис Экройд.

— Я должна сказать, — начала она жалобным голосом, — что отсутствие Ральфа — это самое странное. Да, самое странное. Не прийти сюда в такое время. Похоже, что за этим что-то есть. Я не могу

---

[1] Хорошо.

не думать, дорогая Флора, что это большая удача, что о вашей помолвке не было объявлено официально.

— Мама! — сердито крикнула Флора.

— Это провидение, — заявила миссис Экройд. — Я искренне верю в провидение — в божество, которое творит нас и управляет нами до самой кончины, как сказано в одной из прекрасных строк Шекспира.

— Вы, наверное, считаете всемогущего в ответе даже за толстые женские лодыжки, миссис Экройд, не так ли? — спросил Джоффри Реймонд и легкомысленно засмеялся. Он, по-видимому, хотел разрядить обстановку, но миссис Экройд бросила на него взгляд, полный упрека, и вытащила свой носовой платок.

— Флора избежала ужасной дурной славы и неприятностей. Я не допускаю и мысли, что дорогой Ральф имеет какое-нибудь отношение к смерти бедного Роджера. Ничего подобного я не думаю. Но у меня доверчивое сердце — оно у меня всегда было таким, с самого детства, и я не хочу верить в самое плохое в человеке. Но, конечно, нельзя забывать и того, что в детстве Ральф несколько раз был под бомбежкой во время воздушных налетов. Говорят, что иногда через многие годы проявляются последствия. По крайней мере, такие люди не отвечают за свои действия. Вы же знаете, они теряют самообладание и ничего не могут с собой поделать.

— Мама, — крикнула Флора, — ты ведь не веришь, что это сделал Ральф?

— Говорите, миссис Экройд, — сказал Блант.

— Я не знаю, что и думать, — продолжала миссис Экройд со страхом. — Все это очень расстраивает. Подумать только, что будет с поместьем, если Ральфа признают виновным?

Реймонд с силой оттолкнул от стола свой стул. Майор Блант задумчиво смотрел на нее, оставаясь совершенно спокойным.

— Это похоже на шок от контузии, — упрямо продолжала миссис Экройд, — к тому же, Роджер давал ему очень мало денег… с самыми хорошими намерениями, конечно. Я вижу, что все вы со мной не согласны, но я считаю очень странным то, что Ральф до сих пор не пришел сюда, и я рада, что о помолвке Флоры не было объявлено.

— Это будет сделано завтра, — отчетливо произнесла Флора.

— Флора! — крикнула ошеломленная мать.

Флора повернулась к секретарю.

— Пошлите, пожалуйста, объявление в «Морнинг пост» и в «Таймс», мистер Реймонд.

— Если вы уверены, что поступаете разумно, мисс Экройд, — ответил он мрачно.

Она резко повернулась к Бланту.

— Вы меня поймете, — сказала она. — А что еще я могу сделать? Если обстоятельства таковы, я должна быть рядом с Ральфом. Неужели вы не понимаете, что я должна?

Она смотрела на него вопрошающим взглядом, и после длительного молчания он отрывисто кивнул головой.

Миссис Экройд разразилась пронзительными протестами. Флора оставалась непреклонной. Потом стал говорить Реймонд.

— Я ценю ваши побуждения, мисс Экройд. Но не кажется ли вам, что вы несколько торопитесь. Подождите день или два.

— Завтра, — резко сказала Флора. — Так вести себя нельзя, мама. Какова бы я ни была, я не предам своих друзей.

— Месье Пуаро, — обратилась к нему плачущим голосом миссис Экройд, — неужели вы ничего не скажете?

— Нечего говорить, — вмешался Блант. — Она поступает правильно. Я буду рядом с нею несмотря ни на что.

Флора протянула ему руку.

— Благодарю вас, майор Блант.

— Мадемуазель, — сказал Пуаро, — позвольте старику поздравить вас за ваше мужество и верность. И, надеюсь, вы меня правильно поймете, если я попрошу вас, и попрошу очень серьезно, отложить объявление, о котором вы здесь говорите, хотя бы на два дня.

Флора колебалась.

— Я прошу об этом в интересах Ральфа Пэтона, а равно и в ваших собственных интересах, мадемуазель. Вы хмуритесь. Вы не понимаете. Но я заверяю вас, что это так. Pas de blagues[1]. Доверьтесь мне и не мешайте.

Прежде, чем ответить, Флора немного подумала.

— Мне это не нравится, — сказала она наконец, — но я сделаю так, как вы говорите.

Она снова села за стол.

— А теперь, messieurs et mesdames[2], — быстро проговорил Пуаро, — я скажу вам то, что собирался сказать. Поймите одно: я намерен найти правду. Правда, какая бы уродливая она ни была, всегда интересна и привлекательна для того, кто ее ищет. Я уже в летах, мои силы, может быть, не те, что были раньше, — в этом месте он сделал паузу, явно ожидая возражений. — По всей вероятности, это мое последнее дело. Но Эркюль Пуаро не заканчивает своих дел провалом. Messiers et mesdames, я говорю вам: я намерен узнать все. И я все узнаю — вопреки всем вам.

Последние слова он произнес вызывающе, словно бросив их нам в лицо. Мне даже показалось, что все мы вздрогнули и откачнулись немного назад, за исключением одного Джоффри Реймонда, который был в хорошем настроении и невозмутим, как всегда.

— Как это понимать — вопреки всем нам? — спросил он, слегка вскинув брови.

— А вот как, месье. Каждый из вас, кто находится сейчас в этой комнате, что-нибудь от меня скрывает, — он поднял руку, чтобы успокоить послышавшийся робкий шум возмущения. — Да, да, я знаю, что говорю. Возможно, это «что-то» совсем незначительное, что, по вашему мнению, совершенно не относится к делу, но оно есть. У каждого из вас есть что скрывать. Ну что, я не прав?

---

[1] А теперь без фокусов.

[2] Дамы и господа.

Его взгляд, осуждающий и зовущий, переходил от одного к другому по кругу. Под этим взглядом каждый из нас потуплял свой. И я — тоже.

— Вот вы мне и ответили, — сказал Пуаро со странной усмешкой.

Он встал со своего места.

— Я обращаюсь ко всем вам. Скажите мне правду — всю правду.

Мы молчали.

— Никто не будет говорить? — он усмехнулся, как и прежде — c'est dommage[1], — сказал он и вышел.

---

[1] Возможно.

Глава 13. Гусиное перо

Вечером после ужина по просьбе Пуаро я пошел к нему в дом. Каролина была явно недовольна. Она с удовольствием пошла бы со мной.

Пуаро встретил меня сердечно. Он поставил передо мной на маленький столик бутылку ирландского виски (которого я терпеть не могу), сифон с содовой и стакан. Сам он занялся приготовлением горячего шоколада. Как я узнал позже, это был его любимый напиток.

Он вежливо осведомился о моей сестре, которую, как он заявил, считает очень интересной женщиной.

— Боюсь, что вы внушаете ей мысли, вызывающие у нее непомерное самомнение, — сказал я сухо. — Вас интересует моя воскресная поездка?

Он подмигнул и засмеялся.

— Я всегда люблю нанимать экспертов, — заметил он невразумительно, но так и не объяснил этого своего замечания.

— Во всяком случае, вы собрали все местные сплетни, — сказал я, — выдуманные и невыдуманные.

— И много ценной информации, — добавил он спокойно.

— Например?..

Он покачал головой.

— А почему не сказали мне правды? — парировал он. — В таком месте, как это, все, что делал Ральф, должно быть известно. Если бы вашей сестре не случилось в тот день проходить лесом, его увидели бы другие.

— Разумеется, — ответил я сердито. — А как объяснить ваш интерес к моим больным?

Он снова подмигнул.

— Только к одному из них, доктор. Только к одному.

— К последнему? — рискнул спросить я.

— Я нахожу, что мисс Рассел как объект для изучения чрезвычайно интересна, — ответил он уклончиво.

— Вы согласны с моей сестрой и с миссис Экройд, что с ней что-то нечисто? — спросил я.

— Что? Как вы сказали — нечисто?

Я как можно понятнее объяснил ему значение этого слова.

— Они так говорят, да?

— Разве моя сестра не сказала вам об этом вчера?

— C'est possible[1].

— Без всякого основания, — заявил я.

— Les femmes[2], — обобщил Пуаро. — Они удивительны. Они случайно что-то придумывают и чудом оказываются правы. Ну, разумеется, не в буквальном смысле. Женщина подсознательно замечает тысячу мельчайших деталей, она даже не догадывается об этом. Все эти детали объединяются в ее же подсознании и в результате дают то, что принято называть интуицией. Я очень хорошо разбираюсь в психологии, и мне это все знакомо.

Он важно выпятил грудь и выглядел так нелепо, что я с трудом удержался, чтобы не рассмеяться. Потом он отхлебнул маленький глоточек своего шоколада и тщательно вытер усы.

— Я хотел бы услышать от вас, что вы думаете на самом деле обо всем этом.

Он поставил свою чашечку.

— Вы хотите этого?

— Да.

— Вы видели то же самое, что и я. Разве наши · мысли не могут быть одинаковыми?

---

[1] Возможно.

[2] Женщины.

— Боюсь, что вы смеетесь надо мной, — сказал я холодно. — Конечно, в подобных делах у меня нет никакого опыта.

Пуаро снисходительно улыбнулся.

— Вы, как маленький ребенок, которому хочется узнать, как работает машина. Вы хотите видеть положение дел не как домашний врач, а как детектив, который никого не знает и ни о ком не заботится, для которого все они посторонние люди, и все в равной степени могут быть подозреваемыми.

— Вы это хорошо объяснили, — сказал я.

— Тогда я прочитаю вам небольшую лекцию. Прежде всего, необходимо точно установить, что же происходило в тот вечер. Но нужно всегда помнить, что тот, кто говорит, может и лгать.

— Весьма недоверчивое отношение, — заметил я, вскинув брови.

— Но необходимое. Уверяю вас — необходимое, Так вот, первое. Доктор Шеппард покидает дом без десяти минут девять. Откуда это мне известно?

— Я вам сказал об этом.

— Но вы ведь могли сказать и неправду. Или часы, мимо которых вы проходили, были неточны. Но Паркер тоже говорит, что вы ушли без десяти девять. Хорошо, принимаем это заявление и идем дальше. В девять часов за воротами парка вы наталкиваетесь на какого-то человека. Назовем это «Поэмой о Загадочном незнакомце». Откуда мне известно, что это так?

— Я вам сказал, — начал я снова, но Пуаро перебил меня нетерпеливым жестом.

— А! Вы сегодня немного глупы, мой друг. Вам известно, что это так, но как узнать об этом мне? Eh bien[1], я могу сказать вам, что этот загадочный незнакомец не был для вас галлюцинацией, потому что служанка какой-то мисс Ганетт встретила его за несколько минут до вас, и у нее он тоже спрашивал дорогу в Фернли Парк. Так что мы принимаем его существование и с уверенностью может сказать о нем

[1] Ну что ж.

следующее: во-первых, что он в этих местах чужой, во-вторых, что он шел в Фернли Парк и не делал из этого особого секрета, поскольку дважды спрашивал туда дорогу.

— Понимаю, — сказал я.

— Теперь я занялся тем, чтобы побольше узнать об этом человеке. Я узнал, что он заходил в «Три вепря» выпить. Буфетчица утверждает, что он говорит с американским акцентом и что он сам упоминал о своем недавнем приезде из Штатов. А вы заметили его американский акцент?

— Да, пожалуй, — ответил я после того, как с минуту думал, восстанавливая в памяти нашу встречу, — но акцент очень легкий.

— Précisément[1]. И еще есть вот это. Вы помните, я нашел в садовом домике? — Он дал мне небольшой стержень гусиного пера. А я с любопытством рассматривал его. Потом в моей памяти вдруг шевельнулось что-то, о чем я когда-то читал.

Пуаро, наблюдавший за моим лицом, кивнул:

— Да — героиновый «снег». Так его носят наркоманы и резким вдохом втягивают в нос.

— Диморфин гидрохлорид, — произнес я механически.

— Этот способ приема наркотика очень распространен по ту сторону океана. Вот вам второе доказательство, если оно нам нужно, что этот человек прибыл из Канады или из Америки.

— А чем привлек к себе ваше внимание садовый домик? — спросил я с любопытством.

— Мой друг инспектор считает, что все, кто пользуется той дорожкой, делают это для того, чтобы сократить путь к дому. Но как только я увидел садовый домик, я понял, что по этой дорожке могут ходить те, кто использует садовый домик как место встреч. Теперь кажется вполне очевидным, что незнакомец не подходил ни к парадной двери, ни к черному ходу. Тогда к нему выходил кто-то из дома? Если так, то для встречи нет места удобнее, чем этот

---

[1] Вот именно.

маленький домик. Я обследовал его в надежде найти какую-нибудь зацепку и нашел целых две — кусочек батиста и стержень гусиного пера.

— А что вы думаете о кусочке батиста? — спросил я с любопытством.

Пуаро поднял брови.

— Вы не пользуетесь маленькими серыми клеточками, — заметил он сухо. — Кусочек накрахмаленного батиста — вещь понятная.

— Для меня не очень понятная.

Я переменил разговор.

— Так или иначе, — сказал я, — этот человек приходил в садовый домик, чтобы с кем-то встретиться. Кто бы это мог быть?

— В этом весь вопрос, — сказал Пуаро. — Не забывайте, что миссис Экройд и ее дочь приехали сюда из Канады.

— Вы это имели в виду сегодня, когда обвинили их в том, что они скрывают правду?

— Возможно. А теперь о другом. Как вы смотрите на историю с этой служанкой?

— На какую историю?

— На историю ее увольнения. Разве для того, чтобы уволить служанку, требуется полчаса? И заметьте, хотя она и говорит, что была в своей спальне с половины десятого до десяти, нет никого, кто бы подтвердил ее заявление.

— Вы ставите меня в тупик, — сказал я.

— А мне становится яснее. Но расскажите о своих мыслях и теориях.

Я извлек из кармана лист бумаги.

— Я здесь как раз набросал второпях несколько предположений, — объяснил я извиняющимся тоном.

— Отлично! Значит, у вас тоже метод. Послушаем.

— Начнем с того, — заговорил я смущенно, — что события нужно рассматривать логически…

— То же самое, что бывало, говорил мой бедный Гастингс, — перебил меня Пуаро, — но, увы, он никогда этого не делал.

— Пункт № 1, — продолжал я читать. — В половине десятого слышали, как мистер Экройд с кем-то разговаривал.

Пункт № 2. В определенное время вечером Ральф Пэтон, должно быть, вошел в комнату через окно, о чем свидетельствуют следы его туфель.

Пункт № 3. В тот вечер мистер Экройд был в нервном состоянии и мог впустить к себе только того, кого он хорошо знал.

Пункт № 4. Человек, который был у мистера Экройда в девять тридцать, просил денег. Известно, что с деньгами Ральф Пэтон был в затруднительном положении.

Из этих четырех пунктов следует, что в девять тридцать у мистера Экройда был Ральф Пэтон. Но нам также известно, что без четверти десять мистер Экройд был еще жив. Следовательно, его убил не Ральф. Ральф оставил открытым окно. Позже через него проник убийца.

— А кто был убийца? — спросил Пуаро.

— Неизвестный американец. Возможно, что он был в сговоре с Паркером, и, может быть, Паркер именно тот человек, который шантажировал миссис Феррарс. Если это так, то он мог подслушать достаточно, чтобы понять, что игра окончена и дать знать об этом своему сообщнику, который и совершил преступление, воспользовавшись кинжалом, полученным от Паркера.

— Это уже теория, — отметил Пуаро. — Ваши клеточки прямо-таки отличного качества. Но многое не учтено в вашей теории.

— Например?..

— Телефонный вызов, отодвинутое кресло…

— Вы серьезно думаете, что это кресло так важно? — перебил я его.

— Может быть и нет, — признал мой друг. — Оно могло быть отодвинуто случайно, и Реймонд или Блант, будучи сильно взволнованными, могли поставить его на место совершенно бессознательно. Но остаются еще исчезнувшие сорок фунтов.

— Может быть, Экройд пересмотрел свой первый отказ и отдал их Ральфу, — высказал я свое предположение.

— В таком случае нужно объяснить еще одно положение.

— Какое?

— Почему Блант так уверенно высказывает свое мнение о том, что в девять тридцать у Экройда был Реймонд?

— Он это объяснил, — сказал я.

— Вы так думаете? Не буду настаивать. Скажите лучше, какие причины побуждают Ральфа Пэтона скрываться?

— Это объяснить труднее, — сказал я медленно. — Я должен буду говорить как медик. Наверное, не выдержали нервы. Если он вдруг узнал, что через несколько минут после его ухода (и, вероятно, после бурного объяснения) отчим был убит, он мог испугаться... Ну, и скрыться. Подобные случаи известны. Человек ведет себя, как виновный, хотя за ним абсолютно нет никакой вины.

— Да, это верно, — согласился Пуаро. — Но мы не должны упускать из виду одно обстоятельство.

— Я знаю, о чем вы хотите сказать, — заметил я.

— Мотивы. Ральф Пэтон после смерти своего отчима унаследует огромное состояние.

— Это одна причина, — согласился Пуаро.

— Одна?

— Mais oui[1]. Разве вы не замечаете, что мы здесь сталкиваемся с тремя отдельными мотивами. Кто-то действительно похитил голубой конверт с его содержимым. Это один мотив. Шантаж! Возможно, что Ральф Пэтон был тем человеком, который шантажировал миссис Феррарс. Вспомните: насколько было известно мистеру Хэммонду, за последнее время Ральф Пэтон за помощью к своему отчиму не

[1] Ну, конечно.

обращался. Похоже, что он получал деньги в другом месте. Потом есть факт, что он был… как вы говорите… в затруднительном положении? Он боялся, что все может дойти до его отчима. И, наконец, причина, о которой вы только что упомянули.

— Боже мой, — сказал я, растерявшись. — Все, кажется, оборачивается против него.

— Разве? — заметил Пуаро. — Вот здесь-то наши муения расходятся — ваше и мое. Три мотива — это почти очень много. Я склонен думать, что в конце концов Ральф Пэтон невиновен.

Глава 14. Миссис Экройд

После вечернего разговора, только что описанного мною, наши отношения, как мне показалось, вошли в новую фазу.

Весь мой рассказ можно разделить на две части, совершенно отличные одна от другой. Действие первой части охватывает события с момента смерти Экройда в пятницу вечером до вечера в понедельник. Это прямое и последовательное изложение того, что произошло и что было известно Пуаро.

Все это время я был у него под рукой. Я видел то же, что видел он, и всячески старался прочитать его мысли. Теперь я понял, что мне это не удалось. Несмотря на то, что Пуаро показывал мне все свои открытия и находки, — так, например, золотое обручальное кольцо, — он, тем не менее, воздерживался от высказывания своих основных впечатлений и логических выводов. Как мне стало известно позже, эта скрытность была чертой его характера. Он высказывал намеки и предположения, но дальше не шел.

Как я уже сказал, вплоть до понедельника написанный мною рассказ мог бы принадлежать и перу самого Пуаро. Я играл роль Уотсона по отношению к его Холмсу. Но после понедельника наши пути разошлись. Делами Пуаро занимался один. Я, конечно, слышал, чем он занимался, так как в Кингс Эббот вы обязаны обо всем слышать, но он не посвящал меня в свои тайны заблаговременно. У меня тоже были свои занятия.

Оглядываясь назад, я больше всего поражаюсь тому, что этот период отложился в моей памяти какими- то разобщенными отрывками.

В раскрытие тайны каждый из нас вложил свою долю. Это было очень похоже на игру-головоломку по составлению рисунка из множества ажурных кусочков, когда каждый вносит в нее свою частицу знаний или открытий. Но на этом наша роль и заканчивалась.

И только одному Пуаро было дано разместить эти_ кусочки на свои места. В то время некоторые события казались незначительными и не относящимися к делу. Например, вопрос о черных башмаках. Но об этом позже... Чтобы изложить события в хронологическом порядке, я должен начать с вызова от миссис Экройд. Она прислала за мной рано утром во вторник, и поскольку вызов был похож на срочный, я поспешил в Фернли, ожидая, что найду ее в плохом состоянии.

Отдавая должное этикету, дама была в постели. Она подала мне свою костлявую руку и указала на придвинутое к кровати кресло.

— Ну, а теперь, миссис Экройд, — произнес я, — расскажите, что с вами.

Я говорил с той притворной добротой, которая всегда присуща практикующему врачу.

— Я в полном изнеможении, — пожаловалась миссис Экройд слабым голосом. — Я совершенно разбита. Это все смерть бедного Роджера. Говорят, что подобные удары не так чувствительны в момент потрясения, как потом. Это реакция.

Как жаль, что в силу своей профессии врач не может иногда высказать то, что он думает на самом деле. Я многое бы отдал, чтоб ответить: «Чепуху несете!».

Я предложил ей тонизирующее средство. Один шаг в игре был сделан. Я ни на минуту не сомневался, что за мной прислали не потому, что у миссис Экройд был шок, связанный со смертью брата. Миссис Экройд просто неспособна подойти к тому или иному вопросу прямо. Она всегда приближается к нему самыми извилистыми путями. Меня очень заинтриговало, ради чего все же она прислала за мной.

— А потом эта вчерашняя сцена, — продолжала моя пациентка. Она немного выждала, словно предоставляя мне возможность понять ее намек.

— Какая сцена?

— Доктор, ну как вы можете? Вы забыли? Этот ужасный маленький француз или бельгиец, или кто он там. Так запугивать всех нас, как он это делал вчера! Меня это совершенно обескуражило. Прийти в такое время!

— Весьма сожалею, миссис Экройд...

— Я не знаю, чего он хотел, когда так кричал на нас. Я смею надеяться, что очень хорошо знаю свой гражданский долг, чтобы позволить себе что-нибудь скрыть. Я оказала полиции помощь, какая только была в моих силах.

— Совершенно верно, — сказал я, когда миссис Экройд сделала паузу.

Я начинал постепенно осознавать, что так волновало ее.

— Никто не может сказать, что я не выполнила своего долга, — продолжала миссис Экройд. — Я уверена, инспектор Рэглан вполне доволен. Почему этот чужой маленький выскочка должен поднимать шум из-за пустяков? Это нелепый тип, словно комик-француз из ревю. Я не могу понять, почему Флора решила привлечь его к делу. Она не сказала мне об этом. Ушла и сделала, как ей вздумалось. Флора слишком независима. Я женщина из общества и ее мать. Ей бы следовало сначала прийти ко мне за советом.

Я слушал молча.

— Что он думает? Вот что я хочу знать. Вчера он... он положительно обвинил меня.

Я пожал плечами.

— Уверяю вас, миссис Экройд, это не имеет значения, — сказал я. — Поскольку вы ничего не скрываете, любые его замечания к вам не относятся.

Миссис Экройд, как это с ней часто бывает, внезапно отклонилась от темы разговора.

— Слуги так надоедливы, — сказала она. — Они сплетничают и говорят между собой. А потом это все расходится... Впрочем, в этом ничего такого нет, наверное.

— Слуги говорят? — спросил я. — О чем?

Миссис Экройд бросила на меня очень гневный взгляд. Он совершенно вывел меня из равновесия.

— Я была уверена, что вы-то должны бы знать, доктор. Кому же, как не вам, знать? Вы ведь все время были с месье Пуаро, не так ли?

— Да, был.

— Тогда, конечно, вы знаете. Это та девушка, Урсула Борн, да? Конечно, она ведь уходит. Ей бы хотелось причинить как можно больше неприятностей. Злюки — вот кто они. Все они одинаковы. А теперь расскажите, доктор. Вы должны знать точно, что она говорила. Я очень боюсь, как бы не создалось превратное впечатление. Во всяком случае, вы ведь не передаете полиции всякие мелкие подробности, не так ли?

Иногда ведь бывают чисто семейные дела... Ну, с убийством, конечно, ничего не поделаешь. Но если девушка злая, она может наговорить всего.

Нетрудно было заметить, что за всеми этими излияниями скрывалась настоящая тревога. Пуаро оказался прав в своей предпосылке. Из шести человек, сидевших вчера за столом, миссис Экройд, по крайней мере, что-то скрывала. И мне предстояло узнать, что.

— Если бы я был на вашем месте, миссис Экройд, — сказал я резко, — я бы чистосердечно обо всем рассказал.

— О! Доктор, — вскрикнула она, — как вы можете быть таким резким! Это звучит как... А я могу объяснить все просто.

— Тогда почему бы не сделать этого? — предложил я.

Миссис Экройд достала носовой платок с оборочками и глаза ее наполнились слезами.

— Я думаю, доктор, вы смогли бы передать это месье Пуаро, объяснить ему, потому что, понимаете, иностранцу трудно смотреть на вещи с нашей точки зрения. А вы ведь не знаете, какие я должна была переносить мучения, и долгие мучения! Вот какова моя жизнь. Я не люблю говорить дурно о мертвых, поверьте мне, но он отказывался оплачивать даже самый маленький счет. И это повторялось постоянно, словно у него было несколько несчастных сотен годового дохода. А ведь он был, как мне об этом вчера сказал мистер Хэммонд, одним из самых богатых людей этих мест.

Миссис Экройд на минуту умолкла, чтобы приложить к глазам свой украшенный кружевами платочек.

— Итак, — сказал я ободряюще, — вы рассказывали о счетах?

— О, эти ужасные счета. Некоторых я не показывала Роджеру вовсе. Они были на вещи, которых мужчине не понять. Роджер, бывало, говорил, что покупать вообще ничего не нужно. А счета, конечно, приходили и все накапливались...

Она посмотрела на меня трогательным взглядом, словно ища к себе сочувствия за эту их поразительную особенность.

— Да, у счетов есть такое свойство, — согласился я.

Она изменила тон и заговорила почти бранным голосом.

— Уверяю вас, доктор, я превращаюсь в нервную развалину. Я ночами не сплю. И это ужасное сердцебиение. А потом я получила письмо от одного шотландского джентльмена... На самом деле было два письма — и оба от шотландских джентльменов. От мистера Брюса Мак-Персона и от Колина Мак-Дональда. Совершенно случайное совпадение.

— Едва ли, — заметил я сухо. Такие люди всегда выдают себя за шотландцев, но в них легко угадываются черты, свойственные семитам.

— Десять фунтов с десяти тысяч на одну долговую расписку, — тихо, словно припоминая, произнесла миссис Экройд. — Я написала одному из них, но, кажется, возникли затруднения.

Она умолкла. Я понял, что мы приближаемся к самой деликатной части разговора. Мне еще никогда не приходилось с таким трудом наталкивать на существо обсуждаемого вопроса.

— Видите ли, — невнятно произнесла миссис Экройд, — здесь все дело в том, какие у меня виды на наследство, не так ли? Виды на наследство по завещанию. И хотя, конечно, я надеялась, что Роджер меня обеспечит, но тем не менее я ничего не знала. Я подумала, что было бы неплохо взглянуть на завещание... нет, не ради вульгарного любопытства, а затем лишь, чтобы можно было делать и свои собственные расчеты.

Она искоса посмотрела на меня. Теперь положение и в самом деле стало щекотливым. Хорошо, что для маскировки уродливости голых фактов есть много искусных слов.

— Я рассказываю об этом только вам, дорогой доктор Шеппард, — произнесла она скороговоркой.

— Я уверена, что вы не осудите меня и сможете в должном свете преподнести это месье Пуаро. Это было в пятницу днем... — Она осеклась и сделала неуверенное глотательное движение.

— Так, в пятницу днем... — повторил я подбадривающе. — А дальше?

— В доме никого не было... по крайней мере, я так думала. Я вошла в кабинет Роджера... У меня на это была причина, я хочу сказать. Никакого дурного умысла я не таила. Но когда на письменном столе я увидела стопку всех этих документов, меня вдруг осенило: «А не хранит ли Роджер завещание в одном из ящиков своего стола?» — подумалось мне. Я такая импульсивная, я всегда была такой, с самого детства, Я делаю все экспромтом. Он оставил ключи — очень неосторожно с его стороны — в замке верхнего ящика.

— Понимаю, — сказал я с надеждой. — Вы обыскали стол. Нашли завещание.

Миссис Экройд слегка вскрикнула, и я понял, что проявил недостаточно дипломатии.

— Как это ужасно звучит. Но это было совсем не так.

— Конечно, конечно, — поспешил я ее успокоить. — Простите мое неудачное выражение.

— Мужчины такие эксцентричные. На месте дорогого Роджера я бы не скрывала условий своего завещания. Но мужчины такие скрытные. Поэтому иногда и приходится применять небольшие хитрости в целях самозащиты.

— И каковы же результаты этих небольших хитростей?

— Именно об этом я и рассказываю. Я уже открывала самый нижний ящик, как вошла эта Борн. Получилось очень неловко. Конечно, я захлопнула ящик и встала. Я указала ей на пятна пыли на столе. Но мне не понравилось, как она посмотрела. Внешне — с полным уважением, но в глазах был неприятный огонек. Почти презрительный. Вы, конечно, понимаете, что я имею в виду. Мне эта девушка никогда особенно не нравилась. Она хорошая работница и всегда говорит «мадам», не отказывается носить чепец и передник, чего сейчас многие из них не делают, уверяю вас; без тени смущения может ответить «нет дома», если ей приходится открывать дверь вместо Паркера. И у нее нет этих странных булькающих шумов внутри, которые бывают у многих служанок, когда они подают за столом. Да, так о чем я говорила?

— Вы говорили, что несмотря на многие ценные качества, вы никогда не любили Борн.

— Я и сейчас не люблю ее. Она какая-то странная. В ней есть что-то такое, что отличает ее от других. Слишком образована, по-моему. Сейчас трудно разобраться, кто леди, а кто нет.

— А что было потом? — спросил я.

— Ничего. В общем, вошел Роджер. А я думала, что он был на прогулке. Он спросил: «Что все это значит?» Я ответила: «Ничего. Я только вошла, чтобы взять «Панч»[1]. Я взяла «Панч» и вышла. Борн осталась. Я слышала, как она спросила, можно ли ей поговорить с Роджером минуту. Я поднялась прямо к себе в комнату, чтобы лечь. Я была очень подавлена.

Наступило молчание.

— Объясните, пожалуйста, все это мсье Пуаро. Вы сами видите, до чего это, в сущности, пустая история. Но, конечно, когда он так резко

---

[1] «Панч» — название английского юмористического журнала.

заговорил о том, будто мы что-то скрываем, я сразу подумала о ней. Может быть, Борн раздула нечто сверхъестественное, но вы-то ведь можете объяснить, не так ли?

— Это все? — спросил я. — Вы все мне рассказали?

— Да-а! — сказала миссис Экройд. — О! Да, — добавила она твердо.

Но на какое-то мгновение в ее словах промелькнула тень неуверенности, и я понял — сказала она не все. Следующий вопрос, с которым я обратился к ней, я мог бы объяснить лишь чистейшей вспышкой гения.

— Миссис Экройд, — сказал я, — это вы оставили открытым серебряный стол?

Ответом на мой вопрос была краска смущения и вины, которую не могли скрыть ни румяна, ни пудра.

— Как вы узнали? — прошептала она.

— Значит, вы?

— Да... я... понимаете... там были две вещицы старинного серебра. Я читала и видела иллюстрацию совсем небольшой вещицы, очень дорого проданной в «Кристи»[1]. Мне показалось, что она похожа на одну из вещей серебряного стола. Я решила взять ее с собой в Лондон, когда поеду туда, и... прицениться. Тогда, представляете, если бы вещь действительно оказалась ценной, каким бы сюрпризом это явилось для Роджера?

Я воздержался от комментариев и воздал должное рассказу миссис Экройд молчанием. Я даже не спросил, что за необходимость для нее была брать серебро тайком.

— Почему вы оставили крышку открытой? — спросил я. — Забыли закрыть?

— Меня напугали, — сказала миссис Экройд. — Я услышала снаружи, на террасе, шаги, поспешила выйти из комнаты и уже

[1] «Кристи» — популярный лондонский аукционный зал.

поднялась на верхнюю площадку лестницы, когда Паркер открыл вам дверь.

— Наверное, то была мисс Рассел, — произнес я задумчиво.

Миссис Экройд открыла мне исключительно интересный факт. Были ли ее намерения относительно серебра Экройда действительно благородны, я не знаю, да и не стремился узнавать. Меня заинтересовал тот факт, что мисс Рассел, должно быть, вошла в гостиную через окно, и то, что я не ошибся, когда подумал, что дыхание ее было учащенным от бега. Где она была? Я вспомнил садовый домик и кусочек батиста.

— Интересно, мисс Рассел крахмалит свои носовые платки? — почти выкрикнул я, не подумав.

Миссис Экройд вздрогнула, и это привело меня в себя. Я поднялся.

— Вы думаете, что сможете объяснить месье Пуаро? — спросила она с беспокойством.

— О, конечно. Вполне.

Наслушавшись ее оправданий, я, наконец, вышел.

В холле была старшая горничная. Она помогла мне надеть пальто. Я посмотрел на нее внимательнее, чем делал это прежде. Было видно, что она плакала.

— Как же это? — спросил я. — Вы говорили нам, что в пятницу мистер Экройд позвал вас в кабинет. А сейчас я слышу, что именно вы хотели поговорить с ним.

Девушка опустила глаза.

— Я все равно хотела уйти, — сказала она неуверенно.

Я больше не заговаривал. Она открыла дверь и, когда я проходил мимо нее, она вдруг тихо сказала:

— Извините, сэр, нет ли каких-нибудь известий **о** капитане Пэтоне?

Я отрицательно покачал головой и с удивлением посмотрел на нее.

— Ему необходимо вернуться, — сказала она.

— Да, да, он должен вернуться. — Она смотрела на меня вопрошающим взглядом. — Неужели никто не знает, где он? — спросила она.

— А вы знаете? — спросил я резко.

Она покачала головой.

— Нет. Я ничего не знаю. Но тот, кто был ему другом, должен сказать ему одно: он должен вернуться.

Я немного замешкался в надежде, что девушка заговорит снова. Ее новый вопрос удивил меня.

— Как они думают, когда, было совершено убийство? Как раз перед десятью часами?

— Да, — ответил я. — между 9.45 и десятью.

— Не раньше? Не раньше 9.45?

Я внимательно посмотрел на нее. Было видно, что ей очень хотелось услышать утвердительный ответ.

— В этом нет никакого сомнения, — сказал я. — Мисс Экройд видела своего дядю живым без четверти десять.

Она отвернулась, и вся ее фигура, казалось, поникла.

«Красивая девушка, — подумал я, отъезжая на своем автомобиле, — очень красивая».

Каролина была дома. К ней заходил с визитом Пуаро, и поэтому она выглядела важной и очень довольной.

— Я помогаю ему в этом деле, — объяснила она.

Мне стало не по себе. Каролина и так несносна. А что с нею станет, если будут поощрять в ней задатки сыщика?

— Ты ходишь по округе и ищешь загадочную девушку Ральфа? — спросил я.

— Возможно, это я сделаю и по собственной инициативе, — сказала Каролина. — Но здесь особое дело, и месье Пуаро хочет, чтобы я все для него узнала.

— Что же это за дело?

— Он хочет знать, какого цвета были у Ральфа ботинки — коричневые или черные, — торжественно ответила Каролина.

Я уставился на нее. Теперь я вижу, что был невероятно глуп с этими ботинками. Тогда же я не мог уловить смысла.

— Туфли были коричневые, — сказал я. — Я их видел.

— Не туфли, Джеймс, а ботинки. Месье Пуаро хочет знать: ботинки, которые находились у него в гости-нице, были черные или коричневые? От этого многое зависит.

Пусть назовут меня тупицей, но я ничего не понимал.

— А как ты собираешься узнать?

Каролина ответила, что это нетрудно. Лучшая подружка нашей Энни, Клара — горничная мисс Ганетт, А Клара прогуливалась с обладателем этих ботинок возле «Трех вепрей». Так что дело чрезвычайно простое. Мисс Ганетт честно сотрудничает с Каролиной, она немедленно отпустит Клару, и та доставит сведения со скоростью экспресса.

Во время ленча Каролина заметила с деланно - равнодушным видом:

— Насчет этих ботинок Ральфа Пэтона...

— Да, — сказал я, — что с ними?

— Месье Пуаро полагал, что они коричневые. Он ошибся. Они — черные.

И Каролина несколько раз кивнула головой. Она явно старалась дать почувствовать, что выиграла у Пуаро очко.

Я не ответил. Я ломал голову над тем, какое отношение к делу мог иметь цвет ботинок Ральфа Пэтона.

Глава 15. Джоффри Реймонд

В тот день я еще раз убедился в правильности тактики Пуаро. Его призыв рассказать всю правду был основан на тонком знании человеческого естества. Смесь страха и вины уже вынудили миссис Экройд рассказать правду. Она была первой.

Когда в середине дня я вернулся домой после обхода своих больных, Каролина сказала, что только что ушел Джоффри Реймонд.

— Он хотел меня видеть? — спросил я, вешая в холле пальто.

— Он хотел видеть месье Пуаро, — сказала она. — Он приходил от него. Месье Пуаро не было дома. Мистер Реймонд подумал, что он может быть здесь, или что ты знаешь, где он.

— Ни малейшего представления.

— Я хотела, чтобы он подождал, но он сказал, что через полчаса снова придет и ушел в деревню. Очень жаль, потому что месье Пуаро вошел буквально через минуту после его ухода.

— Вошел — сюда?

— Нет, в свой дом.

— Откуда тебе известно?

— Боковое окно, — коротко ответила Каролина.

Казалось, что тема была исчерпана. Но Каролина думала иначе.

— Ты не пойдешь?

— Куда?

— К месье Пуаро, конечно.

— Моя дорогая, для чего?

— Мистер Реймонд хотел видеть его по очень важному делу, — сказала Каролина. — Ты бы мог обо всем узнать.

Я вскинул брови.

— Любопытство — не самый главный мой порок, — заметил я холодно. — Я прекрасно себя чувствую и не зная, что делают и что думают мои соседи.

— Чепуху говоришь, Джеймс, — сказала моя сестра. — Ты хочешь знать все не меньше, чем я. Только ты не так откровенен, вот и все. Ты всегда притворяешься.

— В самом деле, Каролина? — ответил я и ушел в свою приемную.

Через десять минут Каролина постучала в дверь и вошла. В руке она держала что-то похожее на банку с вареньем.

— Ты не смог бы, Джеймс, — сказала она, — отнести эту банку с желе из мушмулы месье Пуаро? Я ему обещала. Он никогда еще не пробовал домашнего желе из мушмулы.

— Почему ты не пошлешь Энни? — спросил я холодно.

— Она занята штопкой. Я не могу обойтись без нее.

Мы посмотрели друг на друга.

— Очень хорошо, — сказал я, подымаясь. — Я отнесу эту противную штуку, но оставлю ее у двери. Тебе понятно?

Моя сестра вскинула брови.

— Конечно, — сказала она. — А кто же тебя просит делать что-нибудь еще?

Каролина была само благородство.

— Если случится, что ты увидишь мсье Пуаро, — сказал она, когда я открыл дверь парадного, — можешь сказать ему о ботинках.

Это был исключительно ловкий ход на прощанье. Я очень хотел понять загадку ботинок.

Когда пожилая леди в бретонском чепце открыла мне дверь, я, сам того не замечая, совершенно непроизвольно спросил, дома ли Пуаро.

Пуаро вскочил и кинулся встречать меня, проявляя всяческие знаки гостеприимства.

— Садитесь, мой дорогой друг, — говорил он. — Большое кресло? Малое? Не слишком ли жарко в комнате, нет?

В комнате было душно, однако я ничего не сказал. Окна были закрыты, и в камине жарко пылало пламя.

— У англичан просто страсть к свежему воздуху, — заявил Пуаро. — Свежий воздух — это очень хорошо снаружи, где его предостаточно. А зачем же холод в доме? Но хватит банальностей. У вас что-то есть для меня, да?

— Две вещи, — сказал я. — Во-первых, вот это. От моей сестры.

Я вручил ему банку с желе из мушмулы.

— Как мило со стороны мадемуазель Каролины. Она не забыла своего обещания. А что во-вторых?

— Информация... в некотором роде.

И я рассказал ему о своем интервью с миссис Экройд. Он слушал с интересом, но без особого волнения.

— Это кое-что разъясняет, — сказал он задумчиво. — И имеет определенную ценность в том смысле, что подтверждает показания экономки. Вы помните, она сказала, что крышка серебряного стола была поднята, и она опустила ее, проходя мимо.

— А что вы думаете относительно ее утверждения, что она ходила в гостиную, чтобы убедиться, свежие ли цветы?

— А! Мы не принимаем этого всерьез, не так ли, мой друг? Это было явное оправдание, выдуманное в спешке женщиной, почувствовавшей необходимость объяснить свое присутствие, на которое, между прочим, вы бы, вероятно, и не обратили внимания. Я считал, что ее беспокойство могло возникнуть в связи о тем, что она что-то делала у серебряного стола, но теперь вижу, что нужно искать другое объяснение.

— Да, — сказал я. — Кого ода выходила встречать? И для чего?

— Вы думаете, она ходила кого-то встречать?

— Да.

Пуаро кивнул.

— И я тоже, — сказал он задумчиво.

Наступило молчание.

— Между прочим, — сказал я, — у меня для вас есть сообщение от моей сестры. Ботинки Ральфа Пэтона были черные, а не коричневые.

Говоря это, я очень внимательно наблюдал за ним, и мне показалось, что я увидел очень короткую вспышку тревоги. Если она была действительно, то она почти мгновенно исчезла.

— Она абсолютно уверена, что они не коричневые?

— Абсолютно.

— А! — произнес Пуаро с сожалением. — Жаль.

И он, казалось, совсем приуныл.

Он ничего не стал объяснять и сразу же перешел на новую тему.

— Экономка, мисс Рассел, которая приходила к вам советоваться в пятницу утром... не будет ли нескромным с моей стороны спросить, о чем был у вас разговор... разумеется, кроме чисто медицинских деталей?

— Вовсе нет, — ответил я. — Когда профессиональная часть разговора была окончена, мы несколько минут говорили о ядах, насколько трудно или легко их распознать о наркотиках и наркоманах.

— Особенно о кокаине? — спросил Пуаро.

— Откуда вы знаете? — спросил я в свою очередь, несколько озадаченный.

Вместо ответа маленький человечек встал и пошел в противоположную часть комнаты, где лежали газеты. Он принес номер «Дейли Бюджет» за пятницу, 16 сентября, и показал на статью о контрабанде кокаина. Это была статья сенсационного характера, написанная с претензией на яркие эффекты.

— Вот что вбило ей в голову кокаин, мой друг, — сказал он.

Я бы и дальше задавал ему вопросы, так как не совсем понимал его намерения, но в этот момент отворилась дверь и доложили о приходе Джоффри Реймонда. Он вошел свежий и жизнерадостный, как всегда, и поздоровался с нами обоими.

— Как вы себя чувствуете, доктор? Месье Пуаро, я к вам уже второй раз сегодня. Боялся, что не застану вас снова.

— Мне, пожалуй, лучше уйти, — сказал я довольно нескладно.

— Только не из-за меня, доктор. Дело всего-навсего вот в чем, — проговорил он, усаживаясь в ответ на приглашающий жест Пуаро. — Я должен сделать признание.

— En vérité [1] ? — сказал Пуаро с видом вежливой заинтересованности.

— О, это и в самом деле несущественно. Но, тем не менее, со вчерашнего дня меня мучит совесть. Вы обвинили всех нас в том, что мы что-то скрываем, месье Пуаро. Я признаю себя виновным. Я кое-что скрыл.

— Что же вы скрыли, месье Реймонд?

— Как я уже сказал — ничего существенного. Только то, что я был в долгу. В крупном долгу. И это наследство пришлось как раз вовремя. Пятьсот фунтов снова ставят меня на ноги. Еще и останется немного.

Он улыбнулся нам обоим с той обаятельной искренностью, которая делает его таким приятным малым.

— Вы знаете, как это бывает. Полицейские на все смотрят с подозрением... не хотелось признаваться, что у меня туго с деньгами... для них это могло показаться подозрительным. Но на самом деле я был глуп, потому что с 9.45 и дальше мы с Блантом были в бильярдной, так что у меня надежное алиби и мне нечего бояться. И все же, когда вы разразились тем вздором о сокрытии фактов, я почувствовал неприятные укоры совести и подумал, что лучше будет от них избавиться.

Он поднялся и стоял, улыбаясь нам.

— Вы очень умный молодой человек, — сказал Пуаро, подтверждая свои слова кивками головы. — Видите ли, когда я знаю,

---

[1] В самом деле.

что от меня что-то скрывают, я думаю, это действительно что-то очень плохое. Вы хорошо поступили.

— Я рад, что избавился от подозрений, — засмеялся Реймонд. — А теперь я пойду.

— Ничего не поделаешь, — заметил я, когда за молодым секретарем закрылась дверь.

— Да, — согласился Пуаро. — Сущий пустяк… А если бы он не был в бильярдной — откуда нам знать? В конце концов, многие преступления были совершены меньше, чем из-за пятисот фунтов. Все зависит от того, какую сумму считают достаточной, чтобы убить человека. Вопрос теории относительности, не так ли? Вы ведь не забыли, мой друг, что многие в этом деле извлекают выгоду в связи со смертью Экройда? Миссис Экройд, мисс Флора, молодой мистер Реймонд, экономка мисс Рассел. По существу, только один человек ничего не получает — майор Блант.

Он произнес это имя таким тоном, что я озадаченно посмотрел на него.

— Я не совсем понимаю вас.

— Двое из тех, кого я обвинил, сказали мне правду.

— Вы думаете, что и майор Блант что-то скрывает?

— Что до этого, — заметил бесстрастно Пуаро, — то есть поговорка, что англичане скрывают только одно — свою любовь, не так ли? А майор Блант, я бы сказал, скрывать не умеет.

— Иногда я думаю, не слишком ли быстро мы сделали один вывод, — сказал я.

— Какой?

— Мы допустили, что шантажист миссис Феррарс обязательно должен быть и убийцей мистера Экройда. А не могли мы здесь ошибиться?

— Очень хорошо, — энергично закивал головой Пуаро. — А мне было интересно, додумаетесь ли вы до этого? Конечно, мы могли и ошибиться. Но мы должны помнить одно обстоятельство. Исчезло письмо. И все же это, как вы говорите, не обязательно должно означать, что его взял убийца. Когда вы обнаружили труп, его мог взять незаметно Паркер.

— Паркер?

— Да, Паркер. Я постоянно возвращаюсь к Паркеру. Не как к убийце — нет, убийства он не совершал; но кто, как не он, больше всего подходит для роли неизвестного мерзавца, терроризировавшего миссис Феррарс? Он мог узнать о смерти мистера Феррарса от одного из слуг из Кингс Пэдок. Во всяком случае, он с большей вероятностью мог натолкнуться на эти сведения, чем какой-нибудь случайный гость, Блант, например.

— Возможно, письмо взял и Паркер, — высказал я свое предположение, — но это могло случиться не позже того момента, когда я заметил, что оно исчезло.

— А когда вы заметили? После того, как Блант и Реймонд вошли в комнату или до этого?

— Не могу вспомнить, — произнес я медленно. — Кажется, это было до… нет, это было после. Да, я почти уверен, что это было после.

— Это увеличивает число возможных похитителей до трех, — сказал Пуаро задумчиво. — Но Паркер наиболее вероятный. У меня есть идея провести с Паркером небольшой эксперимент. Что вы на это скажете, мой друг? Пойдете со мной в Фернли?

Я молча согласился, и мы отправились тотчас. Пуаро попросил позвать мисс Экройд, и Флора тут же вышла.

— Мадемуазель Флора, — сказал Пуаро, — я должен доверить вам небольшой секрет. Я все еще не уверен в невиновности Паркера и хочу предложить вам помочь мне в одном небольшом эксперименте. Мне нужно воспроизвести некоторые его действия в тот вечер. Но мы должны придумать для него что-то другое… Ага! Вот что! Я хочу удостовериться, можно ли было услышать голоса в маленьком коридорчике снаружи, с террасы. А теперь будьте так любезны, позовите Паркера.

Я позвонил, и тотчас же появился дворецкий, учтивый как всегда.

— Звонили, сэр?

— Да, мой славный Паркер. Я задумал небольшой эксперимент. Я поставил майора Бланта на террасе у окна кабинета. Мне нужно узнать, мог ли в тот вечер кто-нибудь услышать оттуда голос мисс Экройд и ваш голос. Я хочу, чтобы вы сыграли эту сцену снова. Может быть, вы взяли бы поднос, или что там вы несли?

Паркер исчез, а мы отправились в коридорчик, куда выходит дверь кабинета. Вскоре со стороны холла мы услышали позвякивание стекла, и в двери появился Паркер с подносом, на котором был графин с виски, сифон и два стакана.

— Один момент, — подняв руку, крикнул Пуаро. Он казался очень взволнованным. — Нужно делать все по порядку. Так, как происходило в действительности. Это мой небольшой метод.

— Иностранная привычка, сэр, — сказал Паркер.

— Это называется реконструкцией преступления, не так ли, сэр?

Стоя в вежливом ожидании указаний Пуаро, он был совершенно невозмутим.

— А он кое-что знает, этот славный Паркер, — воскликнул Пуаро. — Он читал об этом. А теперь прошу вас, давайте сделаем все с наибольшей точностью. Вы входите из холла — так. Мадемузель находилась... где?

— Здесь, — сказала Флора, становясь у двери кабинета.

— Совершенно верно, сэр, — подтвердил Паркер.

— Я тогда как раз закрывала дверь, — пояснила Флора.

— Да, мисс, — согласился Паркер. — Ваша рука была еще на дверной ручке, как и сейчас.

— Тогда все, — сказал Пуаро. — Сыграйте мне эту маленькую комедию.

Флора стояла, положив руку на дверную ручку, а Паркер шел из холла, неся поднос. Он остановился в дверном проеме.

— О! Паркер, — заговорила Флора. — Мистер Экройд не хочет, чтобы его больше беспокоили. Правильно? — добавила она вполголоса.

— Превосходно, мисс Флора, — сказал Паркер, — но помнится, вы еще сказали слово «сегодня».

Потом, повысив голос и несколько театрально, он повторил то, что говорил сам:

— Очень хорошо, мисс. Я могу закончить свою работу, как обычно?

— Да, пожалуйста.

Паркер вышел, Флора пошла за ним и начала подниматься по главной лестнице.

— Достаточно? — спросила она через плечо.

— Восхитительно! — провозгласил маленький человечек, потирая руки. — Между прочим, Паркер, вы уверены, что на подносе в тот вечер было два стакана? Для кого был второй?

— Я всегда приношу два стакана, сэр, — ответил Паркер. — У вас еще что-нибудь?

— Ничего. Благодарю вас.

Паркер величественно удалился.

Пуаро стоял посреди холла и хмурился. Флора спустилась с лестницы и подошла к нам.

— Успешно прошел ваш эксперимент? — спросила она. — Вы знаете, я не совсем понимаю…

— Вам и не нужно понимать, — обворожительно улыбнулся ей Пуаро. — Но скажите мне, действительно ли на подносе у Паркера в тот вечер было два стакана?

Флора с минуту хмурила брови.

— Не могу вспомнить, кажется — два. Это… это и есть цель вашего опыта?

Пуаро взял ее руку и слегка похлопал по ней.

— Оставим все, как есть, — сказал он. — Мне всегда интересно знать, скажут ли мне правду.

— А Паркер сказал правду?

— Полагаю, что сказал, — ответил Пуаро задумчиво.

Через несколько минут мы шли назад, в деревню.

— В чем состоял смысл вашего вопроса о стаканах? — спросил я с любопытством.

Пуаро пожал плечами.

— Нужно же было что-то сказать, — ответил он. — Этот странный вопрос сработал так же, как сработал бы любой другой.

Я смотрел на него непонимающе.

— Во всяком случае, друг мой, — сказал он серьезнее, — теперь я знаю то, что хотел узнать. И довольно об этом.

Глава 16. Вечер за ма-джонгом

В тот вечер мы собрались поиграть немного в ма-джонг. Это нехитрое развлечение очень популярно а Кингс Эббот. Гости обычно приходят после обеда в плащах и в калошах. Во время игры бывает кофе, а позже — сэндвичи, пирожное и чай.

На этот раз нашими гостями были мисс Ганнет и полковник Картер, что живет возле церкви. Ходу игры на таких вечерах иногда серьезно мешает повисающая над столом атмосфера сплетен. Раньше мы, бывало, играли в бридж — в болтливый бридж наихудшего вида. Мы считаем, что ма-джонг намного спокойнее.

Раздраженные замечания в адрес своего партнера, почему тот не пошел с той или иной карты, здесь отсутствуют начисто, и хотя мы по-прежнему высказываем свои критические замечания откровенно, здесь они не носят такого едкого характера.

— Холодный вечер, Шеппард, правда? — сказал полковник Картер, становясь спиной к камину.

Каролина увела мисс Ганетт в свою комнату и там помогала ей выпутываться из ее многочисленных одежд.

— Он напоминает мне о моих афганских походах, — уточнил полковник.

— В самом деле? — вежливо отозвался я.

— Очень уж таинственно все вокруг бедного Экройда, — продолжал полковник, принимая чашку кофе. — Чертовски много за всем этим скрыто, скажу я вам. Между нами говоря, Шеппард, я слышал как было упомянуто слово «шантаж, — полковник бросил на меня взгляд, который мог означать только одно: «строго между нами». — Здесь, несомненно, замешана женщина, — сказал он. — Будьте уверены, здесь не без женщины.

В эту минуту к нам присоединились Каролина и мисс Ганетт. Мисс Ганетт приняла чашечку кофе, а Каролина достала коробку с костяными фишками и высыпала их на стол.

— Перемывание косточек, — заметил шутливо полковник. — Да, да, перемывание косточек, как мы, бывало, называли это в шанхайском клубе.

По мнению Каролины и по моему личному мнению, полковник Картер никогда в жизни не был в шанхайском клубе. Более того: он никогда не был восточнее Индии, где во время войны занимался грязными махинациями с мясными консервами и яблочным джемом. Но полковник твердо считает себя военным, и ему никто не возражает. В Кингс Эббот мы не отказываем людям в удовольствии свободно пользоваться своими маленькими идиосинкразиями...

— Начнем? — спросила Каролина.

Мы уселись за стол. Минут пять была полная тишина, и каждый старался как можно быстрее построить свою стенку.

— Ходи, Джеймс, — сказала, наконец, Каролина. — Ты — «иствинд».

Я поставил фишку. Круг или два прошли в молчании, прерывавшемся только монотонными замечаниями «три бамбука», «два кружка», «панг» и поспешным «нет-нет» мисс Ганетт из-за ее привычки раньше времени требовать карты, на которые у нее нет прав.

— Сегодня утром я видела Флору Экройд, — сказала мисс Ганетт. — Панг... нет-нет... Я ошиблась.

— Четыре кружка, — сказала Каролина. — Где вы ее видели?

— Меня она не видела, — ответила мисс Ганетт с той непомерной значительностью, с какой можно встретиться только в небольшой деревне.

— А! — сказала с интересом Каролина. — Чау!

— Я считаю, — сказала мисс Ганетт, и на время отвлекаясь от игры, — что теперь правильнее говорить «чи», а не «чау».

— Глупости, — возразила Каролина. — Я всегда говорю «чау».

— В шанхайском клубе, — вмешался полковник Картер, — говорят «чау».

Мисс Ганетт, поверженная, уступила.

— Что вы говорили о Флоре Экройд? — спросила Каролина после того, как с минуту была занята игрой. — С ней кто-нибудь был?

— Очень похоже, что — да, — сказала мисс Ганетт.

Взгляды двух дам встретились и, казалось, досказали остальное.

— В самом деле? — заинтересовалась Каролина. — Значит, то самое?.. Ну, это меня нисколько не удивляет!

— Мы ждем вашего хода, мисс Каролина, — сказал полковник.

Он иногда принимает позу грубого мужчины, поглощенного игрой и безразличного к сплетням. Но на этот счет никто не обманывается.

— Спросите меня… — сказала мисс Ганетт. — Вы пошли с бамбука, дорогая? О! Нет, вижу — с кружка… Так вот, я говорю: спросите меня, и я скажу, что Флоре очень повезло. Она очень счастливая.

— Как это понимать, мисс Ганетт? — спросил полковник. — С этим зеленым драконом у меня панг. Как вы докажете, что мисс Флора счастливая? Я знаю, она очаровательна и все такое…

— Может быть, я не очень разбираюсь в криминалистике, — сказала мисс Ганетт с видом человека, знающего все, что нужно знать, — но я могу сказать одно. Первый вопрос, который в таких случаях задают, это — кто последний видел убитого живым. И к этому последнему относятся с подозрением. Так вот, Флора Экройд была последней, кто видел ее дядю живым. Это обстоятельство может оказаться скверным для нее. Очень скверным. Это мое личное мнение, и можете не принимать его на веру, но Ральф Пэтон скрывается ради нее, чтобы отвести от нее подозрения.

— Ну, — возразил я мягко, — вы ведь не можете с уверенностью утверждать, что молодая девушка, такая, как Флора Экройд, способна хладнокровно убить кинжалом своего дядю?

— Не знаю, — сказала мисс Ганетт. — Я как раз читаю сейчас книгу из библиотеки о преступном мире Парижа. Так вот, там говорится, что наихудшими из женщин-преступниц бывают именно молодые девушки с лицом ангела.

— Это во Франции, — заметила Каролина.

— Точно, — сказал полковник. — Я расскажу вам любопытную историю. Она обошла все базары Индии.

Рассказ полковника был томительно долгим и совсем неинтересным. То, что случилось много лет тому назад в Индии, не шло ни в какое сравнение с тем, что произошло позавчера в Кингс Эббот.

Конец рассказу полковника положила Каролина, радостно объявившая ма-джонг.

После некоторой неловкости, которая всегда бывает, когда я исправляю ошибочные подсчеты Каролины, мы начали снова.

— Ист-винд передаю, — сказала Каролина. — А насчет Ральфа Пэтона у меня есть свои собственные мысли… Три иероглифа… но я пока их не высказываю.

— В самом деле, дорогая? — сказала мисс Ганетт.

— Чау… то есть панг.

— Да, — твердо ответила Каролина.

— А насчет ботинок все правильно? — спросила мисс Ганетт. — Я имею в виду, что они были черные.

— Здесь все в порядке, — ответила Каролина.

— А что бы это значило, как вы думаете? — спросила мисс Ганетт.

Каролина плотно сомкнула губы и покачала головой. При этом у нее был такой вид, словно она знала все.

— Панг, — сказала мисс Ганетт. — Нет-нет… Я полагаю, что, пользуясь доверием месье Пуаро, доктор знает все секреты.

— Весьма далек от этого, — ответил я.

— Джеймс так скромен, — заметила Каролина. — Ах!.. Молчаливый конг.

Полковник присвистнул. На некоторое время болтовня была забыта.

— У вас два панга с драконами и винд. Нужно играть внимательно! Мисс Каролина выходит на крупную игру.

Несколько минут игра шла без посторонних разговоров.

— Этот месье Пуаро, — сказал полковник Картер, — он и в самом деле такой великий сыщик?

— Самый великий из всех известных миру сыщиков, — торжественно заявила Каролина. — Он вынужден был приехать сюда инкогнито, чтобы не привлекать к себе внимания.

— Чау, — сказала мисс Ганетт. — Это просто необыкновенно для нашей деревни, я уверена. Между прочим, Клара, моя служанка, вы ее знаете, большая приятельница Элзи, горничной из Фернли. И что бы вы думали, Элзи, ей сказала? Что украдено много денег и, по ее мнению — я хочу сказать, по мнению Элзи — в этом деле замешана та горничная. В этом месяце она уходит. А по ночам она часто плачет. Спросите меня, и я вам отвечу, что она, наверное, связана с бандой. Она всегда была какой-то странной. У нее совсем нет подруг среди здешних девушек. В выходные дни она уходит и проводит их одна. Я считаю, что это неестественно и очень подозрительно. Я как-то пригласила ее на дружескую вечеринку наших служанок, но она отказалась. А потом я задала ей несколько вопросов о ее доме, семье и тому подобное. Должна сказать вам, что считаю ее поведение очень дерзким. Внешне почтительно, а на самом деле бесстыднейшим образом она заставила меня замолчать.

Мисс Ганетт смолкла, чтобы перевести дыхание, и полковник, которого совершенно не интересовали дела служанок, заметил, что в шанхайском клубе оживленная игра считалась неизменным правилом.

Следующий круг мы провели оживленно.

— А эта мисс Рассел, — сказала Каролина. — Она приходила сюда в пятницу утром, притворившись, что хочет проконсультироваться у Джеймса. А по-моему, она хотела увидеть, где хранятся яды... Пять иероглифов.

— Чау, — сказала мисс Ганетт. — Какая удивительная мысль! Интересно, так ли это.

— Вы говорите о ядах, — заметил полковник. — А? Что? Разве я не пошел? О! Восемь бамбуков.

— Ма-джонг, — объявила мисс Ганетт.

Каролине было очень досадно.

— Один красный дракон, — сказала она с сожалением, — и у меня было бы три пары.

— А у меня все время было два красных дракона, — заметил я.

— Это на тебя похоже, — бросила с упреком Каролина. — У тебя нет никакого понятия о духе игры.

Я же, наоборот, считал, что играю довольно умно: если бы у нее был ма-джонг, я уплатил бы порядочную сумму ей. Ма-джонг мисс Ганетт был настолько жалок, что дальше некуда, и Каролина не преминула указать ей на это.

Новый круг мы начали в молчании.

— Я собиралась сказать вам вот что, — нарушила молчание Каролина.

— Да? — поощрительно сказала мисс Ганетт.

— Что я думаю о Ральфе Пэтоне.

— Да, дорогая, — сказала мисс Ганетт еще более поощрительно. — Чау!

— Начинать с «чау» — признак слабости, — строго заметила Каролина. — Вы должны стремиться к большой игре.

— Я знаю, — отвечала мисс Ганетт. — Вы говорили о Ральфе Пэтоне, дорогая?

— Да. Мне удалось догадаться, где он.

Мы все перестали играть и уставились на нее.

— Это очень интересно, мисс Каролина, — сказал полковник Картер. — Но это только ваши предположения, да?

— Не совсем. Я расскажу вам. Вы видели ту большую карту страны, что у нас в холле?

Мы все сказали, что видели.

— Когда недавно месье Пуаро выходил от нас, он остановился, посмотрел на нее и сделал несколько замечаний. Не помню точно, какие именно. Что-то о том, что ближайший к нам большой город — Кран-честер. Это, конечно, верно. Но когда он ушел, меня вдруг осенило.

— Что вас осенило?

— То, что он имел в виду. Конечно, Ральф находится в Кранчестере.

В этот момент я уронил свою подставку. Моя сестра тут же пожурила меня за неловкость, но не сердито. Она была во власти своей теории.

— В Кранчестере, мисс Каролина? — сказал полковник Картер. — Наверняка не в Кранчестере. Это слишком близко.

— Вот именно! — победно воскликнула Каролина.

— Теперь кажется совершенно понятным то, что он не уехал поездом. Он, должно быть, ушел в Кранчестер просто пешком. И я уверена, что он там до сих пор. Никто и не подумал бы, что он совсем рядом.

Я высказал несколько возражений против этой теории, но когда Каролина вобьет себе что-нибудь в голову, переубедить ее невозможно.

— И представьте себе, у месье Пуаро те же предположения, — глубокомысленно произнесла мисс Ганетт.

— Странное совпадение, но сегодня, прогуливаясь по кранчестерской дороге, я видела, как он проехал на автомобиле.

Мы все переглянулись.

— Ох! — спохватилась вдруг мисс Ганетт. — У меня уже давно маджонг, а я и не заметила!

Внимание Каролины было отвлечено от ее теоретических выкладок. Она указала мисс Ганетт на то, что рука, в которой мешались все масти при стольких «чау», едва ли достойна ма-джонга. Мисс Ганетт слушала невозмутимо и готовила контрудар.

— Да, дорогая, я знаю, что вы хотите сказать, — возразила она. — Но это в большой степени зависит еще и от того, с какой руки следует начинать, не так ли?

— У вас никогда не будет большой игры, если вы к ней не стремитесь! — настаивала на своем Каролина.

— Ну, каждый играет в своей манере, не так ли? — сказала мисс Ганетт и посмотрела на свои записи. — В конце концов, я значительно впереди.

Каролина, достаточно отстававшая, ничего не ответила.

Круг кончился, и мы принялись снова за игру. Энни внесла чай. Каролина и мисс Ганетт были обе немного взволнованны, как это часто бывает на таких вечерах.

— Ну, пожалуйста, дорогая, играйте чуточку быстрее, — сказала Каролина, наблюдая, как нерешительно мисс Ганетт ставит фишку. — Китайцы ставят фишки так быстро, что при этом слышатся звуки, похожие на птичий щебет.

Несколько минут мы играли, как китайцы.

— Вы еще не внесли никакого вклада в общую информацию, Шеппард, — вежливо сказал полковник Картер. — Вы хитрите. Живете душа в душу с великим детективом и даже не намекнете, как идут дела.

— Джеймс — необычайное создание, — сказала Каролина. — Он терпеть не может расставаться с информацией.

Она посмотрела на меня с заметным неодобрением.

— Уверяю вас, — сказал я, — что я ничего не знаю. Пуаро держит все в секрете.

— Умница, — сказал полковник с усмешкой. — Не проговаривается. Они чудесные парни, эти иностранные сыщики. Каких только хитростей у них не бывает!

— Панг, — произнесла мисс Ганетт с оттенком спокойного триумфа в голосе. — И... ма-джонг!

Обстановка еще больше накалилась. Трехкратный ма-джонг мисс Ганетт раздосадовал Каролину, и когда мы строили новую стенку, она упрекнула меня:

— Ты слишком устал. Сидишь здесь, как пустое место и совсем ничего не рассказываешь.

— Но, дорогая, мне действительно не о чем рассказывать. Из того, что тебя так интересует, я имею в виду.

— Чепуха, — сказала Каролина, раскладывая фишки. — Ты должен знать что-нибудь интересное.

С минуту я ничего не мог ответить. Я был ошеломлен и одновременно возбужден тем, что произошло. Я когда-то читал, что бывают случаи, когда ма-джонг приходит одному из играющих сразу же при разборе фишек. Такой случай называют чистым выигрышем. Я никогда не надеялся, что когда-нибудь такая удача может прийти ко мне. Подавляя радость, я открыл свои карты и положил их на стол.

— Как говорят в шанхайском клубе, — заметил я, — «тин-хоу» — чистый выигрыш!

Глаза полковника едва не выскочили из орбит.

— Невероятно! — сказал он. — Клянусь, я никогда не встречался с подобным случаем.

А я, раздраженный насмешками Каролины и опьяненный своим успехом, опрометчиво продолжал:

— А что касается «чего-нибудь интересного», то что вы скажете о золотом обручальном кольце с датой и надписью «от Р» внутри?

Я старался не замечать произведенного эффекта. Меня заставили рассказать со всеми подробностями о том, где было найдено это сокровище. Мне пришлось назвать и дату.

— 13-го марта, — сказала Каролина. — Ровно шесть месяцев назад. Ага!

После взволнованного галдежа, догадок и предположений определились три теории:

1. Теория полковника Картера: Ральф был тайно женат на Флоре.

Вывод первый и самый примитивный.

2. Теория мисс Ганетт: Роджер Экройд был тайно женат на миссис Феррарс.

3. Теория моей сестры: Роджер Экройд был женат на экономке мисс Рассел.

Четвертую теорию — сверхтеорию — Каролина внесла на обсуждение позже, когда мы поднимались наверх, собираясь разойтись по своим спальням.

— Запомни мои слова, — сказала она вдруг, — меня не удивит, если окажется, что женаты Джоффри Реймонд и Флора.

— Тогда было бы выгравировано «Д», а не «Р», — сказал я.

— Как знать! Некоторые девушки зовут мужчин по их фамилии. А ты слышал, что мисс Ганетт говорила сегодня о поведении Флоры?

Строго говоря, я не слышал, чтобы мисс Ганетт говорила что-нибудь подобное, но я всегда уважал способность Каролины понимать косвенные намеки.

— А что ты скажешь о Гекторе Бланте, — намекнул я. — Если кто-нибудь...

— Глупости, — сказала Каролина. — Я допускаю, что он восхищается ею, может быть, даже любит. Но право же, девушка не влюбится в человека, который годится ей в отцы, когда рядом молодой красавец секретарь. Она может поощрять майора Бланта разве только для отвода глаз. Девушки очень изобретательны. Но послушай, что я тебе скажу, Джеймс Шеппард! Флоре Экройд Ральф совершенно безразличен. И всегда был. Можешь принять это к сведению.

Я принял это к сведению.

Глава 17. Паркер

На следующее утро мне пришла в голову мысль, что под впечатлением удачи с «тин-хоу», или чистым выигрышем, я вел себя, очевидно, не совсем благоразумно. Правда, Пуаро не брал с меня обещания молчать о находке кольца. С другой стороны, когда он был в Фернли, сам он никому не рассказывал о нем. И, насколько мне было известно, я оказался единственным человеком, знавшим о самом факте находки. Чувство вины тревожило меня. Новость распространялась по Кингс Эббот со сверхъестественной быстротой. И я мог вполне ожидать, что Пуаро в любую минуту явится ко мне с упреками.

Общие похороны миссис Феррарс и Роджера Экройда были назначены на одиннадцать часов. Это была печальная и трогательная церемония. На ней присутствовали все домочадцы Фернли.

По окончании церемонии Пуаро, который присутствовал на ней тоже, взял меня под руку и пригласил вернуться вместе с ним в его дом. У него был очень мрачный вид, и я боялся, что последствия моего неблагоразумного поступка накануне вечером ему уже известны. Но вскоре выяснилось, что мысли его были заняты совершенно иным.

— Видите ли, — сказал он, — мы должны действовать. С вашей помощью я хочу допросить одного свидетеля. При допросе мы нагоним на него такого страху, что он должен будет выложить правду.

— О каком свидетеле вы говорите? — спросил я с большим удивлением.

— О Паркере, — ответил Пуаро. — Я просил его быть у меня в двенадцать часов. Сейчас он уже, вероятно, ждет нас.

— Что вы о нем думаете? — осмелился спросить я, взглянув на него искоса.

— Я знаю только то, что я недоволен.

— Вы полагаете, что это он шантажировал миссис Феррарс?

— Либо это, либо...

— Что? — спросил я после некоторой паузы.

— Друг мой, я скажу вам одно: я надеюсь, что это был он.

Серьезность его манеры говорить и что-то еще неопределимое, придающее ей особый оттенок, заставило меня замолчать.

Придя на место, мы узнали, что Паркер уже там и ожидает нашего возвращения. При нашем появлении в комнате дворецкий почтительно встал.

— Доброе утро, Паркер, — вежливо поздоровался Пуаро. — Прошу прощения... одну минутку.

Он снял пальто и перчатки.

— Разрешите мне, сэр, — вскочил Паркер, чтобы помочь ему.

Он аккуратно уложил вещи на стул у двери. Пуаро смотрел на него с одобрением.

— Благодарю вас, мой славный Паркер. Садитесь, пожалуйста. То, что я должен сказать, может занять некоторое время.

Кивнув головой, словно извиняясь, Паркер сел.

— А теперь как вы думаете, для чего сегодня утром я попросил вас прийти сюда, а?

Паркер кашлянул.

— Я понял вас так, сэр, что вы хотите задать мне несколько вопросов о моем прежнем хозяине, вопросов приватного характера, как я понимаю.

— Précisément[1], — сказал Пуаро с сияющей улыбкой. — А в шантаже у вас большой опыт.

— Сэр! — дворецкий вскочил с места.

— Не волнуйтесь, — сказал Пуаро спокойно. — Не разыгрывайте из себя оскорбленного честного человека. Вы знаете все, что нужно знать о шантаже, разве не так?

— Сэр, я... меня никогда...

---

[1] Вот именно.

— Так не оскорбляли раньше, — закончил Пуаро, — Тогда почему же вы, мой прекрасный Паркер, так старались подслушать разговор в кабинете мистера Экройда в тот вечер, когда услышали слово «шантаж»?

— Я не... я...

— Кто был вашим последним хозяином? — выкрикнул внезапно Пуаро.

— Моим последним хозяином?

— Да, хозяином, у которого вы служили до того, как перешли к мистеру Экройду.

— Майор Эллерби, сэр...

— Вот именно, майор Эллерби, — не дал договорить ему Пуаро. — Майор Эллерби предавался наркотикам, разве не так? Вы с ним путешествовали. Когда вы были на Бермудских островах, у него случились неприятности. Убили человека. Часть вины была и на майоре Эллерби. Дело замяли. Но вы знали об этом. Сколько заплатил майор Эллерби, чтобы заткнуть вам рот?

Паркер уставился на него с открытым ртом. Он был уничтожен, щеки его отвисли и тряслись.

— Как видите, я сделал запрос, — сказал Пуаро мягко. — Все, как я говорю. За свой шантаж вы тогда получили хорошую сумму, кроме того, майор Эллерби продолжал платить вам, пока не умер. А теперь я хочу услышать о вашем последнем эксперименте.

Паркер все еще смотрел, уставившись на Пуаро.

— Отрицать бесполезно. Эркюль Пуаро знает. Ведь то, что я рассказал о майоре Эллерби, правда, не так ли?

Словно вопреки своей воле Паркер неохотно кивнул головой.

Его лицо было пепельно-бледным.

— Но я и пальцем не трогал мистера Экройда, — простонал он. — Клянусь перед богом, сэр. Я все время боялся, что могут подумать на меня. Я не... я не убивал его.

Его голос поднялся почти до крика.

— Я склонен вам поверить, мой друг, — сказал Пуаро. — У вас не те нервы, нет мужества. Но мне нужна правда.

— Я все скажу вам, сэр, все, что вам нужно. Это правда, что я пытался подслушивать в тот вечер. Одно или два слова, которые я услышал, заставили меня заинтересоваться. И то, что мистер Экройд не хотел, чтобы его беспокоили, и то, что он закрылся с доктором. Все, что я рассказал полиции — сама праг,да господняя. Я услышал слово «шантаж», сэр, и…

Он замолчал.

— Вы подумали, что из этого, наверное, можно извлечь какую-то выгоду для себя? — подсказал Пуаро.

— Да, да, я так подумал сэр. Я подумал, что если мистера Экройда шантажируют, то почему бы и мне здесь не поживиться.

По лицу Пуаро прошла тень очень странного выражения. Он подался вперед.

— А до того вечера у нас были причины предполагать, что мистера Экройда шантажируют?

— Никаких, сэр. Я был очень удивлен. Такой порядочный джентльмен во всех отношениях…

— Сколько времени вы подслушивали?

— Не очень долго, сэр. Все, казалось, было против меня. Я, конечно, должен был выполнять свои обязанности в буфетной. А когда я все же подкрался раз или два к кабинету, из этого ничего не вышло. В первый раз — уходил доктор Шеппард, и я чуть было не попался на месте преступления, другой раз мимо меня в холле прошел мистер Реймонд и направился к кабинету; а когда я пошел с подносом, мне помешала мисс Флора.

Пуаро долго и пристально смотрел на дворецкого, словно испытывал его искренность. Паркер выдержал этот взгляд.

— Надеюсь, вы мне верите, сэр. Я все время боялся, что полиция откопает это старое дело с майором Эллерби и в результате будет подозревать меня.

— Eh bien[1], — сказал Пуаро, наконец, — я склонен вам поверить. Но есть еще одно: я должен попросить вас показать мне свою чековую книжку. Я полагаю, у вас она имеется.

— Да, сэр, она как раз при мне.

Без тени смущения он вынул ее из кармана. Пуаро взял тонкую в зеленой обложке книжку и прочитал записи о поступлениях.

— Ага! Как я понимаю, в этом году вы купили на пятьсот фунтов ценных бумаг?

— Да, сэр. У меня уже больше тысячи фунтов — результат моих отношений с... э-э... моим прежним хозяином, майором Эллерби. Кроме того, в этом году я немного рискнул на скачках. Очень удачно вышло. Помните, сэр, как юбилейный приз выиграл простой аутсайдер. Я тогда довольно удачно поставил на него двадцать фунтов.

Пуаро вернул ему книжку.

— До свидания. Полагаю, что вы сказали мне правду. Если нет — хуже для вас, мой друг.

Когда Паркер ушел, Пуаро снова взял в руки пальто.

— Опять уходите? — спросил я.

— Да, мы нанесем небольшой визит славному месье Хэммонду.

— Вы верите рассказу Паркера?

— С виду его рассказ заслуживает доверия. Из него явствует — если Паркер, конечно, не слишком ловкий актер — что он искренне верит, что жертвой шантажа был сам Экройд. Если это так, то он ничего не знает о миссис Феррарс.

— Тогда в таком случае... кто...

— Précisément[2]! Кто? Но наш визит к месье Хэммонду покончит с одним вопросом. Паркер будет либо полностью оправдан, либо...

— Что?

---

[1] Вот именно.

[2] Вот именно.

— Сегодня у меня проявляется дурная привычка не заканчивать своих предложений, — сказал Пуаро извиняющимся тоном. — Я рассчитываю на вашу терпимость ко мне...

— Между прочим, — вставил я робко, — я должен кое в чем вам сознаться. Боюсь, что я нечаянно сболтнул лишнее о том кольце.

— О каком кольце?

— О том, которое вы нашли в бассейне с золотыми рыбками.

— А! Да, — вспомнил Пуаро, широко улыбаясь.

— Надеюсь, это не доставило вам неприятностей? С моей стороны это было очень неосторожно.

— Нисколько, мой добрый друг, нисколько. Я ведь вам не запрещал. Вы были вправе говорить о нем, если хотели. Ей было интересно, вашей сестре?

— Конечно. Это произвело сенсацию, и сейчас ходит много разных теорий.

— А! И, тем не менее, это так просто. Объяснение само бросилось в глаза, не так ли?

— В самом деле? — ответил я сухо.

Пуаро рассмеялся.

— Умный человек не станет компрометировать себя, — заметил он. — Правда? Но вот мы и у Хэммонда.

Адвокат был в своей конторе, и нас проводили к нему без задержки. Он поднялся и приветствовал нас в свойственной ему сухой педантичной манере.

Пуаро сразу перешел к делу.

— Месье, я хочу получить от вас кое-какую информацию, то есть, если вы будете так добры предоставить ее мне. Насколько я понимаю, вы вели дела миссис Феррарс из Кингс Пэдок?

Во взгляде адвоката я заметил вспышку удивления, прежде чем маска профессиональной сдержанности легла на его лицо.

— Конечно, все ее дела проходили через наши руки.

— Очень хорошо. А теперь, прежде чем я попрошу вас сообщить мне что-либо, я хотел бы, чтобы вы послушали, что вам расскажет доктор Шеппард. Надеюсь, вы не возражаете, мой друг, повторить рассказ о вашем разговоре с мистером Экройдом вечером в прошлую пятницу?

— Нисколько, — ответил я и сразу приступил к подробному изложению фактов того странного вечера.

Хэммонд слушал с большим вниманием.

— Вот и все, — сказал я, когда закончил.

— Шантаж, — произнес адвокат, размышляя.

— Вас это удивляет? — спросил Пуаро.

Юрист снял пенсне и протер носовым платком стекла.

— Нет, — ответил он, — едва ли я могу сказать, что удивлен. В течение некоторого времени я подозревал нечто подобное.

— Для того нам и понадобились те сведения, о которых я прошу, — объяснил Пуаро. — Если кто-нибудь может дать нам представление о фактически выплаченных суммах, так это вы, месье.

— Я не вижу никаких препятствий, чтобы сообщить вам эти сведения, — сказал Хэммонд через минуту или две. — За последний год миссис Феррарс продала некоторые ценные бумаги, деньги за них были выплачены ей наличными и не могли нами контролироваться. А поскольку ее доход был большой, и после смерти мужа она вела очень спокойный образ жизни, кажется вполне очевидным, что эти деньги были истрачены с какой-то особой целью. Однажды я осторожно спросил ее об этом, но она сказала, что должна помогать некоторым бедным родственникам со стороны мужа. Я, конечно, больше не затрагивал этого вопроса. До сих пор я думал, что деньги выплачивались какой-нибудь женщине, у которой имелись претензии к Эшли Феррарс. Я не представлял себе, что дело касалось самой миссис Феррарс.

— А какая сумма? — спросил Пуаро.

— В итоге общая сумма должна составлять не меньше двадцати тысяч фунтов.

— Двадцать тысяч фунтов! — воскликнул я. — За один только год!

— Миссис Феррарс была очень богатая женщина, — заметил Пуаро сухо. — А наказание за убийство не бывает приятным.

— Чем еще я могу быть вам полезен? — спросил мистер Хэммонд.

— Благодарю вас, достаточно, — сказал Пуаро, вставая. — Приношу свои искренние извинения за *расстройство.*

— Ничего, ничего.

— Слово «расстройство» употребляется, если имеется в виду лишь умственная сторона, — заметил я, когда мы снова вышли наружу.

. — А! — воскликнул Пуаро. — Я никогда не научусь в совершенстве говорить по-английски. Странный язык. Мне следовало бы сказать «за беспорядок», n'est pas[1]?

— «За беспокойство», вы хотели сказать.

— Благодарю вас, мой друг. Слово точное, вы очень педантичны в этом. Eh bien[2], как теперь насчет нашего друга Паркера? Продолжал бы он служить дворецким с двадцатью тысячами в руках? Je ne pense pas[3]. Он, конечно мог внести деньги в банк на другое имя, но я склонен верить, что он сказал нам правду. Если он и негодяй, то негодяй малого масштаба. У него нет больших идей. Следовательно, остается одно предположение — Реймонд или… скажем… майор Блант.

— Только не Реймонд, — возразил я. — Поскольку мы знаем, что ему трудно пришлось с долгом в пятьсот фунтов.

— Так говорит он. Если ему верить, то — конечно.

---

[1] Не так ли

[2] Ну.

[3] Не думаю.

— А что касается Гектора Бланта...

— А что касается славного майора Бланта, — перебил Пуаро, — то я вам кое-что сообщу. Я должен делать запросы. И я их делаю. Eh bien[1]... наследство, о котором он говорил, как мне удалось выяснить, составляет почти двадцать тысяч фунтов. Что вы на это скажете?

Я был так ошеломлен, что с трудом мог говорить.

— Это невозможно, — проговорил я, наконец. — Такой известный человек, как Гектор Блант...

Пуаро пожал плечами.

— Как знать? По крайней мере, он человек с большими идеями. Признаюсь, я едва ли могу представить себе его в роли шантажиста. Но могло быть и другое, о чем вы даже не подумали.

— Что же?

— Камин, мой друг. Экройд мог сам сжечь письмо и голубой конверт, когда вы ушли.

— Едва ли это возможно, — произнес я медленно. — А впрочем... конечно, могло быть и так. Он мог передумать.

В этот момент мы подошли к моему дому, и я экспромтом пригласил Пуаро зайти и закусить с нами «чем бог послал».

Я думал, что Каролина будет мною довольна, но женщины такой народ, что угодить им трудно.

Оказалось, на ленч были отбивные котлеты для нас и рубец, приправленный луком, для прислуги. Но две отбивные на трех создавали некоторое затруднение.

Однако Каролина редко позволяет обескуражить себя надолго. Великолепно солгав, она сумела объяснить Пуаро, что хотя Джеймс и смеется над нею, тем не менее, она строго придерживается вегетарианской диеты. Она исступленно расписывала, какое наслаждение доставляют ореховые котлеты (которых, я уверен, она никогда и не пробовала) и со смаком ела гренки с сыром, то и дело

---

[1] Так вот.

повторяя свои суждения относительно того, насколько опасна мясная пища.

Позднее, когда мы сидели у камина и курили, Каролина атаковала Пуаро прямо.

— Не нашли еще Ральфа Пэтона? — спросила она.

— А где же мне его найти, мадемуазель?

— Я полагаю, что вы нашли его, вероятно, в Кранчестере, — сказала Каролина с особой значительностью в тоне.

Пуаро явно смутился.

— В Кранчестере? Но почему в Кранчестере?

— Одному из наших частных детективов, штат которых здесь весьма значителен, случилось видеть вас вчера в автомобиле на кранчестерской дороге, — разъяснил я ему с некоторой злостью.

Смущение Пуаро прошло. Он добродушно рассмеялся.

— Ах, это! Просто винит к дантисту, c'est tout[1]. У меня зуб. Он болит. Я еду туда. Мой зуб вдруг болеть перестает. Я хочу быстренько вернуться. А дантист — он протестует. Говорит, лучше удалить. Я не соглашаюсь.. Он настаивает и делает свое дело. Зуб особенный, но больше он болеть не будет.

Каролина съежилась, словно проколотый воздушный шар.

Мы стали говорить о Ральфе Пэтоне.

— Человек он слабовольный, — настаивал я, — но не порочный.

— А! Но слабоволие, где оно кончается?

— Это верно, — сказала Каролина. — Взять хотя бы Джеймса... мягок, как вода. Если бы не было меня возле, чтобы присматривать за ним...

— Моя дорогая Каролина, — сказал я раздраженно, — не могла бы ты не переходить на личности?

---

[1] Вот и все.

— Ты слабый, Джеймс, — продолжала она, совершенно не тронутая моим замечанием. — Я на восемь лет старше тебя... О! Я не возражаю, если месье Пуаро будет знать об этом...

— Никогда бы не подумал, мадемуазель, — сказал Пуаро с легким галантным поклоном.

— На восемь лет. И я всегда считала своим долгом смотреть за тобой. Бог знает, до какого несчастья ты бы уже мог дойти при дурном влиянии.

— Я мог бы жениться на прекрасной авантюристке, — пробормотал я, внимательно рассматривая потолок и пуская кольцами дым.

— На авантюристке, — фыркнула Каролина. — Если бы речь шла об авантюристке...

— А что? — спросил я с некоторым любопытством.

— Ничего. Но я имею в виду кое-кого, кто не га сотни миль отсюда. — Она вдруг повернулась к Пуаро.

— Джеймс придерживается мнения, что вы считаете, что преступление совершено кем-то из домашних. Я могу сказать только одно: вы ошибаетесь.

— Я не хотел бы ошибиться, — ответил Пуаро. — Это, как вы говорите, — не мое métier[1]?

— Я располагаю достаточно ясными фактами, полученными от Джеймса и от других, — продолжала Каролина, не обращая внимания на замечание Пуаро.

— И насколько я понимаю, из домашних только двое могли сделать это. Ральф Пэтон и Флора Экройд.

— Моя дорогая Каролина...

— Не перебивай меня, Джеймс. Я знаю, о чем говорю. Паркер встретил ее у внешней стороны двери, не так ли? Он не слышал, как

---

[1] Ремесло.

ее дядя пожелал ей спокойной ночи. Именно в этот момент она и могла убить его.

— Каролина...

— Я не говорю, что она это сделала, Джеймс. Я говорю, что она могла бы сделать. На самом же деле, хотя Флора и похожа на всех этих современных молодых девушек, которые не почитают старших и думают, что знают все на свете, я нисколько не сомневаюсь, что она не смогла бы убить и цыпленка. Но дальше. У мистера Реймонда и у майора Бланта есть алиби. У миссис Экройд — алиби. Даже у той женщины, у Рассел, оно, кажется, есть. И хорошо, что оно у нее есть. Кто остался? Только Ральф и Флора! И что бы вы ни говорили, я не поверю, что Ральф Пэтон убийца. Мальчишка, которого мы знаем всю жизнь.

С минуту Пуаро молчал, следя за завитушками дыма, поднимавшегося от его сигареты. Потом он, наконец, заговорил. Он заговорил каким-то далеким мягким голосом, производившим странное впечатление. Это было непохоже на его обычную манеру.

— Давайте возьмем человека — самого обыкновенного человека, у которого об убийстве нет даже помыслов. Но где-то в глубине его души таится некая склонность к слабоволию. Ничто ее не затрагивает, и она себя не проявляет. Может быть, она никогда и не проявит себя, и человек уйдет в могилу честным и всеми уважаемым. Но, предположим, что-то случилось. Он попадает в затруднительное положение... или даже не это. Он случайно узнает какую-то тайну, тайну, от которой зависит чья-то жизнь или смерть. Первое его побуждение — рассказать об этом, честно выполнить свой долг гражданина. И тогда проявляет себя его склонность к слабоволию. Он видит, что можно получить деньги — большие деньги. А деньги ему нужны, он их жаждет. И это так легко. Чтобы получить их, ему ничего не нужно делать. Ему нужно всего лишь молчать. Это начало. Но страсть к деньгам растет. Ему нужно все больше и больше! Он опьянен тем, что у его ног открылся золотой рудник. Он становится жадным и в своей жадности перехитряет сам себя. На мужчину можно оказывать любое давление, но с женщиной нельзя заходить слишком далеко. Потому что в женском сердце живет большое желание говорить правду. Сколько мужчин, обманывающих своих жен, благополучно уходят в могилу, унося свой секрет с собой! И сколько женщин, обманувших своих мужей, разбили себе жизнь, бросив свою тайну им в глаза! На них оказывали слишком большое давление. В какой-то безрассудный момент (о котором они потом пожалеют), они отбрасывают всякое благоразумие, рассказывают с очень непродолжительным для себя удовлетворением правду и попадают в западню. Я думаю, что так было и в этом случае. Склонность к слабоволию была слишком большой. И получилось так, как в вашей пословице о смерти курицы, что несла золотые яйца. Но это еще не конец. Человеку, о котором мы говорим, стало грозить разоблачение. Он уже не тот, каким был, скажем, год назад. Его моральный облик изменился. Он в отчаяньи. Он старается выиграть битву, которую давно уже проиграл, и для этого готов использовать любые средства, так как разоблачение грозит ему гибелью. И дело решает удар кинжала!

С минуту он молчал. Казалось, в комнате витало его заклинание. Я не могу даже попытаться описать то впечатление, какое произвели его слова. В его безжалостном анализе и в жесткой силе прорицания было что-то такое, что вызвало у нас обоих страх.

— Потом, — продолжал он мягко, — когда с кинжалом будет покончено, он снова станет самим собой — нормальным, добрым. Но если возникнет необходимость, он снова нанесет удар.

Каролина поднялась, наконец.

— Вы говорите о Ральфе Пэтоне, — сказала она. — Может быть, вы правы, может быть — нет, но вы не должны приговаривать человека, не выслушав его.

Резко зазвонил телефон. Я вышел в холл и снял трубку.

— Что? Да, доктор Шеппард говорит.

С минуту или две я слушал, потом кратко ответил. Повесив трубку, я вернулся в гостиную.

— Пуаро, — сказал я, — в Ливерпуле задержали человека. Его зовут Чарльз Кент. Полагают, что он и есть тот неизвестный, который в пятницу вечером приходил в Фернли. Меня просят немедленно приехать в Ливерпуль и опознать его.

Глава 18. Чарльз Кент

Уже через полчаса Пуаро, инспектор Рэглан и я находились в поезде по пути в Ливерпуль. Инспектор был явно взволнован.

— Мы можем ухватиться за ниточку, ведущую к той части дела, которая касается шантажа, если не большего, — заявил он, ликуя. — Судя по тому, что я услышал по телефону, этот парень порядочный грубиян. И «дурман» употребляет. Нам, наверное, будет нетрудно добиться от него, что нам нужно. А если будет хоть тень мотива для убийства, то, вероятно, Экройда убил он. В таком случае, почему скрывается молодой Пэтон? В общем, в этом деле пока полная неразбериха. Между прочим, месье Пуаро, вы были совершенно правы в отношении тех отпечатков пальцев. То были отпечатки самого Экройда, и у меня была такая мысль, но я отверг ее как маловероятную.

Я улыбнулся. Уж очень явно инспектор Рэглан старался сохранить свой престиж.

— А этот человек, — спросил Пуаро, — он еще не арестован?

— Нет, задержан по подозрению.

— А что он рассказал о себе?

— Ценного мало, — ответил инспектор с усмешкой. — Осторожная птичка! Много брани, но очень мало того, что нам нужно.

Я удивился, когда по прибытии в Ливерпуль увидел, с каким шумным одобрением там встретили Пуаро. Встречавший нас полицейский надзиратель Хейс когда-то очень давно расследовал вместе с Пуаро несколько дел и явно преувеличивал его способности.

— Ну, если с нами месье Пуаро, мы долго не задержимся с этим делом, — сказал он весело. — А я думал, что вы ушли на покой месье.

— Это верно, мой славный Хэйс, — ушел. Но как утомительно отдыхать! Вы себе не представляете, как однообразно день сменяет день.

— Очень возможно. Значит, вы приехали взглянуть на нашу находку? А это доктор Шеппард? Как вы думаете, сможете опознать его, сэр?

— Я не очень уверен.

— Как вам удалось задержать его? — спросил Пуаро.

— У нас имелось описание. Оно было и у нас, и в прессе. Признаться, это было нетрудно. У парня американский акцент, к тому же он не отрицает, что находился в тот вечер возле Кингс Эббот. Он все спрашивает, какого черта нам от него нужно. Говорит, что он еще посмотрит, прежде чем отвечать на вопросы.

— Вы разрешите и мне взглянуть на него? — спросил Пуаро.

Полицейский надзиратель понимающе прищурил один глаз.

— Я рад, что вы приехали, сэр. Вы можете делать все, что вам угодно. Недавно о вас спрашивал инспектор Джеп из Скотланд Ярда. Он говорил, что вы неофициально принимаете участие в расследовании этого дела. Где скрывается капитан Пэтон, сэр, вы можете сказать мне?

— Сомневаюсь, что это было бы разумным при данном положении дел, — ответил Пуаро, а я закусил губу, чтобы не улыбнуться.

Маленький человечек действительно делал это очень хорошо.

Вскоре разговор был окончен, и нас повели к задержанному. Это был молодой парень, я бы сказал, двадцати двух — двадцати трех лет. Высокий, тонки л, со слегка подрагивающими руками и признаками значительной силы, которая, однако, в какой-то степени уже отцвела. Волосы его были темные, а глаза голубые и хитрые, они избегали смотреть прямо. Меня все время не покидало ощущение, что в человеке, которого я тогда встретил, было что-то мне знакомое, но если это был он, то я совершенно ошибся: ни единой чертой не напоминал он мне кого-либо из моих знакомых.

— А теперь, Кент, встаньте, — сказал полицейский надзиратель. — Тут к вам пришли. Узнаете кого-нибудь?

Кент угрюмо смотрел на нас, но не отвечал. Я видел, как его взгляд переходил от одного к другому, вернулся и остановился на мне.

— Ну, сэр, — обратился полицейский надзиратель ко мне, — что вы скажете?

— Рост тот, — ответил я, — и по общему виду похож на того человека. Но больше я ничего не могу сказать.

— Что, черт возьми, все это значит? — спросил Кент. — Что вы имеете против меня? Выкладывайте! В чем меня подозревают? Что я сделал?

Я кивнул головой.

— Это он. Я узнал его по голосу.

— Узнал по голосу, неужели? Где же вы его слышали раньше?

— В прошлую пятницу вечером за воротами Фернли Парка. Вы спрашивали меня, как туда пройти.

— Я спрашивал, да?

— Вы признаете это? — спросил инспектор.

— Я ничего не признаю. И не признаю до тех пор, пока вы не скажете, что вам от меня нужно.

— Разве вы не читали газет за последние дни? — заговорил в первый раз Пуаро.

Парень прищурился.

— Ах, вот что! Я читал, что там пристукнули какого-то старика. Хотите приписать эту работу мне, не так ли?

— Вы были там в тот вечер, — сказал спокойно Пуаро.

— Откуда вы знаете, мистер?

— А вот по этому. — Пуаро вынул что-то из кармана и показал. Это было гусиное перо, найденное нами в садовом домике.

Выражение лица у парня изменилось. Он немного протянул руку.

— «Снежок», — сказал сочувственно Пуаро. — Нет, мой друг, оно пустое. Оно лежало там, где вы его бросили в тот вечер, в садовом домике.

Чарльз Кент смотрел на него в нерешительности.

— Вы, кажется, до черта знаете обо всем, маленький заграничный селезень. Может быть, вы помните и это: газеты пишут, что старого джентльмена прикончили между 9.45 и десятью?

— Так, — согласился Пуаро.

— Но это действительно так? Вот что мне нужно знать.

— Вам скажет этот джентльмен, — Пуаро показал в сторону инспектора Рэглана.

Тот колебался, посмотрел на полицейского надзирателя Хейса, потом на Пуаро и, наконец, словно получив разрешение, сказал:

— Это верно. Между девятью сорока пятью и десятью.

— Тогда вам незачем держать меня здесь, — сказал Кент. — Я ушел из Фернли Парка около двадцати пяти минут десятого. Можете спросить в «Собаке и свистке». Эта пивная приблизительно в одной миле от Фернли по дороге на Кранчестер. Помню, я там еще немного повздорил. Это было точно без четверти десять. Что вы на это скажете?

Инспектор Рэглан внес что-то в свою записную книжку.

— Ну? — требовал Кент.

— Мы проверим, — сказал инспектор. — Если вы сказали правду, вам не на что будет жаловаться. А что вы все же делали в Фернли Парке?

— Ходил туда, чтобы кое с кем встретиться.

— С кем?

— Не ваше дело.

— Вы бы научились вести себя поучтивее, парень, — предупредил его полицейский надзиратель.

— К черту учтивость. Я ходил туда по своим личным делам, вот и все. Если я ушел раньше, чем совершилось убийство, то остальное полисменов не касается.

— Ваше имя — Чарльз Кент, — сказал Пуаро. — Откуда вы родом?

Парень сначала уставился на него, потом усмехнулся.

— Ладно, я законченный британец.

— Да. Я тоже так думаю, — задумчиво сказал Пуаро. — Интересно, вы родились в Кенте?

Парень снова на него уставился.

— С чего вы взяли? Из-за моей фамилии? А что с ней делать? Разве человек по фамилии Кент обязательно должен родиться в этом городе?

— Можно полагать, что — да... при определенных обстоятельствах, — сказал Пуаро, придавая особое значение последним словам. — При определенных обстоятельствах, вы меня понимаете.

В его тоне было столько значительности, что полицейские офицеры посмотрели на него с удивлением. А Чарльз Кент побагровел, и в какой-то момент мне показалось, что он собирается броситься на Пуаро. Однако этого не произошло. С подобием усмешки он благоразумно отвернулся. Словно удовлетворившись, Пуаро кивнул и вышел. За ним тотчас же последовали оба офицера.

— Мы проверим это заявление, — сказал Рэглан, — хотя я и не думаю, что он врет. Но он должен объяснить точнее, чем он занимался в Фернли. Мне кажется, мы имеем дело с нашим шантажистом. С другой стороны, если допустить, что его рассказ правдив, ему нечего было делать с подлинным убийцей... Когда его задержали, при нем было десять фунтов — довольно крупная сумма. Мне кажется, те сорок фунтов попали к нему. Номера банкнотов не сошлись, но, конечно, первым делом он их разменял. Деньги ему дал, по-видимому, Экройд и он постарался как можно быстрее от них отделаться. А причем здесь место его рождения, город Кент? Зачем он вам?

— Да так, — вяло ответил Пуаро. — Просто одна моя небольшая идея, только и всего. Я ведь знаменит своими небольшими идеями.

— В самом деле? — сказал Рэглан, глядя на него с озадаченным видом.

Полицейский надзиратель громко расхохотался.

— Я не раз слышал, как инспектор Джеп говорил об этом. Месье Пуаро и его небольшие идеи! «Для меня они слишком фантастичны, — говорил он, — но в них всегда что-то есть».

— Вы надо мной смеетесь, — сказал, улыбаясь Пуаро. — Но неважно. Старики иногда смеются последними, тогда как молодые и умные не смеются вовсе.

И многозначительно кивнув им, он вышел на улицу.

Ленч у нас был в гостинице. Теперь я знаю, что в целом все дело было им разгадано. Теперь у него была последняя нужная ему нить, чтобы добраться до истины. Но тогда я об этом не подозревал. Я недооценивал его обычную самоуверенность и считал, что все, что озадачивало меня, было непонятно и ему. Главной загадкой для меня было: что делал Чарльз Кент в Фернли. Я снова и снова задавал себе этот вопрос и не мог найти удовлетворительного ответа. Наконец, я позволил себе задать Пуаро пробный вопрос. Он ответил прямо.

— Mon ami[1], я не думаю, я — знаю.

— В самом деле? — спросил я с недоверием.

— Да, конечно. Я полагаю, что сейчас вы не увидите никакого смысла, если я отвечу, что в тот вечер он был в Фернли потому, что родился в Кенте.

Я смотрел на него с недоумением.

— Действительно — никакого смысла, — сказал я сухо.

— А! — ответил Пуаро с сожалением. — Но ничего. Я все еще занят своей небольшой идеей.

---

[1] Мой друг.

Глава 19. Флора Экройд

Когда на следующее утро я возвращался со своего обхода, меня окликнул инспектор Рэглан. Я остановил машину, и он влез на подножку.

— Доброе утро, доктор Шеппард, — сказал он. — Так что алиби подтвердилось.

— Алиби Чарльза Кента?

— Чальза Кента. Официантка из «Собаки и свистка» Солли Джоунз очень хорошо его запомнила. Из пяти различных фотографий выбрала его. Когда он вошел в бар, было как раз без четверти десять, а до «Собаки и свистка» от Фернли Парка больше мили. Девушка говорит, что с ним было много денег, она видела, как он вытащил из кармана горсть банкнот. Она очень удивилась, так как видела, что это за тип в нечищенных ботинках. Вот куда попали те сорок фунтов.

— Он все еще молчит о цели своего визита в Фернли?

— Он упрямый, как бык. Утром я говорил по телефону с Хэйсом из Ливерпуля.

— Эркюль Пуаро говорит, что он знает причину, почему Кент ходил туда в тот вечер, — заметил я.

— Неужели? — взволновался инспектор.

— Да, — сказал я со злостью. — Он говорит, что Кент ходил туда потому, что он родился в Кенте.

Я почувствовал явное удовольствие от того, что разделил горечь своего поражения.

С минуту Рэглан смотрел на меня непонимающим взглядом. Потом растерянное выражение сменилось улыбкой, и он многозначительно постучал себя пальцем по лбу.

— Немного тронут, — сказал он. — Я заметил это еще раньше. Бедный малый. Вот почему он вынужден был уйти в отставку и приехать сюда. Очень возможно, что это наследственное. У него есть племянник, так у того башка вообще не варит.

— У Пуаро — племянник? — удивился я.

— Да. Разве он не говорил вам? Вполне послушный и все такое, но совсем сумасшедший, бедняга.

— Кто вам сказал?

И снова на лице инспектора Рэглана появилась улыбка.

— Ваша сестра, мисс Шеппард, она мне обо всем рассказала.

Каролина поразительна. Она никогда не успокоится, пока не узнает секреты каждой семьи до мельчайших подробностей. К сожалению, я так и не смог внушить ей благопристойную привычку хранить такие секреты при себе.

— Садитесь, инспектор, — предложил я, открывая дверцу автомобиля. — Мы поедем вместе и познакомим нашего бельгийского друга с последними новостями.

— Пожалуй, можно. В конце концов, даже если у него и не хватает винтика, он, тем не менее, дал мне полезный совет относительно тех отпечатков пальцев. Он помешался на Кенте, но кто знает, может быть, за этим кроется что-то полезное.

Пуаро, как всегда, встретил нас приветливой улыбкой. Он слушал доставленные нами новости и время от времени покачивал головой.

— Кажется, все о'кэй, не так ли? — сказал довольно мрачно инспектор. — Малый не может убивать кого-то в одном месте в тот момент, когда в другом (за милю от первого) пьет в баре.

— Вы собираетесь отпустить его?

— А что же нам остается? Мы не можем держать его под ложным предлогом за то, что у него оказались деньги. Проклятая история.

Инспектор раздраженно бросил спичку на камин. Пуаро взял ее и аккуратно положил в специально предназначенную для этой цели коробочку. Делал он это совершенно механически. Я видел, что думал он совсем о другом.

— На вашем месте, — сказал он наконец, — я бы пока не отпускал Чарльза Кента.

— Что вы хотите этим сказать? — уставился на него Рэглан.

— То, что сказал. Я бы пока его не отпускал.

— Вы ведь не думаете, что он мог быть связан с убийцей, не так ли?

— Думаю, что, вероятно, нет… но нельзя все же быть уверенным.

— Но разве я вам только что не говорил…

Пуаро протестующе поднял руку.

— Mais oui, mais oui[1]. Слава богу, я не глухой и не глупый! Но, видите ли, вы подходите к делу от неверной… от неверной… предпосылки. Может быть, я употребил не то слово?

Инспектор смотрел на него тяжелым взглядом.

— Не вижу, как вы сможете доказать это. Обратите внимание, мы знаем, что без четверти десять мистер Экройд был еще жив. Вы признаете это, не так ли?

Пуаро с минуту смотрел на него, а потом с хитрой улыбкой покачал головой.

— Я ничего не признаю из того, что не доказано!

— Ну, для этого у нас достаточно доказательств. У нас есть свидетельское показание мисс Флоры Экройд.

— О том, что она пожелала своему дяде спокойной ночи? Но я… я не всегда верю тому, что говорит мне молодая леди… даже если она очаровательна и прекрасна.

— Но, черт возьми, этот Паркер видел, как она выходила из двери.

— Нет, — голос Пуаро прозвучал с неожиданной резкостью. — Этого как раз он не видел. Недавно я убедился в этом во время небольшого эксперимента. Вы помните, доктор? Паркер видел ее у *внешней* стороны двери, ее рука была на дверной ручке. Он не видел, как она выходила из комнаты.

---

[1] Ну, конечно же

— Но где же еще она могла быть?

— Вероятно, на лестнице.

— На лестнице?

— Да, в этом и состоит моя небольшая идея.

— Но та лестница ведет всего-навсего в спальню Экройда.

— Точно.

И снова инспектор уставился на Пуаро непонимающим взглядом.

— Вы полагаете, что она была наверху в спальне своего дяди? Ну, хорошо, допустим. Но для чего ей нужно было лгать?

— А! Вот в этом весь вопрос. Это зависит от того, что она там делала, не так ли?

— Вы думаете… деньги? Черт побери, не хотите ли вы сказать, что эти сорок фунтов взяла мисс Экройд.

— Я ничего не хочу утверждать, — сказал Пуаро. — Но я напомню вам вот что. Жизнь была не очень легкой для этой матери и дочки. Были счета… Были постоянные затруднения с небольшими суммами денег. А в денежных делах Роджер Экройд был особенным человеком. Возможно, девушка была в тупике из-за сравнительно небольшой суммы. Тогда представьте себе, что происходит. Она взяла деньги и спускается по лестнице. Когда она спустилась до середины, из холла доносится позвякивание стекла. У нее нет никаких сомнений относительно природы этих звуков: это Паркер идет в кабинет. Ни в коем случае ей нельзя быть застигнутой на ступеньках — Паркер этого не забудет, ему покажется это странным. Если обнаружится пропажа денег, он, несомненно, вспомнит то, что видел. У нее хватает времени лишь на то, чтобы броситься вниз к двери кабинета и взяться за дверную ручку, чтобы показать, что она только что вышла оттуда. Она говорит вошедшему Паркеру первое, что приходит ей в голову: повторяет прежнее приказание Роджера Экройда и затем поднимается наверх в свою комнату.

— Да, но позже, — упорствовал инспектор, — она должна была бы понять, насколько важно сказать правду? Ведь от нее зависит все!

— Потом, — сказал Пуаро сухо, — мадемуазель Флоре было трудно. Ей говорят, что в доме полиция и что было ограбление. Естественно, она думает, что кража денег обнаружена. Она не намерена отступать от своей лжи. Когда ей говорят, что ее дядя мертв, она падает в обморок. Сейчас молодые женщины не падают в обморок без особых причин. Eh bien[1]! Вот так. Теперь ей нельзя отказаться от своей лжи, иначе ей нужно было бы во всем сознаться. А молодая и красивая девушка не захочет признаться, что она воровка, особенно перед теми, чье уважение для нее дорого.

Рэглан со стуком опустил на стол кулак.

— Я этому не поверю, — сказал он. — Это... это невероятно. А вы... вы все время знали?

— О такой возможности у меня была мысль с самого начала, — заметил Пуаро. — Я был уверен, что мадемуазель Флора что-то от нас скрывает. Чтобы удостовериться, я проделал небольшой эксперимент, о котором я уже упоминал. Со мной тогда был доктор Шеппард.

— Вы говорили, что это испытание предназначалось для Паркера, — заметил я с горечью.

— Mon ami[2], — сказал Пуаро извиняющимся тоном, — я ведь вам тогда объяснил, что нужно же было что-нибудь сказать.

Инспектор встал.

— Остается только одно, — заявил он. — Нам нужно сейчас же заняться молодой леди. Вы пойдете со мной в Фернли, месье Пуаро?

— Конечно. Доктор Шеппард подвезет нас на своей машине?

Я охотно согласился.

Когда мы спросили, где можно видеть мисс Экройд, нам указали на бильярдную. Флора и майор Гектор Блант сидели на длинном диване у окна.

---

[1] Ну.

[2] Мой друг.

— Доброе утро, мисс Экройд, — поздоровался инспектор. — Вас можно на два-три слова?

Блант немедля встал и направился к двери.

— Что вам нужно? — спросила раздраженно Флора. — Не уходите, майор Блант. Он ведь может остаться, не так ли? — спросила она, обращаясь к инспектору.

— Это как вам будет угодно, — ответил инспектор сухо. — Я должен задать вам один-два вопроса, мисс, но предпочел бы задать их без свидетелей, и, осмелюсь сказать, вы, наверное, предпочли бы то же самое.

Флора метнула на него острый взгляд. Я заметил, что лицо ее побледнело. Потом она повернулась и сказала Бланту:

— Я хочу, чтобы вы остались... пожалуйста. Что бы инспектор ни собирался сказать мне, я предпочитаю, чтобы вы слышали.

Рэглан пожал плечами.

— Как вам угодно. А теперь, мисс Экройд, здесь вот месье Пуаро высказал некоторые предположения. Он считает, что в прошлую пятницу вечером вы вовсе не были в кабинете, что вы не видели мистера Экройда и не желали ему спокойной ночи. Он считает, что вы были не в кабинете, когда услышали шаги Паркера в холле, а спускались по ступенькам из спальни вашего дяди.

Флора перевела взгляд на Пуаро, в ответ он кивнул ей.

— Мадемуазель, недавно, когда мы сидели за столом, я умолял вас всех быть со мной откровенными. То, что от папы Пуаро скрывают, он узнает сам. Все было так, не правда ли? Я облегчу вам вашу задачу. Деньги взяли вы, так ведь?

— Деньги, — резко произнес Блант.

Наступило молчание, которое длилось, по меньшей мере, с минуту.

Потом Флора решительно заговорила.

— Месье Пуаро прав. Деньги взяла я. Я украла. Я — воровка... да, да, обыкновенная вульгарная воровка. Теперь вы все знаете! Я рада, что это открылось. Все эти последние дни были для меня кошмаром!

Она вдруг села и закрыла лицо руками.

— Вы не знаете, чем была моя жизнь с тех пор, как я сюда приехала, — говорила она сквозь пальцы хриплым голосом. — Постоянная нужда в самом необходимом, всяческие изворачивания, чтобы удовлетворить эту нужду, ложь и обман, растущие счета, обещания уплатить... о! Я ненавижу себя, когда обо всем этом думаю! Вот что нас сблизило — Ральфа и меня. Мы оба слабые! Я понимала его, и мне было горько... потому что, в сущности, я такая же, как и он. Мы недостаточно сильны, чтобы быть порознь, любой из нас. Мы слабые, несчастные и презренные люди.

Она посмотрела на Бланта и вдруг топнула ногой.

— Почему вы на меня так смотрите, словно не верите? Может быть, я воровка, но, по крайней мере, я хоть теперь стала сама собой. Я больше не лгу. Я не притворяюсь такой девушкой, какие вам нравятся — молодые, простые и невинные. Мне все равно, захотите ли вы снова когда-нибудь меня увидеть. Я ненавижу себя... презираю... но вы должны поверить одному: если бы правда помогла Ральфу, я бы ее сказала. Но я понимала, что она ему не поможет. Правда оборачивается против него. Я лгала, потому что не хотела причинить зла Ральфу.

— Ральф, — пробормотал Блант. — Всегда — Ральф.

— Вы не понимаете, — сказала безнадежно Флора. — И никогда не поймете. — Она повернулась к инспектору. — Я все признаю. Я зашла в тупик с деньгами. В тот вечер я больше не видела своего дядю, после того как он ушел из столовой. А что касается денег, вы можете поступать, как находите нужным. Хуже, чем сейчас, уже не будет.

Она вдруг умолкла, закрыла лицо руками и выбежала из комнаты.

— Ничего не поделаешь, — уныло сказал инспектор.

Казалось, он не знал, что делать дальше. Блант шагнул вперед.

— Инспектор Рэглан, — сказал он спокойно, — эти деньги мистер Экройд отдал мне для особой цели. Мисс Экройд никогда к ним не прикасалась. И если она говорит, что взяла их, она лжет, чтобы защитить капитана Пэтона. Правду говорю я. Я готов пойти в свидетели и повторить это под присягой.

Он резко поклонился, внезапно повернулся и вышел из комнаты.

Пуаро метнулся за ним. Он настиг его в холле.

— Месье, прошу вас, будьте любезны — на одну минутку.

— Да, сэр? — с явным нетерпением остановился Блант.

Он хмуро смотрел сверху на маленького Пуаро.

— Дело вот в чем, — поспешно сказал Пуаро. — Меня не обманула ваша небольшая фантазия. Нет, не обманула. Деньги взяла все ж таки мисс Флора. Но то, что вы сказали, хорошо придумано. Мне нравится. Вы хорошо поступили. Вы человек острого ума и решительных действий.

— Меня совершенно не волнует ваше мнение, благодарю вас, — сказал Блант холодно.

Он хотел было пройти, но Пуаро, нисколько не оскорбившись, взял его под руку и задержал.

— А! Но вы должны выслушать меня. Я еще не все сказал. Недавно я говорил, что от меня кое-что скрывают. Очень хорошо. Я все время видел, что скрываете вы. Мадемуазель Флора — вы любите ее всем сердцем. С тех пор, как впервые увидели, разве я не прав? О! Давайте говорить об этом открыто... Почему в Англии принято говорить о любви как о постыдной тайне? Вы любите мадемуазель Флору. Вы стараетесь скрыть это от всего мира. Очень хорошо — это в порядке вещей. Но примите совет от Эркюля Пуаро: не скрывайте этого от самой мадемуазель.

Уже несколько раз Блант проявлял признаки нетерпения, но сердечные слова, казалось, приковывали его внимание к тому, что говорил Пуаро.

— Что вы хотите этим сказать? — спросил он резко.

— Вы думаете, что она любит капитана Ральфа Пэтона… но я, Эркюль Пуаро, говорю вам, что это не так. Мадемуазель Флора согласилась выйти замуж за капитана Пэтона, чтобы угодить своему дяде, и потому, что в замужестве она видела возможность уйти от здешней жизни, которая становилась для нее просто невыносимой. Он ей нравился, между ними было много понимания и сочувствия. Но любви не было! Не капитана Пэтона любит мадемуазель Флора.

— Черт возьми, что вы хотите этим сказать? — спросил Блант.

Под его загаром я заметил багровый румянец.

— Не будьте слепым, месье. Она просто по-детски преданна Ральфу. Пэтон в опасности, и она считает своим долгом не покидать его.

Я почувствовал, что и мне пора вставить слово, чтобы помочь доброму делу.

— Моя сестра говорила мне позавчера вечером, — сказал я поощрительно, — что Флора всегда была и будет совершенно равнодушна к Ральфу Пэтону. В таких вещах моя сестра всегда бывает права.

Блант пренебрег моими усилиями. Он обратился к Пуаро.

— Вы действительно думаете… — начал он и умолк.

Он принадлежит к тем неразговорчивым людям, которым трудно облечь свои мысли в слова.

Пуаро такие трудности были незнакомы.

— Если вы не верите мне, спросите у нее самой, месье. Но, может быть, вам теперь все равно… Эта история с деньгами…

Блант издал звук, похожий на злой смех.

— Думаете, я ее осуждаю? Роджер всегда был странным малым в отношении денег. Она попала в беду и не осмелилась сказать ему. Бедняжка. Бедный одинокий ребенок.

Пуаро многозначительно посмотрел на боковую дверь.

— Мадемуазель Флора, я полагаю, ушла в сад, — пробормотал он.

— Я был глуп во всех отношениях, — сказал вдруг Блант. — Странный у нас разговор. Как в датских пьесах. А вы правильный малый, месье Пуаро. Благодарю вас.

Он ухватил руку Пуаро и так стиснул ее, что тот поморщился от боли. Потом он направился к боковой двери и вышел в сад.

— Не во всех отношениях, — пробормотал Пуаро, нежно поглаживая онемевшую руку. — Только в отношении любви.

Глава 20. Мисс Рассел

Инспектору Рэглану был нанесен тяжелый удар. Благородная ложь Бланта не обманула его так же, как и нас. Весь обратный путь в деревню сопровождался его жалобами.

— Это меняет все. Не знаю, понятно ли это вам, месье Пуаро?

— Да, да, понятно, понятно, — отвечал Пуаро. — Видите ли, эта небольшая идея возникла у меня несколько раньше.

Инспектор Рэглан, которому «эта идея» была высказана полчаса назад, смотрел на Пуаро с несчастным видом и продолжал свои открытия.

— А теперь эти алиби. Они ничего не стоят! Абсолютно. Нужно все начинать сначала. Нужно узнавать, что делал каждый с 9.30 и дальше. Девять тридцать — вот время, за которое нам нужно ухватиться. Вы были правы насчет этого Кента: мы его пока не отпустим. Значит так... девять сорок пять, — в «Собаке и свистке». Он мог добраться туда за четверть часа, если бежал. Вполне возможно, что это его голос слышал мистер Реймонд, когда он просил денег у мистера Экройда, и тот ему отказал. Но ясно одно: по телефону звонил не он. Вокзал находится в полумиле в противоположном направлении. Больше чем полторы мили от «Собаки и свистка», а он был в этом баре приблизительно до десяти минут одиннадцатого. Чтоб он пропал, этот телефонный звонок! Мы все время возвращаемся к нему.

— Это верно, — согласился Пуаро. — Очень любопытно.

— Вполне возможно, что позвонил капитан Пэтон, если он забрался в комнату своего дяди и обнаружил, что он убит. Испугавшись, что его могут обвинить, он скрылся. Это возможно, не правда ли?

— А для чего ему понадобилось бы звонить?

— Возможно, у него были сомнения, действительно ли старик был мертв. Решил как можно скорее вызвать доктора, но не захотел назвать себя. Ну, как эта теория? Я бы сказал, в ней что-то есть.

Инспектор важно выпятил грудь. Он был так откровенно восхищен собою, что любое наше замечание было бы излишним.

В этот момент мы подъехали к моему дому, и я поспешил к своим больным, которые уже давно ждали меня. Инспектор и Пуаро отправились в полицейский участок пешком.

Отпустив последнего больного, я пошел в заднюю часть дома в маленькую комнату, которую я называю мастерской... Я очень горжусь самодельным радиоприемником, что сам смастерил. Каролина ненавидит мою мастерскую. Я держу там инструменты и не разрешаю Энни производить беспорядки своим совком и щеткой. Я приводил в порядок внутренности будильника, объявленного домашними никуда не годным, как дверь приоткрылась, и Каролина просунула в нее свою голову.

— А! Вот где ты, Джеймс, — сказала она недовольно. — Тебя хочет видеть месье Пуаро.

— Ну, — ответил я с раздражением, так как от ее внезапного появления вздрогнул и уронил мелкую деталь механизма, — если он хочет меня видеть, пусть войдет сюда.

— Сюда?..

— Ну да. Сюда. Я же сказал.

В знак неодобрения Каролина презрительно фыркнула и удалилась. Через минуту-две она вернулась, сопровождая Пуаро, а затем снова удалилась, захлопнув со стуком дверь.

— Ага, мой друг, — сказал Пуаро, входя и потирая руки. — Как видите, от меня не так легко отделаться!

— Закончили с инспектором?

— Пока — да. А вы осмотрели всех больных?

— Да.

Пуаро сел и, склонив свою яйцеобразную голову, смотрел на меня с видом человека, смакующего восхитительную шутку.

— Вы ошибаетесь, — сказал он наконец. — Вы должны принять еще одного больного.

— Не вас ли? — воскликнул я с удивлением.

— А, нет, не меня. У меня великолепное здоровье. Нет, откровенно говоря, это моя небольшая идея. Мне нужно кое с кем повидаться, и в то же время совсем не нужно, чтобы вся деревня в связи с этим строила всякие догадки. А это могло бы случиться, если бы увидели, что женщина идет ко мне. Как видите, это женщина. А к вам она уже приходила раньше как больная.

— Мисс Рассел! — воскликнул я.

— Précisément[1]. Я очень хочу поговорить с ней, так что я послал ей небольшую записку и назначил встречу в вашей приемной. Я вам не надоел?

— Наоборот, — сказал я. — Это значит, что мне тоже разрешается присутствовать во время интервью?

— Ну, конечно! В вашей собственной приемной!

— Вы знаете, — сказал я, снимая пенсне, — вся эта история очень интригует. Каждое новое событие как новый узор в калейдоскопе. Вы встряхиваете калейдоскоп и факт оборачивается совершенно новой стороной. А теперь скажите, почему вы так хотите видеть мисс Рассел?

Пуаро вскинул брови.

— Это же совершенно ясно, — пробормотал он.

— Вы снова за свое, — проворчал я. — По-вашему, все ясно. А меня заставляете блуждать в тумане.

Пуаро покачал головой.

— Вы сами смеетесь надо мной. Взять хотя бы случай с мадемуазель Флорой. Инспектор удивился, а вы... вы — нет.

---

[1] Вот именно.

— Мне даже и не снилось, что она может оказаться воришкой, — запротестовал я.

— Вполне возможно. Но я наблюдал за вашим лицом, и вы восприняли это не так, как инспектор Рэглан, с потрясением и недоверием.

С минуту или две я размышлял.

— Может быть, вы и правы, — сказал я наконец. — Я все время чувствовал, что Флора что-то скрывает, так что правду, когда она обнаружилась, я ожидал уже подсознательно. Она действительно очень огорчила Рэглана. Бедняга.

— А! Pour ça, oui[1]! Бедняга должен пересмотреть все свои теории. Но благодаря состоянию его умственного хаоса мне удалось убедить его сделать мне небольшую уступку.

— Какую же?

Пуаро вытащил из кармана лист писчей бумаги. На нем было что-то написано. Он прочитал вслух: «В течение нескольких дней полиция разыскивала капитана Ральфа Пэтона, приемного сына доктора Экройда из Фернли Парка, умершего при трагических обстоятельствах в прошлую пятницу. Капитан Пэтон задержан в Ливерпуле при попытке сесть на пароход, отправлявшийся в Америку».

Он снова сложил бумагу.

— Завтра, мой друг, это будет в утренних газетах.

Ошеломленный, я смотрел на него, ничего не понимая.

— Но… но это неправда! Его нет в Ливерпуле!

Пуаро просиял улыбкой.

— У вас очень быстрый ум. Нет, в Ливерпуле его не нашли. Инспектор Рэглан очень неохотно разрешил мне послать это сообщение в прессу, тем более, что я не смог доверить ему суть своей идеи. Но я торжественно заверил его, что после того, как сообщение появится в газетах, последует очень интересный результат. И он

---

[1] Что касается этого — да.

согласился при условии, что ответственность я беру полностью на себя.

Я смотрел на него с недоумением. В ответ он только улыбался.

— Это сверх моего понимания, — сказал я, наконец. — Для чего вам это нужно?

— А вы бы воспользовались своими серыми клеточками, — сказал Пуаро серьезно.

Он встал и подошел к верстаку.

— А вы действительно любите механизмы, — сказал он, разглядывая различную металлическую рухлядь — результаты моих трудов.

— У каждого свое хобби.

Я тут же постарался привлечь внимание Пуаро к своему самодельному радиоприемнику. Видя, что он заинтересовался, я показал ему одно или два своих собственных изобретения, — простые вещицы, но полезные в домашнем хозяйстве.

— Вам, несомненно, следовало бы стать по профессии изобретателем, а не врачом, — сказал Пуаро. — Но я слышу — звонят… Это ваша «больная». Пойдемте в приемную.

Однажды меня уже поразили остатки былой красоты лица экономки. На этот раз я был поражен снова. В очень простом черном платье, высокая и стройная, с большими темными глазами и с несвойственным для ее бледных щек румянцем, она, как всегда, держалась независимо. Я представил себе, как потрясающе красива она, наверное, была в юности.

— Доброе утро, мадемуазель, — поздоровался Пуаро. — Садитесь, пожалуйста. Доктор Шеппард был настолько любезен, что разрешил мне воспользоваться его приемной для небольшого разговора с вами.

Мисс Рассел села с обычным для нее самообладанием. Если она и была внутренне встревожена, это никоим образом не проявлялось.

— Странный способ устраивать дела, позволю себе заметить, — сказала она.

— Мисс Рассел, у меня для вас есть новости!

— В самом деле!

— В Ливерпуле арестован Чарльз Кент.

На ее лице не дрогнул ни один мускул. Она только чуть больше открыла глаза и спросила с оттенком вызова.

— Ну и что из этого?

И тут меня осенило... то сходство, которое все время меня преследовало, то знакомое, что было в пренебрежительных манерах Чарльза Кента! Два голоса — один грубый и резкий, а другой мучительно женственный — были до странности похожи по тембру. Теперь я понял, что тот голос за воротами Фернли Парка напоминал мне голос мисс Рассел. Пораженный этим открытием, я посмотрел на Пуаро. Он незаметно кивнул мне.

В ответ на вопрос мисс Рассел Пуаро чисто по-французски выбросил вперед руки:

— Я думал, что, может быть, это вас заинтересует, вот и все, — сказал он мягко.

— Ну, не особенно, — ответила мисс Рассел. — А кто этот Чарльз Кент, между прочим?

— Это человек, мадемуазель, который был в Фернли в ночь убийства.

— В самом деле?

— К счастью, у него есть алиби. Без четверти десять он был в пивной в миле отсюда.

— К счастью для него, — заметила мисс Рассел.

— Но мы все еще не знаем, что он делал в Фернли... к кому он приходил, например.

— Боюсь, что я ничем не смогу помочь вам. Я ничего не слышала. Если это все...

Ока сделала движение, как бы намереваясь встать. Пуаро остановил ее.

— Это еще не все, — сказал он мягко. — Сегодня утром стали известны новые обстоятельства. Теперь выходит, что мистер Экройд был убит не без четверти десять, а раньше. Между 8.50, когда ушел доктор Шеппард и 9.45.

Я видел, как отхлынула кровь от лица экономки, и оно стало мертвенно-бледным. Качнувшись, она подалась вперед.

— Но мисс Экройд говорила... мисс Экройд говорила...

— Мисс Экройд призналась, что лгала. В тот вечер она не была в кабинете вовсе.

— Тогда?

— Тогда выходит, что Чарльз Кент и есть тот человек, которого мы ищем. Он приходил в Фернли и не может объяснить, что он там делал...

— Я могу сказать вам, что он не делал. Он не касался и волоса мистера Экройда... он и не подходил к кабинету. Я говорю вам, что он этого не делал.

Она вся подалась вперед. Наконец, ее железное самообладание было сломлено. Лицо выражало ужас и отчаяние.

— Месье Пуаро! Месье Пуаро! О, верьте мне!

Пуаро встал и подошел к ней. Он успокаивающе похлопал ее по плечу.

— Ну, конечно, конечно, я поверю. Поймите, я должен был заставить вас заговорить.

На какой-то момент у нее вспыхнуло подозрение.

— То, что вы сказали — правда?

— Что Чарльз Кент подозревается в совершении преступления? Да, это правда. Вы одна можете спасти его, рассказав причину его пребывания в Фернли.

— Он приходил ко мне, — тихим голосом поспешно произнесла она. — Я выходила, чтобы встретиться с ним.

— В садовом домике. Да, я знаю.

— Откуда вы знаете?

— Мадемуазель, профессия Эркюля Пуаро в том и состоит, чтобы все знать. Я знаю, что вы отлучались еще раньше в тот вечер, что в садовом домике вы оставили записку с сообщением, в какое время вы там будете.

— Да, это верно. Я узнала от него, что он приезжает. Я не осмелилась пригласить его в дом и написала по адресу, который он мне сообщил, что встречу его в садовом домике. Я описала, как туда пройти. Потом я побоялась, что у него может не хватить терпения дождаться меня и выбежала, чтобы оставить записку с известием, что буду там около десяти минут десятого. Я не хотела, чтобы меня увидели слуги и выскользнула через окно гостиной. Вернувшись, я встретила доктора Шеппарда и подумала, что ему это покажется подозрительным. Я тяжело дышала, потому что бежала. Я не знала, что в тот вечер он был приглашен обедать.

Она умолкла.

— Продолжайте, — сказал Пуаро. — Вы пошли, чтобы встретиться с ним в десять минут десятого. О чем вы говорили?

— Это трудно объяснить. Видите ли…

— Мадемуазель, — сказал Пуаро, перебивая ее, — в этом деле я должен знать всю правду. То, о чем вы нам рассказываете, никогда не выйдет за эти четыре стены. Доктор Шеппард будет молчать, и я — тоже. Я помогу вам. Этот Чарльз Кент — ваш сын, так ведь?

Она кивнула. На ее щеках вспыхнул румянец.

— Об этом никто не знал. Это было очень давно-очень давно… в Кенте. Я не была замужем…

— И вы дали ему фамилию по названию города. Понимаю.

— Я получила работу и смогла платить за пансион. Я никогда не говорила ему, что была его матерью. Но он плохо кончил. Стал пить, а потом — принимать наркотики. Мне удалось заплатить за его переезд в Канаду. С год или два я ничего о нем не слышала. Потом он как-то узнал, что я его мать. Он писал мне, просил денег. Наконец, сообщил, что вернулся и едет в Фернли, чтобы встретиться со мною. Я не осмелилась пригласить его в дом. Ко мне всегда относились с большим... с большим уважением. Если бы у кого-нибудь появилось подозрение, я лишилась бы места экономки. И я написала ему то, о чем уже рассказала.

— А утром вы приходили к доктору Шеппарду?

— Да, я хотела узнать, можно ли что-нибудь сделать. Он был неплохим юношей... до того, как начал употреблять наркотики.

— Понимаю, — сказал Пуаро. — А теперь продолжим наш рассказ. В тот вечер он пришел в садовый домик?

— Да, он уже ждал меня, когда я пришла туда. Он вел себя очень грубо и оскорбительно. Я принесла и отдала ему все деньги, какие у меня были. Он немного поговорил и ушел.

— В котором часу это было?

— Должно быть, между двадцатью и двадцатью пятью минутами десятого. Когда я вернулась в дом, еще не было половины десятого.

— Каким путем он ушел?

— Тем же, что и пришел, по дорожке, что, не доходя ворот, соединяется с подъездной аллеей.

Пуаро кивнул.

— А вы, что делали вы?

— Я вернулась в дом. На террасе курил и прохаживался туда-сюда майор Блант, так что я сделала крюк и вошла через боковую дверь. В это время было как раз половина десятого.

Пуаро кивнул снова. Он сделал одну-две заметки в своей микроскопической записной книжечке.

— Я думаю, достаточно, — произнес он задумчиво.

— Я должна буду... — она колебалась. — Я должна буду рассказать все это инспектору Рэглану тоже?

— Может быть. Но не будем торопиться. Будем разбираться не спеша, соблюдая должный порядок и придерживаясь метода. Формально Чарльз Кент еще не обвинен в убийстве. Обстоятельства могут повернуться так, что ваш рассказ и не потребуется.

Мисс Рассел встала.

— Очень вам благодарна, месье Пуаро, — сказала она. — Вы были очень добры... очень добры. Вы... вы мне верите, так ведь? Что Чарльз не имеет никакого отношения к этому подлому убийству!

— Похоже, что нельзя сомневаться в том, что человек, говоривший с мистером Экройдом в половине десятого, не мог быть вашим сыном. Не расстраивайтесь, мадемуазель. Все будет хорошо.

Мисс Рассел вышла. Мы с Пуаро остались вдвоем.

— Ничего не поделаешь, — сказал я. — Каждый раз мы возвращаемся к Ральфу Пэтону. Как вам удалось установить, что Чарльз Кент приходил именно к мисс Рассел? Вы заметили сходство?

— Я заподозрил ее связь с неизвестным еще задолго до того, как мы с ним встретились лицом к лицу. Сразу же, как только мы нашли то гусиное перо. Перо означало — наркотик, а я не забыл ваш рассказ о визите мисс Рассел. Тогда же я обнаружил в утренней газете статью о кокаине. Все это было очень понятно. В то утро она услышала от кого-то, кто сам предается наркотикам, о статье и прочитала ее. Затем она пришла к вам задать несколько пробных вопросов. Она говорила о кокаине, поскольку о нем была статья. Потом, когда вас слишком заинтересовало это, она поспешно переключилась на тему о детективных историях и о нераспознаваемых ядах. Я заподозрил сына или брата или какого-нибудь другого нежелательного родственника мужского пола. Ах! Но я должен идти. Время ленча.

— Оставайтесь и позавтракайте с нами, — предложил я.

Пуаро покачал головой. В глазах вспыхнул едва заметный лукавый огонек.

— Только не сегодня. Мне бы не хотелось вынуждать мадемуазель Каролину придерживаться вегетарианской диеты два дня кряду.

Ничто не ускользает от внимания Эркюля Пуаро, подумалось мне.

Глава 21. Газетное сообщение

То обстоятельство, что мисс Рассел проходила к двери моей приемной, не ускользнуло от внимания Каролины. Я предвидел это и заранее приготовил объяснение о больной коленке посетительницы. Однако на этот раз у Каролины не было настроения задавать мне вопросы. Ее точка зрения состояла в том, что она знала, зачем на самом деле приходила мисс Рассел, а я не знал.

— Выведать у тебя, Джеймс, — сказала она. — Выведать самым бесстыдным образом, я в этом нисколько не сомневаюсь. Я не хочу вмешиваться, но скажу тебе, что ты даже не догадывался, что она это делала. Мужчины такие простаки. Она знает, что ты пользуешься доверием месье Пуаро и хочет все выведать. Ты понимаешь, о чем я говорю, Джеймс?

— Ни малейшего представления. У тебя так много необычных мыслей.

— В твоих насмешках нет ничего хорошего. Я думаю, что мисс Рассел знает о смерти Экройда больше, чем она об этом рассказала.

Каролина с победным видом откинулась в своем кресле.

— Ты на самом деле так думаешь? — спросил я равнодушно.

— Ты сегодня очень скучный, Джеймс. Никакой бодрости. Это у тебя от печени.

И наш разговор перешел на чисто житейские темы.

Сообщение, составленное Пуаро, на следующее утро появилось в нашей ежедневной газете. Я не знал, с какой целью оно было опубликовано, но Каролину оно потрясло.

Прежде всего, она весьма неискренне заявила, что все время высказывала подобные предположения. Я вскинул брови, но не спорил. Каролина все же, должно быть, почувствовала угрызения совести, потому что добавила:

— Может быть, я и не упоминала Ливерпуля, но я знала, что он попытается уехать в Америку. Так, как сделал Криппен.

— Без особого успеха, — напомнил я.

— Бедный мальчик, значит, его поймали. Я считаю, Джеймс, что ты обязан позаботиться, чтобы его не повесили.

— А что, ты считаешь, я должен сделать?

— Как, ты ведь медик, не так ли? Ты знаешь его с детства. Психически ненормальный. Вполне понятно, что нужно проводить эту мысль. Я только позавчера читала, что они очень счастливы в сумасшедшем доме в Бродмуре, совсем как джентльмены из высшего общества в своем клубе.

Но слова Каролины напомнили мне о другом.

— Я не знал, что у Пуаро есть слабоумный племянник, — сказал я с любопытством.

— Разве? О, он сам мне все рассказал. Бедный малый. Это такое горе для всей семьи. Его до сих пор держат дома, но все идет к тому, что его, наверное, поместят в какое-нибудь заведение.

— Я полагаю, сейчас ты знаешь уже все, что можно знать о семье Пуаро, — сказал я раздраженно.

— Все чисто, — ответила самодовольно Каролина. — Рассказать о своих горестях другому человеку — это большое облегчение.

— Это могло бы быть облегчением, — сказал я, — если бы человеку позволили делать это добровольно. Но если его секреты и доверие вытаскивают из него силой — это совсем другое.

Каролина посмотрела на меня с видом христианского мученика, наслаждающегося своим мученичеством.

— Ты такой замкнутый, Джеймс, — сказала она. — Ты сам не любишь говорить и рассказывать то, что знаешь, и считаешь, что и другие должны быть такими же. Надеюсь, ты не думаешь, что я вымогала у кого-нибудь секреты. Если, к примеру, месье Пуаро зайдет к нам сегодня днем — а он говорил, что может зайти — я и не подумаю спросить у него, кто сегодня рано утром к нему приехал.

— Рано утром? — спросил я.

— Очень рано, — ответила Каролина. — Еще до того, как принесли молоко. Так случилось, что я как раз посмотрела в окно — скрипела ставня. Это был мужчина. Он приехал в закрытом автомобиле и был весь укутан. Я не смогла разглядеть его лица. Но я скажу тебе, что я об этом думаю, и ты увидишь, что я права.

— Что же ты думаешь?

Каролина понизила голос до таинственного шепота.

— Эксперт из Министерства внутренних дел, — выдохнула она.

— Эксперт из Министерства внутренних дел, — повторил я с изумлением. — Моя дорогая Каролина!

— Запомни мои слова, вот увидишь, что я права. Эта Рассел в то утро приходила сюда за твоими ядами. А вечером Роджер Экройд легко мог быть отравлен.

Я громко рассмеялся.

— Чепуха, — крикнул я. — Он был убит ударом кинжала в шею. Тебе это так же хорошо известно, как и мне.

— После смерти, Джеймс, — сказала Каролина. — Чтобы отвести подозрения.

— Славная ты моя, — сказал я, — я осматривал труп и знаю, что говорю. Рана была нанесена не после смерти — она явилась причиной смерти, и тебе на этот счет не следует заблуждаться.

Каролина продолжала смотреть на меня всеведущим взглядом, и мне это надоело.

— Может быть, ты скажешь мне, Каролина, есть у меня ученая степень в области медицины или ее у меня нет?

— У тебя есть ученая степень, Джеймс… по крайней мере, я знаю, что она у тебя есть. Но у тебя совсем нет воображения.

— Поскольку тебя наделили им за троих, мне ничего не досталось, — сказал я сухо.

Мне было забавно наблюдать за уловками Каролины, когда пополудни к нам зашел Пуаро. Не задавая прямого вопроса, моя сестра изо всех сил старалась завести разговор о загадочном госте. По искоркам в глазах Пуаро я понял, что он разгадал ее замысел. Он оставался вежливо непроницаемым и так успешно блокировал заброшенные ею шары, что она сама растерялась и оказалась в тупике.

Спокойно насладившись, как я понял, этой маленькой игрой, он встал и предложил прогуляться.

— Мне нужно немного размяться, — объяснил он. — Вы пойдете со мной, доктор? А позже мисс Каролина, возможно, угостит нас чаем.

— С величайшим удовольствием, — обрадовалась Каролина. — Пусть приходит и ваш... э... гость тоже.

— Вы очень добры, — сказал Пуаро, — но мой друг сейчас отдыхает. Вы скоро с ним познакомитесь.

— Мне кто-то говорил, что это ваш очень близкий старый друг, — делая последнюю отчаянную попытку, сказала Каролина.

— В самом деле? — пробормотал Пуаро. — Ну, нам нужно идти.

Прогуливаясь, мы явно отклонились в сторону Фернли. Я уже раньше догадался, что кончится этим. Я начинал понимать метод Пуаро. Каждый незначительный и как бы не относившийся к делу вопрос служил у него единой цели.

— У меня для вас есть поручение, мой друг, — сказал он наконец. — Сегодня вечером у себя в доме я хочу провести небольшое собрание. Вы придете, не так ли?

— Конечно, — ответил я.

— Хорошо. Мне нужны будут и все эти... то есть: миссис Экройд, мадемуазель Флора, майор Блант, месье Реймонд. Я хочу, чтобы вы были моим послом. Это небольшое собрание назначается на девять часов. Вы их пригласите — да?

— С удовольствием. Но почему вы не хотите пригласить их сами?

— Потому что они будут задавать вопросы — «почему?» да «зачем?». Они будут спрашивать, в чем заключается моя идея. А я, как вы уже знаете, мой друг, очень не люблю объяснять свои маленькие идеи, пока не настанет срок.

Я слегка улыбнулся.

— Мой друг Гастингс, тот, о котором я вам рассказывал, бывало, называл меня человеком-устрицей. Но он был несправедлив. Я не держу фактов для себя. Я их предоставляю всем, пусть делают свои собственные выводы.

— Когда вы хотите, чтобы я сделал это?

— Сейчас, если можно. Мы уже почти у дома.

— Вы не зайдете?

— Я — нет, я погуляю возле. А через четверть часа встречу вас у ворот.

Я кивнул и отправился выполнять поручение. Из всей семьи дома оказалась только миссис Экройд. Она приняла меня любезно.

— Я так вам благодарна, доктор, — пробормотала она, — за то, что вы уладили с месье Пуаро то небольшое дело. Но в жизни одна забота сменяет другую. Вы, конечно, слышали о Флоре?

— Что именно? — спросил я осторожно.

— Об этой новой помолвке. Флоры и Гектора Бланта. Конечно, он не такая хорошая пара, как Ральф. Но, в конце концов, прежде всего счастье. Дорогой Флоре нужен человек старше ее — человек степенный и надежный. А потом, Гектор по-своему и в самом деле очень выдающийся человек. Вы видели в сегодняшней газете сообщение об аресте Ральфа?

— Да, видел.

— Ужасно, — миссис Экройд закрыла глаза и содрогнулась. — Джоффри Реймонд был страшно взволнован. Позвонил в Ливерпуль. Но из полиции ему ничего не ответили. Фактически они сказали, что не арестовывали Ральфа вовсе. Мистер Реймонд утверждает, что все это ошибка... как это называется?.. газетная «утка». Я запретила говорить об этом перед слугами. Какой позор! Представьте себе, если бы Флора действительно вышла за него.

С выражением душевной боли миссис Экройд закрыла глаза. А я стал думать, как бы поскорее передать приглашение Пуаро.

Но прежде, чем я успел произнести хоть слово, миссис Экройд заговорила снова.

— Вы были здесь вчера с этим ужасным инспектором Рэгланом? Животное… он так застращал Флору, что она вынуждена была сказать, что это она взяла деньги из комнаты Роджера. На самом деле все было очень просто. Дорогое дитя хотело одолжить несколько фунтов, но не пожелало беспокоить своего дядю, тем более, что он строго приказал не тревожить его. Зная, где он хранит деньги, она пошла туда и взяла, сколько ей требовалось.

— Так объяснила сама Флора? — спросил я.

— Мой дорогой доктор, вы же знаете, какие сейчас девушки. Они так легко поддаются внушению. Вы, конечно, все знаете о гипнозе и прочих подобных вещах. Инспектор кричит на нее, снова и снова повторяет слово «украла», и у бедной девочки наступает торможение… или это… комплекс? — я всегда путаю эти два слова — и она начинает думать, что и на самом деле украла деньги. Я сразу поняла, как это было. Но нет худа без добра. Это недоразумение в какой-то степени свело их вместе — Гектора и Флору, я имею в виду. Мне и раньше Флора доставила немало хлопот. Представьте себе, одно время я стала замечать между нею и молодым Реймондом определенное взаимопонимание. Подумать только! — с ужасом в голосе воскликнула миссис Экройд. — Личный секретарь, фактически без всяких средств.

— Это было бы для вас жестоким ударом, — сказал я. — А теперь, миссис Экройд, у меня к вам поручение от месье Эркюля Пуаро.

— Ко мне? — встревожилась миссис Экройд.

Я поспешил успокоить ее и объяснил, в чем дело.

— Конечно, — оказала она нерешительно, — я полагаю, что нам нужно прийти, если месье Пуаро желает этого. Но для чего все это? Я хотела бы знать заранее.

Я чистосердечно заверил даму, что сам знаю не больше, чем она.

— Очень хорошо, — сказала, наконец, довольно неохотно миссис Экройд, — я скажу остальным, и в девять мы будем.

Вслед за тем я ушел и встретился с Пуаро в условленном месте.

— Боюсь, что я был больше четверти часа, — заметил я. — Но когда эта уважаемая дама начинает говорить, очень трудно ввернуть словечко.

— Не имеет значения, — сказал Пуаро. — Я хорошо развлекся. Этот парк великолепен.

Мы отправились домой. Когда мы пришли, к нашему величайшему удивлению Каролина, очевидно следившая из окна за нашим возвращением, сама открыла нам дверь. Она приложила к губам палец. Лицо ее было взволнованным и важным.

— Урсула Борн, — сказала она, — горничная из Фернли. Она здесь. Я отвела ее в столовую. Она в ужасном состоянии, бедняжка. Говорит, что немедленно должна видеть месье Пуаро. Я сделала все, что могла. Принесла ей чашку горячего чая. Очень трогает, когда видишь человека в таком состоянии.

— В столовой? — спросил Пуаро.

— Сюда, — сказал я и распахнул дверь.

Урсула Борн сидела возле стола. Руки ее были протянуты вперед; было видно, что она только что отняла от них голову. Глаза были красными от слез.

— Урсула Борн, — сказал я тихо.

Но Пуаро, протянув руки, прошел вперед.

— Нет, — сказал он, — я думаю, что это не совсем точно. Это не Урсула Борн, не так ли, дитя мое? Это Урсула Пэтон. Миссис Ральф Пэтон.

Глава 22. Рассказ Урсулы

Минуту или две девушка безмолвно смотрела на Пуаро. Потом, не в силах больше сдерживаться, молча кивнула и разразилась рыданиями.

Каролина бросилась мимо меня и, обняв девушку, поглаживала ее по плечу.

— Ничего, ничего, дорогая, — говорила она мягко, — все будет хорошо. Вот увидите — все будет хорошо.

В Каролине очень много доброты, хотя она и скрыта за любопытством и склонностью посплетничать. А сейчас при виде горя девушки у нее пропал интерес даже к открытию Пуаро.

Вскоре Урсула выпрямилась и вытерла слезы.

— Это слабость. Очень глупо с моей стороны, — сказала она.

— Нет, нет, дитя мое, — сказал Пуаро с участием. — Мы понимаем все напряжение этой недели.

— Это, наверное, было очень тяжелое испытание, — сказал я.

— И потом обнаружить, что вам все известно, — продолжала Урсула. — Как вы узнали? Вам сказал Ральф?

Пуаро покачал головой.

— Вы знаете, что привело меня к вам, — продолжала девушка, — вот это… — она протянула смятый кусок газеты, и я узнал сообщение, составленное Пуаро. — Здесь сказано, что Ральф арестован. Значит, все бесполезно. Мне незачем больше притворяться.

— Газетные сообщения не всегда бывают правдивыми, мадемуазель, — пробормотал Пуаро, к его чести — с пристыженным видом. — Но все равно вы хорошо сделаете, если чистосердечно обо всем расскажете. Что нам сейчас нужно — это правда.

Глядя на него с неодобрением, девушка колебалась.

— Вы мне не верите, — сказал мягко Пуаро. — И, тем не менее, вы пришли ко мне, не так ли? Для чего?

— Потому что я не верю, что Ральф сделал это, — сказала девушка очень тихо. — И я думаю, что вы умный и найдете правду. И...

— Что?

— Я думаю, что вы добрый.

Пуаро несколько раз кивнул головой.

— Это очень хорошо... да, это очень хорошо. Послушайте, я искренне верю, что ваш муж невиновен... но дела оборачиваются скверно. Если мне предстоит спасать его, я должен знать все, даже если будет казаться, что факты против него.

— Как хорошо вы все понимаете, — сказала Урсула.

— Так что вы расскажете мне всю вашу историю, не так ли? С самого начала.

— Надеюсь, вы не собираетесь *меня* выставить, — сказала Каролина, усаживаясь поудобнее в кресле. — Я хочу знать одно, — продолжала она, — почему это дитя выдавало себя за служанку?

— Выдавало? — спросил я.

— Вот именно. Для чего вы это делали, дитя мое? Ради пари?

— Ради заработка, — сказала Урсула холодно.

И осмелев, она начала рассказывать свою историю, свободное изложение которой я привожу ниже.

Урсула Борн происходила из знатной, но обедневшей ирландской семьи, состоявшей из семи человек. После смерти отца большинство сестер разошлись по свету, чтобы самостоятельно зарабатывать себе на жизнь. Старшая из них была замужем за капитаном Фоллиоттом. Это ее я видел в прошлое воскресенье, и причина ее замешательства теперь была вполне понятной. Решив зарабатывать себе на жизнь, но не желая быть гувернанткой — единственная профессия, доступная девушке без образования — Урсула предпочла работу горничной. Получив рекомендации от своей сестры, она решила работать по-настоящему. В Фернли, несмотря на ее отчужденность, вызвавшую, как мы уже видели, некоторые толки, свои обязанности она выполняла успешно — быстро, со знанием дела и умело. «Мне очень нравится моя работа, — объясняла она, — и свободного времени у меня было много». А потом встреча с Ральфом и любовь, которая завершилась тайным браком. Ральф вынудил ее к этому браку в какой-то степени против ее воли. Он заявил, что отчим не захочет и слушать о его женитьбе на девушке без средств. Лучше жениться тайно и сообщить ему об этом позже в более благоприятную минуту.

Дело было сделано, и Урсула Борн стала Урсулой Пэтон. Ральф заявил, что намеревается выплатить свои долги, найти работу, а потом, когда он будет в состоянии содержать ее и будет независим от своего отчима, они сообщат ему эту новость.

Но для людей, подобных Ральфу, перевернуть новую страницу легче теоретически, чем практически. Он надеялся, что пока отчим не знает о его женитьбе, его можно уговорить выплатить долги, и он снова станет на ноги. Но когда Роджер Экройд узнал общую сумму долгов, он так разъярился, что отказался платить вовсе. Прошло несколько месяцев, и Ральф был вызван в Фернли. Роджер Экройд не стал церемониться. Он от всей души хотел, чтобы Ральф женился на Флоре и без обиняков объяснил это молодому человеку.

Вот здесь-то и проявилось врожденное слабоволие Ральфа. Как и всегда, он ухватился за возможность легко и быстро разрешить проблему. Насколько я мог понять, ни Флора, ни Ральф не претендовали на любовь. С обеих сторон это было чисто деловое соглашение. Роджер Экройд диктовал свои желания — они с ними согласились. Перед Флорой открывалась возможность получить свободу и деньги, ее горизонт расширялся. Что же касается Ральфа, то он вел совсем другую игру, конечно. Его денежные дела были крайне плохи, и он ухватился за эту возможность. Долги его будут уплачены. Он сможет начать все снова с незапятнанной репутацией. Не в его натуре было смотреть трезво на будущее, но как я себе представляю, у него были какие-то неопределенные планы расстроить помолвку с Флорой в подходящий момент. И Флора, и он считали непременным условием, что о помолвке объявляться пока не будет. От Урсулы все это он старался скрыть, так как чувствовал, что она со своим характером, сильным и решительным, и со свойственным ей отвращением к двуличию, не одобрит подобного поведения.

Потом наступил решающий момент, когда Роджер Экройд, всегда своевольный и властный, решил объявить о помолвке. Ральфу о своем намерении он не сказал ни слова, а предупредил лишь Флору, которая отнеслась к этому весьма равнодушно и не стала возражать. На Урсулу эта новость произвела впечатление разорвавшейся бомбы. Она вызвала Ральфа, и он поспешил приехать из города. Они встретились в лесу, где часть их разговора была подслушана моей сестрой. Ральф умолял Урсулу потерпеть еще немного, но она решила ничего больше не скрывать. Она расскажет мистеру Экройду правду без дальнейших отлагательств. Муж и жена расстались, поссорившись.

Урсула, твердая в своем намерении, в тот же день зашла к мистеру Экройду и открыла ему правду.

Их разговор был очень бурным, он был бы еще острее, если бы Роджера Экройда к тому времени уже не мучили свои собственные заботы. И тем не менее, положение было весьма скверным. Экройд был не из тех, кто мог простить совершенный над ним обман. Его гнев был направлен главным образом на Ральфа, но и Урсула получила свою долю: Экройд считал, что она преднамеренно постаралась «опутать» приемного сына очень богатого человека. С обеих сторон были сказаны непростительные вещи.

В тот же вечер Урсула назначила Ральфу встречу в садовом домике, и они встретились там, для чего Урсуле пришлось незаметно выскользнуть из дома через боковую дверь. Их разговор состоял из взаимных упреков. Ральф обвинял Урсулу в том, что она своим поспешным признанием непоправимо разрушила все его планы. Урсула упрекала мужа в двуличии. Наконец, они расстались. Немногим больше, чем через полчаса Роджера Экройда нашли убитым. С того вечера Урсула не видела Ральфа и не получала от него никаких известий.

По мере того, как раскрывалась эта история, я все яснее понимал, насколько убийственны ее факты. Будь Экройд живым, едва ли завещание осталось бы неизмененным. Я слишком хорошо его знал, чтобы не понимать, что первые его мысли были именно об этом. Его смерть пришла в самое подходящее для Ральфа и Урсулы Пэтон время. И не было ничего удивительного в том, что девушка молчала и так последовательно играла свою роль.

Мои размышления были прерваны. Заговорил Пуаро и по мрачному тону его голоса я понял, что и он ясно представлял себе смысл сложившегося положения.

— Мадемуазель, я должен задать вам один вопрос, а вы должны правдиво на него ответить, потому что от него может зависеть все. В котором часу вы расстались с капитаном Пэтоном в садовом домике? Только подумайте, чтобы ваш ответ был очень точным.

Девушка усмехнулась. Это была поистине горькая усмешка.

— Вы считаете, что я об этом не думала? Я все время думаю об этом. Была как раз половина десятого, когда я вышла, чтобы встретиться с ним. Майор Блант ходил по террасе, и чтобы он меня не увидел, я пошла через кусты. Когда я подошла к домику было, наверное, без двадцати семи минут десять. Ральф ожидал меня. Я была с ним десять минут, не больше, так как когда я вернулась в дом, было без четверти десять.

Теперь я понимал настойчивость, с которой она недавно задавала мне вопрос, подтверждалось ли то, что Экройд был убит после 9.45, а не раньше.

Та же мысль чувствовалась в следующем вопросе, который задал Пуаро.

— Кто первым ушел из садового домика?

— Я.

— Ральф Пэтон остался в домике?

— Да... но вы ведь не думаете...

— Мадемуазель, неважно, что я думаю. Что вы делали, когда вернулись в дом?

— Я пошла в свою комнату.

— И до какого времени вы там были?

— Приблизительно до десяти часов.

— Кто-нибудь может подтвердить это?

— Подтвердить? Что я была у себя в комнате, вы хотите сказать? О! Нет. Но в самом деле... о! Понимаю, могут подумать... Могут подумать...

Я видел, как в ее глазах появился ужас.

— Что это вы проникли через окно и убили кинжалом мистера Экройда, когда он сидел в кресле? — закончил предложение вместо нее Пуаро. — Да, именно это могут подумать.

— Только дурак может подумать такое, — возмутилась Каролина. Она слегка похлопала Урсулу по плечу.

Девушка закрыла лицо руками.

— Какой ужас, — шептала она, — какой ужас.

— Не волнуйтесь, моя дорогая, — дружески подтолкнула ее Каролина. — Месье Пуаро этому не верит, конечно. А что касается вашего мужа, то я о нем невысокого мнения, и говорю вам об этом прямо. Сам сбежал, а вас оставил расхлебывать эту кашу.

Но Урсула энергично затрясла головой.

— О, нет, — выкрикнула она. — Это было совсем не так. Ральф не убежал бы из-за себя. Теперь я понимаю. Если он услышал об убийстве своего отчима, он сам мог подумать, что это сделала я.

— Он не мог этого подумать, — сказала Каролина.

— Я так жестоко обошлась с ним в тот вечер... так холодно и сурово. Я даже не выслушала его... не поверила, что он и в самом деле был озабочен. Я только стояла и высказывала ему, что я о нем думаю. Я говорила ему самые жестокие и суровые слова, какие только приходили мне в голову, стараясь как можно больнее уязвить его.

— Никакого вреда вы ему не причинили, — сказала Каролина. — Никогда не нужно сокрушаться о том, что вы сказали мужчине. Они такие самонадеянные и не верят тому, что им говорят, если это не лесть.

Нервно заламывая руки, Урсула продолжала:

— Когда обнаружили убийство, и он не появился, я была ужасно огорчена. Только на мгновение я допустила… но потом я всегда знала, что он не мог… Он не мог… но я хотела, чтобы он пришел и открыто заявил, что с этим у него нет ничего общего. Я знала, он очень любит доктора Шеппарда и подумала, что, может быть, доктор Шеппард знает, где он скрывается.

Она повернулась ко мне.

— Вот почему в тот день я так вам сказала. Я подумала, если вы знаете, где он, можэт быть, вы передадите ему мои слова.

— Я?

— Почему это Джеймс должен знать, где он? — спросила Каролина резко.

— Это было маловероятно, я знаю, — согласилась Урсула, — но Ральф так часто говорил о докторе Шеппарде, что я уверена, он считает его своим лучшим другом в Кингс Эббот.

— Мое дорогое дитя, — сказал я, — у меня нет ни малейшего представления, где сейчас находится Ральф Пэтон.

— Это верно, — заметил Пуаро.

— Но… — Урсула в недоумении протянула вырезку из газеты.

— А! Это, — сказал Пуаро с некоторым смущением. — Сущий пустяк, мадемуазель. A rien de tout[1]. Я нисколько не верю, что Ральф Пэтон арестован.

— Но тогда… — начала девушка медленно.

Пуаро поспешил перебить ее:

---

[1] Сущий пустяк.

— Я хотел бы знать одну вещь: капитан Пэтон был в тот вечер в туфлях или в ботинках?

Урсула отрицательно покачала головой.

— Я не помню.

— Жаль! Но почему, собственно, вы должны помнить? А теперь, мадам, — он улыбнулся ей, склонил на одну сторону голову и со значением погрозил указательным пальцем, — никаких вопросов. И не мучьте себя. Будьте мужественны и положитесь на Эркюля Пуаро.

Глава 23. Небольшое собрание у Пуаро

— А теперь, — сказала Каролина, вставая, — этот ребенок поднимется наверх и ляжет. Не беспокойтесь, моя дорогая. Месье Пуаро сделает для вас все, что сможет, будьте уверены.

— Мне следовало бы вернуться в Фернли, — сказала Урсула неуверенно.

Но Каролина решительно заставила ее замолчать.

— Глупости. Сейчас вы будете на моем попечении. Во всяком случае, пока вы останетесь здесь... а, месье Пуаро?

— Это было бы великолепно, — согласился маленький бельгиец. — Я хочу, чтобы сегодня вечером мадемуазель... извините — мадам... пришла ко мне на небольшое собрание. В девять часов в моем доме. Она там будет очень нужна.

Каролина кивнула и увела Урсулу из комнаты. Дверь за ними закрылась.

Пуаро снова опустился в кресло.

— Пока все идет хорошо, — сказал он. — Все становится на свои места.

— Все оборачивается с наихудшей стороны для Ральфа Пэтона, — заметил я мрачно.

Пуаро кивнул.

— Да, это так. Но этого следовало ожидать, не так ли?

Я посмотрел на него, немного озадаченный его словами. Откинувшись в кресле, он сидел с полузакрытыми глазами, кончики его пальцев касались один другого. Неожиданно он вздохнул и покачал головой.

— О чем вы? — спросил я.

— Бывают минуты, когда на меня находит сильная тоска по моему другу Гастингсу. Это друг, о котором я вам рассказывал... Он сейчас в Аргентине. Он всегда был под рукой, когда у меня было серьезное дело. И он помогал мне... да, он часто помогал мне. У него получалось как-то так, что он, сам того не подозревая, наталкивался на истину. Иногда он говорил что-нибудь особенно глупое, и, заметьте, это глупое замечание открывало мне истину! А потом у него была еще привычка излагать в письменном виде и хранить все интересные случаи.

Я смущенно кашлянул.

— До сих пор... — начал я и замолчал.

Пуаро выпрямился в своем кресле. Глаза его загорелись.

— Ну, ну? Что вы хотите сказать?

— Признаться, я читал некоторые записки капитана Гастингса. И я подумал, почему бы и мне не попробовать что-нибудь в этом роде. Мне казалось, что я пожалею, если не напишу... такой уникальный случай... наверное, мне больше не представится возможность участвовать в подобном деле.

Я чувствовал, что все больше распаляюсь по мере того, как барахтался в этой несвязной и пуганой речи.

Пуаро вскочил со своего кресла. Я было испугался, что он бросится обнимать меня на французский манер, но, слава богу, он сдержался.

— Но это же великолепно! Значит, вы записали все свои впечатления об этом деле по ходу следствия?

Я кивнул.

— Epatant[1]! — крикнул Пуаро. — Дайте же мне их посмотреть — сейчас же!

Я не был готов к такой внезапной просьбе и ломал голову, вспоминая некоторые детали.

— Надеюсь, вас не обидит... — я заикнулся.

— Может быть, я в некоторых местах... э-э... немного затрагивал личности.

---

[1] Восхитительно.

— О! Я вас вполне понимаю. Иногда вы изображаете меня смешным… а может быть, и нелепым? Это не имеет никакого значения. Гастингс — тот всегда был не очень вежлив. Что же касается меня, то я выше подобных тривиальностей.

Все еще немного сомневаясь, я порылся в ящиках своего стола, достал кипу несшитых листов рукописи и передал их Пуаро. С видами на возможную публикацию в будущем я разбил рукопись на главы, а накануне ночью довел ее до последнего события, описав визит мисс Рассел. Таким образом, Пуаро получил от меня двадцать глав.

Я оставил его читать их, а сам отправился по вызову к больному на значительное расстояние от дома, и когда вернулся, было уже больше восьми часов. Меня ожидал поднос с горячим обедом и сообщение, что Пуаро и моя сестра пообедали вместе еще в половине восьмого, после чего Пуаро удалился в мою мастерскую дочитывать рукопись.

— Надеюсь, Джеймс, — сказала моя сестра, — в этой рукописи ты был осторожен во всем, что касается меня?

У меня отвисла челюсть. Я вовсе не был осторожен.

— Это, конечно, особого значения не имеет, — сказала Каролина, правильно поняв выражение моего лица. — Месье Пуаро все поймет. Он понимает меня намного лучше, чем ты.

Я пошел в мастерскую. Пуаро сидел у окна. Аккуратно сложенная рукопись лежала на стуле возле него. Он положил на нее руку и сказал:

— Eh bien[1], поздравляю вас — вы очень скромны!

— О! — смутившись, только и произнес я.

— И очень сдержанны, — добавил он.

Я произнес «о!» еще раз.

— Гастингс писал не так, — продолжал мой друг.

---

[1] Восхитительно.

— На каждой странице много-много раз повторялось слово «я». Что он думал, что он делал. Но вы... вы держите свою личность на заднем плане; только раз или два она вторгается в рассказ — в сценах домашней жизни, не так ли?

Я немного покраснел под его искрящимся взглядом.

— Что вы на самом деле думаете о рукописи? — спросил я раздраженно.

— Вы хотите знать мое искреннее мнение?

— Да.

Пуаро оставил шутливый тон.

— Очень подробный и актуальный отчет, — сказал он мягко. — Вы изложили все факты честно и точно, хотя себя и свое участие в событиях описали с большой сдержанностью.

— А помогло вам это?

— Да. Могу сказать, что это мне значительно помогло. А теперь нам нужно пойти ко мне и приготовить сцену для моего небольшого спектакля.

Каролина была в холле. Я думаю, она надеялась, что ее пригласят пойти вместе с нами. Пуаро тактично вышел из положения.

— Я бы очень хотел, чтобы вы присутствовали, мадемуазель, — сказал он с сожалением, — но приглашать вас на эту встречу было бы неразумно. Видите ли, все эти люди на подозрении. Среди них я найду человека, который убил мистера Экройда.

— Вы действительно верите в это? — спросил я скептически.

— А вы не верите, я вижу, — сухо ответил Пуаро.

— Вы до сих пор еще не знаете истинной цены Эркюлю Пуаро.

В эту минуту вошла Урсула.

— Вы готовы, дитя мое? — сказал Пуаро. — Это хорошо. Мы пойдем в мой дом вместе. Мадемуазель Каролина, поверьте мне, я делаю все возможное, чтобы оказать вам услугу. До свидания.

Мы вышли, оставив Каролину с видом собаки, которую не взяли на прогулку; она стояла на ступеньках парадного и пристально смотрела нам вслед.

Гостиная у Пуаро была готова. На столе были различные sirops[1] и стаканы, а также тарелка с печеньем. Из другой комнаты было принесено несколько стульев.

Пуаро бегал взад и вперед, переставляя вещи: здесь выдвигая стул, там переставляя лампу, то вдруг останавливаясь и поправляя один из ковриков, что были на полу. Он особенно суетился с освещением. Лампы были установлены так, что больше всего освещалась та сторона комнаты, где стояли стулья. Другая же сторона, где, как я полагал, сядет сам Пуаро, оставалась в смутном полумраке.

Мы с Урсулой наблюдали за ним. Вскоре послышался звонок.

— Они пришли, — сказал Пуаро. — Хорошо, все готово.

Дверь отворилась, и компания из Фернли вереницей вошла в комнату. Пуаро вышел вперед и поздоровался с миссис Экройд и Флорой.

— Как хорошо с вашей стороны, что вы пришли, — сказал он, — и с вашей — тоже, майор Блант и мистер Реймонд.

Секретарь был весел, как всегда.

— Что за великая идея? — спросил он, смеясь. — Какая-нибудь ученая машина? Нам наложат на запястья датчики, и она зафиксирует волнение виновного? Уже есть такое изобретение, не так ли?

— Да, я читал об этом, — согласился Пуаро. — Но я старомоден. Я пользуюсь старыми методами. Я работаю только маленькими серыми клеточками. А сейчас давайте начинать, но прежде я хочу сделать для всех вас сообщение. — Он взял Урсулу за руку и вывел ее вперед. — Эта дама — миссис Ральф Пэтон. Она вышла замуж за капитана Пэтона в марте.

Миссис Экройд слегка вскрикнула.

---

[1] Сиропы.

— Ральф! Женился! В марте! О! Но это же абсурд. Как он мог?

Она уставилась на Урсулу, словно раньше никогда ее не видела.

— Женился на Борн? — сказала она. — Нет, месье Пуаро, я вам не верю.

Урсула вспыхнула румянцем и начала говорить, но Флора ее предупредила. Быстро подойдя к девушке, она взяла ее под руку.

— Не обижайтесь, что мы удивлены, — сказала она. — Поймите, у нас не было об этом ни малейшего представления. Вы и Ральф очень хорошо хранили свою тайну. Я… очень рада.

— Вы очень добры, мисс Экройд, — сказала тихо Урсула, — а у вас больше всего причин, чтобы сердиться. Ральф вел себя очень плохо… особенно в отношении вас.

— Вам не стоит волноваться, — сказала Флора, успокаивающе сжав ее руку повыше локтя. — Ральф был загнан в угол, и у него был только один выход. На его месте я, наверное, поступила бы так же. Хотя я думаю, он мог бы доверить мне свою тайну. Я бы его не подвела.

Пуаро слегка постучал по столу и важно откашлялся.

— Заседание начинается, — сказала Флора. — Месье Пуаро намекает, чтобы мы замолчали. Но скажите мне одно. Где Ральф? Если кто-нибудь знает, так это вы.

— Но я не знаю, — почти с воплем выкрикнула Урсула. — Этого как раз я и не знаю.

— Разве его не задержали в Ливерпуле? — спросил Реймонд. — Об этом писалось в газете.

— В Ливерпуле его нет, — кратко сказал Пуаро.

— Фактически, — заметил я, — никто не знает, где он.

— За исключением Эркюля Пуаро, а! — сказал Реймонд.

На его добродушное подшучивание Пуаро серьзно ответил.

— Что касается меня, то я знаю все. Запомните это.

Джоффри Реймонд вскинул брови.

— Все? Фью! — присвистнул он. — Значит, полный порядок.

— Вы на самом деле думаете, что можете угадать, где скрывается Ральф Пэтон? — спросил я с недоверием.

— Вы называете это «угадать», мой друг, а я — «знать».

— В Кранчестере? — осмелился я спросить.

— Нет, — ответил Пуаро мрачно, — не в Кранчестере.

Он больше ничего не сказал, и по его жесту собравшаяся компания заняла свои места. Дверь снова открылась, вошли еще двое и сели у двери. Это были Паркер и экономка.

— Все в сборе, — сказал Пуаро.

В его голосе прозвучало удовлетворение. Я заметил, что при звуке этого голоса по лицам людей, сидевших в другом конце комнаты, прошла едва заметная волна тревоги.

В ней словно отразилось какое-то осознание ловушки — ловушки, которая захлопнулась.

Пуаро важно зачитал с листа:

— Миссис Экройд, мисс Экройд, майор Блант, мистер Джоффри Реймонд, миссис Ральф Пэтон, Джон Паркер, Елизавета Рассел.

Он положил бумагу на стол.

— Что все это значит? — начал Реймонд.

— Список, который я только что зачитал, — сказал Пуаро, — это список подозреваемых лиц. У каждого из вас была возможность убить мистера Экройда...

С криком миссис Экройд вскочила с места.

— Мне это не нравится, — запричитала она. — Мне это не нравится. Я лучше уйду домой.

— Вы не можете уйти домой, мадам, — строго сказал Пуаро, — пока не выслушаете того, что я должен сказать.

С минуту он выждал, потом откашлялся.

— Я начну с начала. Когда мисс Экройд попросила меня расследовать дело, я с доктором Шеппардом поехал в Фернли Парк. Я побывал с ним на террасе, где на подоконнике мне показали следы ног. Оттуда инспектор Рэглан повел меня по дорожке, ведущей к подъездной аллее. Я заметил садовый домик и тщательно его обследовал. Там я нашел две вещи — лоскут накрахмаленного батиста и пустой стержень от гусиного пера. Лоскут батиста тут же навел меня на мысль о переднике какой-нибудь служанки. Когда инспектор Рэглан показал мне список людей, живущих в доме, я сразу же заметил, что одна из служанок, а именно Урсула Борн, не имеет достаточного алиби. По ее словам, она была у себя в комнате с девяти тридцати до десяти часов. Но предположим, что вместо этого она была в садовом домике? Если так, то она, должно быть, ходила туда, чтобы с кем-то встретиться. Теперь дальше: из рассказа доктора Шеппарда мы знаем, что в тот вечер кто-то из посторонних действительно шел к дому — неизвестный, встреченный им у ворот. С первого взгляда покажется, что вопрос решен, что неизвестный шел в садовый домик, чтобы встретиться с Урсулой Борн. То, что он шел именно в садовый домик, доказывает гусиное перо. Мне сразу пришло в голову, что он предается наркотикам, и что усвоил он эту привычку по ту сторону Атлантики, где вдыхание «снега» через нос распространено больше, чем в этой стране. У человека, которого встретил доктор Шеппард, был американский акцент, а это совпадает с моим предположением.

Но меня смущал один факт. Не совпадало время. Урсула Борн действительно не могла пойти в садовый домик раньше девяти тридцати, в то время как неизвестный пришел туда сразу же после девяти. Я мог, конечно, допустить, что он ждал ее полчаса. Но я выбрал единственное предположение: в тот вечер в садовом домике были две отдельные встречи. Eh bien[1], как только я сделал этот вывод, я обнаружил несколько важных фактов. Я узнал, что мисс Рассел, экономка, в то утро побывала у доктора Шеппарда и проявила большой интерес к лечению жертв употребления наркотиков. Связав это с гусиным пером, я допустил, что человек, о котором мы говорим, приходил в Фернли, чтобы встретиться с экономкой, а не с Урсулой Борн. С кем же тогда встречалась Урсула Борн? Я недолго сомневался.

[1] Что ж.

Прежде всего, я нашел кольцо — обручальное кольцо — с надписью «от Р.» и датой на внутренней стороне. Потом я узнал, что в двадцать пять минут десятого видели, как по дорожке, ведущей к садовому домику, шел Ральф Пэтон. Я также услышал об одном разговоре, происходившем в тот же день в лесу, недалеко от деревни, о разговоре между Ральфом Пэтоном и какой-то неизвестной девушкой. Мне удалось расположить все эти факты аккуратно и в строгом порядке: тайная женитьба, помолвка, объявленная в день трагедии, бурное объяснение в лесу и встреча, назначенная в садовом домике в тот вечер. В данном случае это подтверждало, что и у Ральфа Пэтона, и у Урсулы Борн (или Пэтон) были очень серьезные мотивы желать, чтобы мистер Экройд ушел с их пути. Но это прояснило неожиданно и другой факт: Ральф Пэтон не мог быть в кабинете с мистером Экройдом в 9.30.

Теперь мы подходим к новому и наиболее интересному аспекту преступления. Кто был в кабинете с мистером Экройдом в 9.30? Не Ральф Пэтон, который был в садовом домике со своей женой. Не Чарльз Кент, который уже ушел. Кто же тогда? И я сформулировал свой самый умный, самый смелый вопрос: а был ли *вообще кто-нибудь с ним*?

Пуаро подался вперед и победно выпалил в нас последние слова, потом откинулся назад с видом человека, нанесшего решающий удар.

На Реймонда, однако, это, казалось, не произвело впечатления и вызвало мягкий протест.

— Я не знаю, хотите ли вы сделать из меня лгуна, месье Пуаро, но этот факт основывается не только на моих показаниях. Разве только то, что я мог передать неточно сказанные слова. Вспомните, майор Блант тоже слышал, как мистер Экройд с кем-то говорил. Он был снаружи на террасе и не мог слышать слов отчетливо, но он явственно слышал голоса.

Пуаро кивнул.

— Я не забыл, — сказал он спокойно. — Но у майора Бланта было впечатление, что мистер Экройд говорил именно с *вами*.

На какой-то момент, казалось, Реймонд был застигнут врасплох. Но он быстро оправился.

— Теперь Блант знает, что он ошибся, — сказал он.

— Точно, — согласился охотник.

— И, тем не менее, у него, по-видимому, была причина так думать, — промолвил задумчиво Пуаро. — О! Нет, — он протестующе поднял руку, — я знаю, что вы скажете. Но этого недостаточно. Мы должны искать в другом месте. Я подойду вот с какой стороны. С самого начала в этом эпизоде меня поразила одна вещь — характер слов, услышанных мистером Реймондом. Поразительно и то, что никто их не попытался прокомментировать, не увидел в них ничего странного.

С минуту он помолчал, а потом спокойно процитировал: «нужда в моих деньгах настолько участилась за последнее время, что боюсь, будет невозможно удовлетворить ваши требования». Вас не поражает никакая странность в этих словах?

— Нет, — ответил Реймонд. — Он мне часто диктовал письма и употреблял почти такие же слова.

— Точно! — выкрикнул Пуаро. — Именно к этому я и стремился прийти. Разве станет кто-нибудь употреблять такую фразу в разговоре с другим человеком? Невозможно, чтобы она была частью живой речи. Следовательно, если он диктовал письмо…

— Вы хотите сказать, что он читал письмо вслух, — медленно произнес Реймонд. — Или даже так: он, должно быть, читал кому-нибудь.

— Но почему? У нас нет никаких доказательств, что в комнате был еще кто-нибудь. Вспомните, никакого другого голоса, кроме голоса мистера Экройда, слышно не было.

— В самом деле, никто не станет читать сам себе подобные письма вслух… если он не… тронутый.

— Вы совсем забыли, — сказал мягко Пуаро, — о постороннем человеке, который приходил в дом в прошлую среду.

Все уставились на него.

— Да, да, — сказал Пуаро ободряюще, — в среду. Сам по себе молодой человек не вызывает никакого интереса. Но фирма, которую он представлял, меня очень заинтересовала.

— Компания по продаже диктофонов, — изумился Реймонд. — Теперь я понимаю. Диктофон. Вы думаете — это?

Пуаро кивнул.

— Мистер Экройд обещал купить диктофон, как вы помните. Что же касается меня, то я полюбопытствовал и сделал запрос упомянутой компании. Они сообщили, что мистер Экройд действительно купил диктофон у их представителя. Почему он скрыл это от вас, я не знаю.

— Должно быть, хотел удивить, — пробормотал Реймонд. — Он почти по-детски любил удивлять людей. Хотел припрятать на денек. Наверное, игрался с ним, как с новой игрушкой. Да, это подходит. Вы совершенно правы: никто не станет употреблять такие выражения в живой речи.

— Это объясняет и то, почему майор Блант подумал, что в кабинете были вы. Услышанные им отрывки фраз могли произноситься только когда диктуют, и его подсознание отметило, что с мистером Экройдом были вы. Сознание же его было занято совсем другим — женщиной в белом, которую он заметил в темноте. Он подумал, что это была мисс Экройд. На самом же деле он увидел, конечно, белый передник Урсулы Борн, когда она незаметно пробиралась в садовый домик.

Реймонд пришел в себя от изумления.

— Все равно, — заметил он, — это ваше открытие, хотя оно и блестящее (я уверен, что никогда бы не додумался до такого) оставляет все без изменения: в 9.30 мистер Экройд был жив, если он говорил в диктофон. Кажется ясным и то, что этот Чарльз Кент к тому времени уже ушел. Что же касается Ральфа Пэтона?..

Взглянув на Урсулу, он нерешительно замолчал.

Ее румянец вспыхнул снова, но она ответила спокойно:

— Мы с Ральфом расстались как раз когда было без четверти десять или около этого. Он не проходил возле дома, я в этом уверена. У него не было такого намерения. Меньше всего он хотел встретиться со своим отчимом. Он боялся этой встречи.

— Я нисколько не сомневаюсь в правдивости ваших слов, — объяснил Реймонд. — Я всегда был уверен, что капитан Пэтон невиновен. Но не следует забывать о суде и о тех вопросах, которые могут быть там заданы. Он в самом неблагоприятном положении, но если бы он откликнулся…

Пуаро перебил его.

— Это ваш совет, да? Что ему нужно откликнуться?

— Непременно. Если вы знаете, где он…

— Я вижу, вы не верите, что я знаю. А я водь только что говорил вам, я знаю все. Правду о телефонном вызове, о следах на подоконнике, об убежище Ральфа Пэтона…

— Где он? — резко спросил Блант.

— Не очень далеко, — улыбнулся Пуаро.

— В Кранчестере? — спросил я.

Пуаро повернулся ко мне.

— Вы все время спрашиваете меня об этом. Кран-честер — это ваша idée fixe[1]. Нет, он не в Кранчестере. Он — вот!

И драматическим жестом он выставил указательный палец. Мы все обернулись. В дверях стоял Ральф Пэтон.

---

[1] Идея фикс.

Глава 24. Рассказ Ральфа Пэтона

В эту минуту было очень неловко *мне*. Я с трудом воспринимал последовавшие восклицания и возгласы удивления. Когда я в достаточной мере овладел собой, чтобы понять, что происходит, Ральф Пэтон стоял уже возле жены, держа ее руку в своей, и улыбался мне через комнату.

Пуаро тоже улыбался и красноречиво грозил мне пальцем.

— Разве я не говорил вам сто раз по крайней мере, что скрывать что-либо от Эркюля Пуаро бесполезно? — спрашивал он. — Иначе он узнает сам?

Он повернулся к остальным.

— Вы помните, у нас однажды за столом уже было небольшое собрание? Нас было шестеро. Я обвинил остальных пятерых присутствующих здесь лиц в том, что каждый что-то от меня скрывает. Четверо из них рассказали мне свои секреты. Доктор Шеппард своего секрета не открыл. Но у меня все время были подозрения. В тот вечер доктор Шеппард пошел в «Три вепря» в надежде увидеть Ральфа. Там он его не застал. Но предположим, сказал я сам себе, что по пути домой он встретил его на улице? Доктор Шеппард был другом капитана Пэтона, и он пришел прямо с места преступления. Он должен был знать, что обстоятельства складывались очень неблагоприятно для Ральфа Пэтона. Возможно, он знал больше, чем другие...

— Знал, — сказал я с раскаянием. — Я полагаю, что теперь и я мог бы чистосердечно во всем признаться. В тот день я побывал у Ральфа. Сначала он не хотел посвящать меня в свои тайны, но потом рассказал о своей женитьбе и о тяжелом положении, в котором находился. Как только было обнаружено преступление, я понял, что когда эти факты станут известными, подозрение непременно падет на Ральфа... или, если не на него, то на девушку, которую он любит. Вечером все эти факты я напрямик выложил перед Ральфом. Мысль о том, что ему, может быть, придется давать показания против своей жены, заставила его принять решение любой ценою…

Я нерешительно замялся, и Ральф восполнил недостающее слово.

— Любой ценою смыться, — закончил он весьма образно. — Видите ли, оставив меня, Урсула вернулась в дом. Я подумал, что, возможно, она еще раз попытается поговорить с моим отчимом. В тот день он уже обошелся с ней очень грубо. Он, пришло мне в голову, мог оскорбить ее так непростительно, что не сознавая, что она делает…

Он замолчал. Урсула освободила свою руку и отступила назад.

— И ты это подумал, Ральф! Ты действительно подумал, что я могла это сделать?

— Но давайте вернемся к заслуживающему порицания поведению доктора Шеппарда, — сухо сказал Пуаро. — Доктор Шеппард пошел на все, чтобы помочь ему. Ему удалось укрыть капитана Пэтона от полиции.

— Где? — спросил Реймонд. — В своем доме?

— А! Нет, конечно, — сказал Пуаро. — Вам бы следовало задать себе один из тех вопросов, какие задавал себе я. Если славный доктор укрывает молодого человека, какое место он для этого выберет? Оно обязательно должно быть где-нибудь под рукой. Я думаю о Кранчестере. Гостиница? Нет. Квартира? Тем более — нет. Где же? А! Понятно. Частная лечебница. Лечебница для душевнобольных. Я проверяю свою теорию. Придумываю себе душевнобольного племянника и советуюсь с мадемуазель Шеппард относительно подходящей лечебницы. Она называет мне две, неподалеку от Кранчестера, куда ее брат направляет своих больных. Делаю запросы. Да, в одну из них в субботу утром был доставлен больной самим доктором. В этом пациенте, хотя он был и под другим именем, я без труда узнаю капитана Пэтона. После некоторых необходимых формальностей мне разрешают увезти его. Сегодня рано утром он прибыл в мой дом.

Я посмотрел на него с унынием.

— «Эксперт Министерства внутренних дел» моей сестры, — машинально пробормотал я. — Подумать только, что я не догадался!

— Теперь вы понимаете, почему я обратил внимание на сдержанный характер вашей рукописи, — тихо сказал Пуаро. — Она строго правдива по ходу фактов, но эти факты раскрываются не полностью, а, мой друг?

Я был слишком сконфужен, чтобы спорить.

— Доктор Шеппард очень верный друг, — сказал Ральф. — Он был со мной в радости и в горе и сделал то, что считал наилучшим. Теперь я вижу, после того, как месье Пуаро рассказал мне, что в действительности это было не самым лучшим. Мне следовало выйти из убежища и открыто встретить трудности. Но в лечебнице мы не видели газет. Я ничего не знал о происходящем.

— Доктор Шеппард — образец осторожности, — сказал Пуаро сухо. — А я все маленькие тайны раскрываю. Это моя профессия.

— Теперь мы можем узнать, что с вами произошло в тот вечер, — нетерпеливо вставил Реймонд.

— Об этом вы уже знаете, — ответил Ральф. — Добавить остается очень немного. Я вышел из садового домика приблизительно без четверти десять и бродил по дорожкам сада, стараясь придумать, что делать дальше, как вести себя. Должен признаться, что у меня нет и тени алиби, но даю вам честное слово, что я не подходил к кабинету и не видел отчима ни живым, ни мертвым. Как бы ни думали другие, я хотел бы, чтобы вы мне верили.

— Никакого алиби, — тихо сказал Реймонд. — Это плохо. Я верю вам, конечно, однако дело скверное.

— Хотя и очень простое, — весело возразил Пуаро. — Очень простое.

Мы посмотрели на него с недоумением.

— Вы понимаете, что я имею в виду? Нет? Чтобы спасти капитана Пэтона, настоящий преступник должен сознаться. Только и всего.

Он смотрел на всех нас с сияющей улыбкой.

— Да, да, именно это я имею в виду. Вы видите, я не пригласил сюда инспектора Рэглана. Это я сделал с целью. Я не хотел рассказывать ему все, о чем знаю... по крайней мере — сегодня.

Он подался вперед, и вдруг его голос и весь он сам изменились. Он вдруг стал опасным.

— Это я вам говорю... Я знаю: убийца мистера Экройда находится сейчас в этой комнате. Теперь я говорю убийце. *Завтра правда будет известна инспектору Рэглану.* Вы поняли?

В комнате воцарилась напряженная тишина. И во время этой тишины вошла старая бретонка с телеграммой на подносе. Пуаро распечатал и развернул ее.

Внезапно раздался звучный голос Бланта.

— Вы говорите, что убийца среди нас? Вы знаете, кто он?

Пуаро прочитал телеграмму. Он скомкал ее в руке.

— Теперь — знаю.

Он слегка похлопал по бумажному комочку.

— Что это? — резко спросил Реймонд.

— Радиограмма... с парохода, который сейчас находится на пути в Соединенные Штаты.

Стояла мертвая тишина. Пуаро встал и поклонился.

— Messieurs et Mesdames[1], совещание окончено. Не забывайте: *правда будет известна инспектору Рэглану утром.*

[1] Дамы и господа.

Глава 25. Правда

Едва заметным жестом Пуаро приказал мне остаться. Повинуясь, я подошел к камину и, задумавшись, носком ботинка стал поправлять в нем большие поленья.

Мои мысли зашли в тупик. Впервые я был в полном недоумении относительно намерений Пуаро. Сначала я даже подумал, что сцена, свидетелем которой я только что оказался, была каким-то огромным отрывком из помпезного представления, а он, как он сам выражался, «играл комедию», стремясь показаться интересным и важным. И тем не менее, что-то заставляло меня верить, что за всем этим скрывается действительность. В его словах прозвучала настоящая угроза... какая-то неоспоримая убежденность. Но я все еще считал, что он находится на абсолютно ложном пути.

Когда дверь закрылась за последним из уходящих, он подошел к огню.

— Ну, мой друг, — сказал он спокойно, — а что вы думаете обо всем этом?

— Не знаю, что и подумать, — признался я откровенно. — Для чего вы это сделали? Почему бы сразу не пойти к инспектору Рэглану и не сообщить ему правду вместо того, чтобы делать виновному такое сложное предупреждение?

Пуаро сел и вынул портсигар с крошечными русскими папиросами. С минуту или две он молча курил. Потом сказал:

— А вы воспользуйтесь своими маленькими серыми клеточками, — предложил он. — Мои действия всегда обоснованы.

С минуту я колебался, а затем медленно произнес:

— Первое, что приходит мне в голову, это то, что вы сами не знаете, кто виновен, но уверены, что он должен быть найден среди присутствовавших здесь людей. Следовательно, ваши слова имели целью вынудить признание неизвестного убийцы?

Пуаро утвердительно кивнул.

— Умная мысль, но неверная.

— Я подумал: возможно, заставив его поверить в то, что вы знаете, кто убийца, вы заставите его выдать себя... не обязательно признанием. Он мог бы попытаться закрыть вам рот так же, как он закрыл его недавно мистеру Экройду... прежде, чем вы смогли бы сделать что-либо завтра утром.

— Ловушка, в которой я сам был бы приманкой! Merci, mon ami[1], но для этого я недостаточно героичен.

— Тогда я вас не понимаю. Насторожив его, вы, несомненно, рискуете дать убийце возможность скрыться?

Пуаро покачал головой.

— Он не гложет скрыться, — сказал он мрачно. — У него только один путь... И тот путь не ведет к свободе.

— Вы действительно уверены, что один из только что присутствовавших здесь совершил убийство? — спросил я с недоверием.

— Да, мой друг.

— Кто он?

Несколько минут он молчал. Потом, бросив в камин окурок папиросы, заговорил спокойно и раздумчиво.

— Я поведу вас тем путем, каким прошел сам. Шаг за шагом вы пойдете за мной и убедитесь сами, что все факты неоспоримо указывают на одно лицо. Начну с того, что я заметил два факта и одно небольшое расхождение во времени, которые особенно привлекли мое внимание. Первый факт — телефонный звонок. Если бы Ральф Пэтон был на самом деле убийцей, этот звонок должен быть нелепым и бессмысленным. Следовательно, сказал я сам себе, Ральф Пэтон не убийца. Я удовлетворился тем, что телефонный вызов не мог быть сделан кем-нибудь из дома, и тем не менее я был убежден,

[1] Спасибо, мой друг.

что должен искать своего преступника среди тех, кто в тот роковой вечер находился в доме. Таким образом, я сделал вывод, что звонил, по всей видимости, соучастник. Этот вывод меня не совсем удовлетворял, но я его пока оставил.

Затем я стал искать мотивы вызова. Это было нелегко. Я мог судить о них лишь по результату. А результат состоял в том, что убийство было обнаружено в тот же вечер, вместо того чтобы быть обнаруженным, по всей вероятности, на следующее утро. Вы с этим согласны?

— Да-а, — признал я. — Конечно. Поскольку мистер Экройд приказал, чтобы его не беспокоили, вероятно, никто не стал бы заходить к нему в тот вечер.

— Très bien[1]. Дело продвинулось, не так ли? Но мотивы по-прежнему оставались неясными. Какая была выгода в том, чтоб убийство обнаружили в тот же вечер, а не на следующее утро? И тогда — единственная мысль, за которую я ухватился: убийце необходимо было знать, когда будет обнаружено преступление, чтобы обязательно присутствовать при взламывании двери или сразу же после этого. А теперь мы подходим ко второму факту — к отодвинутому от стены креслу. Инспектор Рэглан не счел нужным обращать на это внимание. Я же, наоборот, отнесся к этому как к факту особой важности. В своей рукописи вы нарисовали аккуратный небольшой план кабинета. Если бы он был сейчас с вами, вы бы увидели, что кресло, будучи выдвинутым на место, указанное Паркером, стояло бы на прямой линии между дверью и окном.

— Окном! — произнес я быстро.

— У вас та же мысль, что сначала появилась и у меня. Кресло, — подумал я, — было выдвинуто для того, чтобы заслонить от тех, кто войдет в дверь, нечто, связанное с окном. Но вскоре я отбросил это предположение, так как хотя у кресла и высокая спинка, окна оно почти не закрывало — заслонялось лишь пространство между

[1] Очень хорошо.

оконным переплетом и полом. Да, mon ami[1]... Но вспомните, что как раз перед окном стоял стол, на котором были газеты и журналы. Так вот, этот стол *полностью закрывался* выдвинутым креслом... И у меня появилась первая смутная догадка.

Предположим, на столе что-то было. Это «что-то» положил убийца и не хотел, чтобы оно было замечено, когда взломают дверь. Пока я не имел ни малейшего представления, что это могло быть. Но подобные очень интересные факты мне были известны и раньше. Например, это могло быть что-то такое, чего убийца не мог унести с собой в тот момент, когда совершал преступление. В то же время для него было жизненно необходимым незаметно и поскорее убрать эту вещь сразу же по обнаружении преступления. А отсюда — телефонный звонок и возможность для убийцы быть на месте при обнаружении трупа.

Теперь дальше. До прихода полиции на месте события было четыре человека. Вы, Паркер, майор Блант и мистер Реймонд. Паркера я исключаю сразу, потому что, когда бы ни обнаружили преступление, он бы, естественно, при этом присутствовал. Кроме того, именно он сообщил мне об отодвинутом кресле. Таким образом, подозрение с Паркера снималось (подозрение — в убийстве. Я все еще считал возможным, что миссис Феррарс шантажировал он). Реймонд и Блант, однако, оставались под подозрением, так как если бы преступление было обнаружено рано утром, вполне возможно, что они могли бы явиться на место слишком поздно, чтобы успеть забрать предмет, оставленный на круглом столе.

А теперь, что же это был за предмет? Вы знаете мои сегодняшние доводы относительно услышанного отрывка разговора. Как только я узнал, что к Экройду приходил представитель компании по продаже диктофонов, у меня в голове засела мысль о диктофоне. Вы слышали, о чем я говорил в этой комнате полчаса назад? Они все согласились с моей теорией... но, кажется, не обратили внимания на один чрезвычайно важный факт. Допустив предположение, что в тот вечер

---

[1] Мой друг.

мистер Экройд пользовался диктофоном, они не поинтересовались, почему же диктофон не был обнаружен?

— Я об этом тоже не подумал.

— Мы знаем, что мистер Экройд приобрел диктофон, но среди его имущества его не оказалось. Так что если с того стола что-то взяли, то почему бы этому «что-то» не быть диктофоном? Но в способе, как ею убрать, были определенные трудности. Внимание всех было сосредоточено на убитом. Я думаю, что любой из тех, кто был в комнате, мог бы подойти к столу незамеченным. Но у этого диктофона существенные размеры, его не положишь незаметно в карман. Для него требуется особое вместилище.

Вы улавливаете, куда я клоню? Начинает вырисовываться фигура убийцы. Это человек, который был на месте при обнаружении преступления сразу же после убийства, но который не мог там быть, если бы преступление обнаружили на следующее утро. Это человек, носящий с собой какое-то вместилище, куда можно было бы спрятать диктофон…

— Но зачем ему потребовалось убирать диктофон? — перебил я. — С какой целью?

— Вы как мистер Реймонд. Считаете, что в половине десятого был слышен голос мистера Экройда, говорящего в диктофон. Но подумайте немножко об этом полезном изобретении. Вы диктуете в него, так? А через некоторое время секретарь или машинистка включает его, и голос слышится снова.

— Вы хотите сказать… — произнес я, задыхаясь.

Пуаро кивнул.

— Да. Именно это я и хочу сказать. *В девять тридцать мистер Экройд был уже мертв.* Говорил диктофон — не человек.

— И его включил убийца. Значит, в ту минуту он находился в комнате?

— Возможно. Но мы не должны исключать вероятности применения какого-нибудь механического устройства… чего-нибудь наподобие реле времени или даже обыкновенного будильника. Но в таком случае мы должны добавить еще две черты к портрету нашего воображаемого убийцы. Он должен быть кем-то из тех, кто знал, что мистер Экройд купил диктофон, и — кто смыслит в механике.

Точно так же я все представил себе, когда мы столкнулись со следами на подоконнике. Здесь у меня напрашивалось три вывода:

1. Они и в самом деле могли быть оставлены Ральфом Пэтоном. В тот вечер он был в Фернли, мог забраться в кабинет и обнаружить в нем убитого отчима. Это была одна гипотеза.

2. Была и другая возможность. Следы мог оставить кто-то другой, у которого были на подошвах такие же полосы. Но у всех обитателей дома подметки из гладкого каучука, а в случайное совпадение рисунков на туфлях Ральфа Пэтона и кого-нибудь из посторонних я не верю. На Чарльзе Кенте, как об этом утверждает буфетчица из «Собаки и свистка», были ботинки — «нечищенные ботинки».

3. Следы были сделаны кем-то преднамеренно, для того, чтобы попытаться бросить подозрение на Ральфа Пэтона. Чтобы проверить этот последний вывод, нужно было удостовериться в некоторых фактах.

Одна пара туфель Ральфа из «Трех вепрей» была взята полицией. В тот вечер ни Ральф, ни кто-либо другой не могли носить эти туфли, так как их забрали вниз чистить. Согласно предположению полиции, на Ральфе была другая пара таких же самых туфель, и я установил, что у него действительно, была другая пара. А теперь, для подтверждения правильности моей теории, нужно, чтобы на убийце в тот вечер были туфли Ральфа. В таком случае сам Ральф должен быть обут в *третью* пару какой-то обуви. Трудно предположить, что у него с собой было три пары одинаковых туфель. Третьей парой, вероятнее всего, могли быть ботинки. Я попросил вашу сестру проверить это. Я сделал упор на цвет — признаюсь откровенно — для того, чтобы отвлечь внимание от настоящей цели своего запроса.

Результаты вам известны. На Ральфе были *ботинки*. Первый вопрос, который я задал ему сегодня утром, когда он ко мне приехал, был о том, во что он был обут в тот роковой вечер. Он сразу же ответил, что на нем были *ботинки,* — он так и продолжал их носить, потому что, по существу, ему больше не во что было обуться.

Итак, мы сделали еще один шаг в нашем описании убийцы — человека, у которого в тот день была возможность взять туфли Ральфа Пэтона из «Трех вепрей».

Он помолчал, а затем заговорил снова, немного повысив голос:

— Есть еще одна деталь. У убийцы была возможность похитить кинжал из серебряного стола. Вы можете возразить, что это мог сделать любой из домочадцев, но я напомню вам: мисс Экройд очень уверена в том, что когда она рассматривала содержимое стола, кинжала там не было.

Он снова сделал паузу.

— Давайте, подведем итог — теперь все ясно. Человек, который раньше в тот день побывал в «Трех вепрях»; человек, знавший Экройда достаточно хорошо, чтобы знать и то, что он купил диктофон; человек, у которого есть склонность к механике; у которого была возможность похитить кинжал из серебряного стола до того, как в гостиную вошла мисс Экройд; у которого при себе было вместилище, пригодное для того, чтобы в нем можно было спрятать диктофон — скажем, такое, как черный саквояж; у которого была возможность побыть одному в кабинете в течение нескольких минут после обнаружения преступления, пока Паркер ходил вызывать по телефону полицию. Это человек — не кто иной, как *доктор Шеппард.*

Глава 26. …И ничего, кроме правды

Минуты полторы стояла мертвая тишина.

Потом я засмеялся.

— Вы с ума сошли, — сказал я.

— Нет, — спокойно ответил Пуаро. — Я не сумасшедший. Мое внимание к вам привлекло небольшое расхождение во времени в самом начале.

— Расхождение во времени? — переспросил я озадаченно.

— Ну да! Вспомните, все считают, в том числе и вы, что на путь от домика привратника до дома требуется пять минут и — меньше, если идти кратчайшим путем — по дорожке к террасе. Вы же, по вашему собственному утверждению и утверждению Паркера, вышли из дома без десяти минут девять, а ворота проходили в девять часов. Вечер тогда был прохладный и не подходил для праздной прогулки. Почему у вас ушло десять минут на путь, который проходят за пять минут? Я все время помнил, что мы располагали только вашим заявлением о том, что окно в кабинете было защелкнуто на шпингалет. Экройд лишь спросил вас, сделано ли это, но сам не смотрел. Предположим теперь, что окно не было на запоре. Хватило бы вам тех десяти минут на то, чтобы забежать за дом, сменить туфли, влезть через окно в кабинет, убить Экройда и добраться до ворот к девяти часам? Я отверг эту теорию, так как, по всей вероятности, человек, будучи в таком нервном состоянии, в каком был в тот вечер Экройд, услышал бы, как влезают в его кабинет, и тогда не обошлось бы без борьбы. Но, предположим, вы убили Экройда до своего ухода… когда вы стояли у его кресла. Тогда вы выходите через парадное, бежите в садовый домик, вынимаете туфли Ральфа Пэтона из своего саквояжа, который в тот вечер вы захватили с собой, надеваете их, идете в них через сырое место на дорожке, оставляете следы на подоконнике, забираетесь в кабинет, закрываете изнутри дверь на ключ, бегом возвращаетесь в садовый домик, надеваете снова свои туфли и отправляетесь к воротам. (Я недавно проделал все это сам, когда вы были у миссис Экройд — у меня ушло ровно десять минут). Потом вы дома… и алиби… поскольку вы установили начало работы диктофона на половину десятого.

— Мой дорогой Пуаро, — возразил я голосом, показавшимся мне самому странным и неестественным, — вы слишком долго рассуждаете об этом случае. Ради чего я стал бы убивать Экройда?

— Ради собственной безопасности. Это вы шантажировали миссис Феррарс. Кому, как не лечащему врачу, лучше знать о причине смерти мистера Феррарса? Когда мы разговаривали с вами в тот первый день в саду, вы упомянули о наследстве, полученном вами около года тому назад. Я навел справки и не смог найти никаких следов этого наследства. Вы должны были что-то придумать, чтобы объяснить, откуда у вас взялись двадцать тысяч фунтов, которые вы получили от миссис Феррарс. Они не принесли вам удачи. Большую часть вы потеряли в спекуляции… тогда вы оказали слишком сильное давление, и миссис Феррарс нашла такой выход, какого вы не ожидали. Если бы Экройд узнал правду, он не пощадил бы вас, он уничтожил бы вас навсегда.

— А телефонный вызов? — спросил я, пытаясь овладеть собой. — Полагаю, у вас и на это есть правдоподобное объяснение?

— Признаюсь, это было для меня величайшим камнем преткновения — когда я узнал, что вам действительно звонили с вокзала Кингс Эббот. Сначала я предположил, что вы просто выдумали эту историю. Это был очень умный прием. Вам нужен был повод явиться в Фернли к моменту обнаружения трупа и, таким образом, получить возможность убрать диктофон, от которого зависело ваше алиби. У меня было очень смутное представление, как это все происходило, когда я зашел в тот первый день к вашей сестре, чтобы узнать, что за больных вы принимали в пятницу утром. В то время я не думал о мисс Рассел. Ее визит явился счастливой случайностью, так как она отвлекла ваше внимание от настоящей цели моих вопросов. Я нашел то, что искал. Среди ваших пациентов был стюард с американского лайнера. Кто, как не он, мог быть наиболее подходящим? Он ведь в тот вечер уезжал поездом в Ливерпуль. А потом уходил в море, то есть совершенно выбывал из игры. Я узнал, что «Ореон» снялся с якоря в субботу, и, узнав имя стюарда, послал ему радиограмму с просьбой ответить на определенные вопросы. Вот его ответ… вы видели, как я его только что получил.

Он протянул мне радиограмму. Она гласила:

«Совершенно верно. Доктор Шеппард попросил меня передать в больницу записку. Ответ я должен был сообщить ему по телефону с вокзала. Я сообщил: «ответа не дали».

— Это была умная мысль, — повторил Пуаро. — Телефонный вызов был настоящим. Ваша сестра слышала, как вы отвечали. Но о том, что вам сообщили, у нас имеются показания одного человека — ваши собственные!

Я зевнул.

— Все это очень интересно, но едва ли выполнимо практически.

— Вы считаете, что не выполнимо? Не забывайте же о том, что я сказал: утром правда будет известна инспектору Рэглану. Но ради вашей славной сестры я предоставляю вам возможность другого выхода. Им может быть, например, слишком большая доза снотворного. Вы меня понимаете? Но с капитана Ральфа Пэтона подозрение должно быть снято — ça va sans dire[1]. Я советовал бы вам завершить эту вашу очень интересную рукопись… но откажитесь от прежней скрытности!

— Мне кажется, вы даете слишком много советов, — заметил я. — Вы все сказали?

— Поскольку вы мне напомнили, добавлю только то, что с вашей стороны было бы очень неумно попытаться закрыть мне рот, как вы закрыли его месье Экройду. Вы понимаете, что в отношении Эркюля Пуаро подобные штучки будут безуспешны.

---

[1] Это само собой разумеется.

— Мой дорогой Пуаро, — сказал я, слегка улыбнувшись, — кем бы я ни был, но я не дурак.

Я встал.

— Ну, что ж, — продолжил я, слегка зевнув, — мне нужно идти домой. Благодарю вас за очень интересный и поучительный вечер.

Пуаро тоже встал и, когда я выходил из комнаты, поклонился с присущей ему вежливостью.

Глава 27. Эпилог

Пять часов утра. Я очень устал... но я выполнил свой долг. Рука моя онемела от долгого писания. Необычно окончание моей рукописи. Я рассчитывал, что когда-нибудь она будет напечатана как рассказ об одной из неудач Пуаро. Странно, как оборачиваются события.

Предчувствие беды не оставляло меня все время, с того самого момента, когда я увидел Ральфа Пэтона и миссис Феррарс вместе. Я подумал тогда, что она ему доверилась. Как выяснилось позже, я ошибся, но эта мысль преследовала меня даже после того, как в тот вечер я вошел вместе с Экройдом в его кабинет, и пока он не открыл мне правду.

Бедный Экройд. Я все же рад, что предоставил ему шанс. Я понуждал его прочитать то письмо прежде, чем стало слишком поздно. Или, если быть честным, разве я не чувствовал подсознательно, что с таким упрямцем, как он, это было наилучшим способом заставить его не читать? Его нервозность в тот вечер была интересна с точки зрения психологии. Он чувствовал, что опасность была рядом. И, тем не менее, совершенно не подозревал *меня.*

Кинжал... мысль о нем пришла значительно позже. Я принес с собой свое небольшое и очень удобное оружие, но когда в серебряном столе я увидел кинжал, я сразу же подумал, насколько выгоднее воспользоваться оружием, не имевшим ко мне никакого отношения.

Я полагаю, что мысль убить его преследовала меня постоянно. Как только я узнал о смерти миссис Феррарс, я почувствовал, что, прежде чем умереть, она ему обо всем рассказала. Когда я встретил его и он оказался таким взволнованным, я подумал, что, наверное, он знает правду, но не может поверить и хочет дать мне возможность оправдаться.

Я вернулся домой и принял меры предосторожности. Если бы в конце концов дело касалось только Ральфа... никто бы не пострадал. Диктофон он дал мне двумя днями раньше, чтобы устранить небольшую неисправность. Это я убедил его дать мне взглянуть на него, а не отсылать назад. Сделав то, что мне было нужно, я положил диктофон в саквояж и вечером взял с собой.

Я весьма доволен собой как писателем. Что может быть точнее, например, следующих слов:

«Письмо принесли без двадцати минут девять. Оно так и осталось непрочитанным, когда без десяти девять я уходил. Уже взявшись за дверную ручку, я нерешительно остановился и оглянулся, обдумывая, все ли я сделал. Ничего не придумав, я вышел и закрыл за собой дверь.»

Как видите, все — правда. Но представьте себе, что после первого предложения я поставил бы строчку многоточия! Заинтересовало бы кого-нибудь, что же на самом деле произошло в те десять минут?

Тогда, стоя у двери и окинув взглядом комнату, я остался вполне доволен. Сделано было все. Диктофон, настроенный на начало работы в девять тридцать, стоял на столе у окна (механизм моего несложного приспособления был устроен довольно остроумно и основывался на принципе будильника), кресло было выдвинуто так, чтобы диктофона не было видно от двери.

Должен признаться, я испытал значительное потрясение, когда за дверью столкнулся с Паркером. Я правдиво описал этот случай.

И дальше. Когда был обнаружен труп, и я послал Паркера вызвать по телефону полицию, какое рассудительное употребление слов: *«Я проделал то немногое, что было нужно!»* Сделать оставалось действительно немного: затолкнуть в саквояж диктофон и отодвинуть кресло к стене на прежнее место. Только и всего.

Я никогда бы не подумал, что Паркер заметит это кресло. По логике при виде трупа он должен был так растеряться, что не заметил бы ничего другого. Но я не учел комплекса его профессиональной натренированности.

Многое было бы иначе, если бы я мог знать раньше о заявлении Флоры, что она видела своего дядю живым без четверти десять. Это меня очень озадачило. Фактически в ходе следствия меня многое безнадежно озадачивало. Казалось, к этому делу приложил руку каждый.

Но больше всего меня пугала Каролина. Мне какалось, она может догадаться. Она как-то странно говорила в тот день о моей «склонности к слабоволию». Что ж, она никогда не узнает правды. Как сказал Пуаро, выход только один...

Я ему верю. Знать будет только он и инспектор Рэглан. Это будет между ними. Я не хотел бы, чтобы угнала Каролина. Она любит меня и даже гордится мною... Моя смерть принесет ей горе, но горе проходит.

Когда я закончу писать, я вложу эту рукопись в конверт для передачи Пуаро.

А потом... что будет потом? Веронал? Это было бы как возмездие свыше, нечто вроде поэтической справедливости. Я не считаю себя виновным в смерти миссис Феррарс. Она явилась прямым следствием ее собственных поступков. Я не чувствую к ней жалости. У меня нет жалости и к себе. Так что пусть будет веронал.

Но лучше бы Эркюль Пуаро никогда не уходил в отставку и не приезжал сюда выращивать тыквы...

ОГЛАВЛЕНИЕ

www.ingramcontent.com/pod-product-compliance
Lightning Source LLC
Chambersburg PA
CBHW070614310726
48982CB00001B/82

* 9 7 8 1 7 6 3 7 9 5 6 1 7 *